古典文獻研究輯刊

二一編

曾永義 主編

第14冊

中國古代文化與戲曲文學研究（上）

黎羌、馬盈盈 著

國家圖書館出版品預行編目資料

中國古代文化與戲曲文學研究（上）／黎羌、馬盈盈 著 — 初
版 — 新北市：花木蘭文化事業有限公司，2020〔民 109〕
序 4+ 目 2+170 面；19×26 公分
（古典文學研究輯刊 二一編；第 14 冊）
ISBN 978-986-518-061-4（精裝）
1. 戲曲史 2. 戲曲評論 3. 文化研究
820.8　　　　　　　　　　　　　　　　　109000526

ISBN-978-986-518-061-4

9 789865 180614

古典文學研究輯刊
二一編　第十四冊　　　　　　　ISBN：978-986-518-061-4

中國古代文化與戲曲文學研究（上）

作　　者　黎羌、馬盈盈
主　　編　曾永義
總 編 輯　杜潔祥
副總編輯　楊嘉樂
編　　輯　許郁翎、張雅淋　美術編輯　陳逸婷
出　　版　花木蘭文化事業有限公司
發 行 人　高小娟
聯絡地址　235 新北市中和區中安街七二號十三樓
　　　　　電話：02-2923-1455／傳眞：02-2923-1452
網　　址　http://www.huamulan.tw 信箱 hml 810518@gmail.com
印　　刷　普羅文化出版廣告事業
初　　版　2020 年 3 月
全書字數　346654 字
定　　價　二一編 16 冊（精裝）新台幣 35,000 元　　　版權所有・請勿翻印

中國古代文化與戲曲文學研究(上)

黎羌、馬盈盈 著

作者簡介

　　黎羌：男，本名李強。陝西西安翻譯學院文學與傳媒學院特聘教授，博士生導師。中外民族戲劇學研究中心主任，絲綢之路文化研究所所長，中國西域藝術研究會秘書長。兼任山西師範大學戲曲文物研究所博士生導師，江西湯顯祖國際研究院客座研究員。畢業於華東師範大學上海師範學院藝術系，上海戲劇學院戲劇文學系。獨立、合作撰寫、編著《塔塔爾族風情錄》、《中西戲劇文化交流史》、《六十種曲〈運甓記〉評注》、《民族戲劇學》、《神州大考察》、《民族文學與戲劇文化研究》、《絲綢之路戲劇文化研究》、《西域音樂史》、《電影與戲劇關係研究》、《中外民族戲劇學研究》、《長安文化與民族文學研究》、《民族戲劇學研究與田野考察》、《文藝思維學研究》等三十餘部學術專著；發表二百餘篇文化、文學、藝術論文；榮獲教育廳、省部級、國家級學術獎勵二十餘項。

　　馬盈盈：女，浙江省杭州市某校教師，校教科研主任，學科帶頭人。河南省平頂山學院中文系學士，山西師範大學戲劇戲曲學專業碩士。曾獲得浙江省基層組織文化大賽、藝術節、學術研究優秀成果獎勵多項。撰寫與發表《〈白兔記〉的研究述評》、《問渠那得清如許，為有源頭活水來》、《廣西、湖南南部民族戲劇與儺戲田野調查報告》（收錄於臺灣花木蘭文化出版社 2015 年版《古典文學研究輯刊》十二編第 23 冊《民族戲劇學研究與田野考察》）等二十餘篇論文與學術報告。執筆完成浙江省教育廳規劃課題《紅色印象：農村小學綜合主題實踐活動的設計與研究》。

提　　要

　　中國古代文學歷史久遠，文化深厚。自從先秦至兩漢、魏晉時期，已經奠基了堅實的文學基礎；時值隋唐兩宋時期，已發展到氣象萬千、登峰造極的繁榮發展地步。不過這種評價過去都是針對中原漢文學範疇而言。只有到了魏晉南北朝、五代十國，及其遼金元時期，中國少數民族政權與文學藝術紛紛登場，並在原來較為單一文體形式如詩歌、散文、小說基礎之上，湧現出一些較大規模的詞曲、諸宮調、雜劇、傳奇等；越明清時期，則出現長篇小說、連臺本戲與各種世俗講唱文學樣式。從而顯示出中華各民族作家、詩人、劇作家、藝人相互交流、切磋、促進與發展中國傳統文學藝術的動人局面。在「長江後浪推前浪」的氣勢恢宏、絢爛多彩的歷史潮流之中，我們師生倆聯袂選擇了盛唐時期的大明宮演藝文化；遼金元時期的少數民族文學；宋元明清時期的白兔記戲曲研究等三個富有代表性的學術專題。力所能及地進行以點帶面的系統、科學的探索與研究。究其原因，因為唐代在我國歷史上，無論是政治、軍事、經濟、宗教，還是文化、文學、藝術都是最為發達的黃金時期。而在此期間集自然科學與社會科學之大成者，公認為盛唐的演藝文化與傳統文學、藝術。再則，中國少數民族建立政權時，最為集中體現，延續時間最長，在國內外文藝界成就最高者，為遼、金、元時期的民族詩歌、諸宮調、院本、散曲與雜劇；另外與其同時，所產生彙聚著胡漢戲劇文學藝術精華的是中國「四大南戲」之一的傳奇《白兔記》，可謂是元明清歷史文化的「活化石」。此書本著高度的歷史責任感與使命感，藉以全面發掘、整理與保護中華民族傳統優秀文化與東方經典文學的理念，努力回復與綴連這些歷史文明美麗的碎片，以求折射人類未來理想、燦爛的文化前景。

中國陝西省西安翻譯學院
「雙一流」建設項目階段性成果

中華民族優秀傳統文化的光輝結晶
——《中國古代文化與戲曲文學研究》序

鍾進文

　　我與陝西師範大學黎羌（李強）教授認識已久，若按二十世紀八十年代中期通訊往來算起，已有三十餘年。那時他在新疆維吾爾自治區文學藝術界聯合會工作，在一家學術雜誌任編輯，我曾在那裏發表過學術論文。

　　在二十世紀末、二十一世紀初，我再次見到黎羌教授時，他已調至山西師範大學戲曲文物研究所，並與中央民族大學學者合作編撰《中國少數民族舞蹈史》《中國少數民族音樂史》《塔塔爾族風情錄》《民族戲劇學》等書，這些著作出版後得到學界廣泛關注，有些還獲得了國內各種獎項。

　　有一次見面時，他希望和我合作編寫《中國少數民族古代文學史》，但是因爲我的種種原因，沒有落實到實際行動中去。後來，聽說黎羌教授調到陝西師範大學任中國少數民族語言文學博士生導師，他立志要與自己的碩士生、博士生們一起繼續完成此任務，實現此夙願。

　　2009 年和 2013 年在我擔任中央民族大學少數民族語言文學系主任和「985 工程」文學中心主任期間，曾與陝西師範大學文學院聯合在西安舉辦了《東西方民族文學與比較文學學術研討會》《絲綢之路文化與中華民族文學國際學術研討會》兩個可謂「高大上」的國際學術會議。

　　不久前，他與學生們合作的《民族戲劇學研究與田野考察》（全四冊）在臺灣花木蘭文化出版社正式出版後，黎羌先生又給我致函說已完成《中國古代文化與戲曲文學研究》一書，仍在上述出版社出版發行，希望我實現昔日的承諾。雖然我深知自己不能勝任此項工作，但是對學兄多年的請求又不能駁回，只好以寫序形式表示熱烈祝賀。

　　我通覽全書初稿，雖然與黎羌先生最初的設想和體例有所不同，但是依然能形成一個自隋唐至明清的中華民族傳統文化、文學與藝術研究系列。尤

其作爲史學文化藝術背景，以及少數民族政權下契丹、女眞、蒙古族文學的專題研究，本身就有它一定的社會意義和重要學術價值。

人們清楚，當我們審視中國古典文學最爲發達的唐王朝時，可發現其王室成員混融著一些北方少數民族血統。據陳寅恪先生論證：唐太宗祖上爲鮮卑孤獨氏；王國維先生認爲漢唐文學受東、西胡文化影響很大；魯迅先生亦指出「唐室大有胡氣」；鄧喬彬先生則著文論述：「『夷狄』與『胡氣』確實與唐代文學有關係，而這一切又實在是緣於西部。」談到在河西走廊黑水故城出土的《劉知遠諸宮調》的主人公劉智遠，他是五代時期北方少數民族政權後漢的開國皇帝，本爲突厥沙陀人氏。在南戲或地方戲曲《白兔記》中也有許多涉及北方少數民族宗教、風土人情的詩詞歌賦。

大家知道，遼金元時期的民族文學在我國古代文學史上一直是不被重視的冷門，對在世界文化史上引起國際頂尖學者極大興趣的契丹、女眞、蒙古族的文學遺產，我國學術研究也比較滯後。儘管近年來對此發掘、整理與研究有所起色，但是仍然與歷史與現實存在很大的距離。

黎羌教授多年在邊疆少數民族地區生活工作，又數十次帶學生們去全國各地進行民族傳統文化、文學與藝術田野考察。力圖以文物、文獻與逆向研究的方法來鈎沉逝去的「遼金元文學」的歷史，並探尋中華各民族之間，以及與周邊國家與地區民族文學的關係。對此，我們應該報以崇高的敬意，予以大力支持。

中國少數民族文學遺產豐富，但是關於古代少數民族文學的全面、系統研究，還是一個薄弱環節。《中國古代文化與戲曲文學研究》以文物、文獻、史料、方法、理論相結合的方式，在廣闊的文化背景之上，對自唐代至清代一千多年的中國少數民族演藝文化、文學、藝術進行全面、系統、深入的動態性考察和學術建構，展現了此階段的歷程特徵、價值形態、精神風貌和文學史論意義。

我校馬學良、梁庭望、張公瑾諸位先生主編的《中國少數民族文學史》「前言」對此有所闡述：「少數民族文學在中國文學中佔據重要的地位，道理很明顯，因爲我們偉大的祖國是各民族共同締造的；中國文化也是各民族人民共同創造的。在長期的歷史發展過程中，漢族由於人口多，地處中原，文化比較發達；其所創造的文學作品也由於數量大、質量高、影響深遠，而在中華民族共同的文學寶庫中佔有突出的地位。但是，漢族之外的其他少數民族，也都有悠久而光輝的歷史。他們創造的文學作品，同樣在數量、質量諸方面

可與漢族文學並駕齊驅。尤其是少數民族文學，以其特殊的民族風格和民族氣質所體現出來的民族特點，顯示了特有的藝術魅力，豐富了祖國文學的寶庫。正因爲有這樣的多樣性，才使中國的文學寶庫呈現出百花爭妍、豐富多彩的絢麗風姿。」

中國自古以來就是多民族的國家，儘管在歷史的長河中，有些民族消逝了，有些民族改名了，有些民族合併了。但是這些族屬下的文學家、藝術家所創作的豐富多樣的優秀文藝作品仍然遺存在世界上，無言地證實著他們存在的學術價值。無論是歷史上的《白狼歌》《匈奴歌》《越人歌》等；還是民間的《格薩爾王》《江格爾》《瑪納斯》等；無論是古代的《西遊記》戲曲，《紅樓夢》小說，還是當代的話劇《茶館》等，都是人類社會堪稱一流的中華民族文藝瑰寶。

談及唐代繁盛的詩歌、音樂與舞蹈，還有遼金元獨有的諸宮調、散曲與雜劇，若沒有少數民族傳統文化的滋養，怎能綻開美麗芬芳的文藝花朵？在祖國的民族文化大家族中，如果缺少了 55 個少數民族的文學藝術作品，中華民族文化的偉大復興該從何談起？！

黎羌教授所供職的陝西師範大學是教育部直屬的「國家 211 工程」建設與國家「雙一流」學科建設高等學校，所處的地理位置爲中華民族文化的發源地西安，是我國周秦漢唐等十三朝之古都。在古代是「絲綢之路」的起點，在現當代是中原地區連接中國西部少數民族地區的中樞地帶。現已定位要建成「絲綢之路」經濟文化的新起點與國際「文化大都市」。黎羌教授與他的學生們與學術團隊，從事中國古代民族文化、文學、藝術研究工作，有著得天獨厚的優越條件。

中國少數民族傳統文化中擁有「取之不盡、用之不竭」的文學藝術豐厚寶藏，對此方面的研究與探索大有可爲。相信《中國古代文化與戲曲文學研究》一書的出版與發行，在國內外將會產生深遠的學術影響。

祝願黎羌教授與他的學生們在此領域做出更大、更富有成效的貢獻。

此爲序。

2016 年 11 月 6 日

序文作者係中央民族大學教授、博士生導師。文學與新聞傳播學院院長。文學博士，日本京都大學文學部博士後，中國少數民族文學學會副會長，中國多民族文學研究會副會長。

第一輯　盛唐時期的大明宮演藝文化研究

第一章　中國傳統文化與唐代宮廷建築

「八川分流繞長安，秦中自古帝王州」。古代長安自西周至唐朝爲中國十三個帝王朝代的首都，前後有一千多年燦爛的歷史文化。其中要數唐朝歷史最長，版圖最大，經濟文化、文學藝術最爲繁榮和發達。唐朝的首都當時在世界上，曾與埃及、雅典、羅馬齊名，是面積宏闊，人口眾多，影響深遠的國際大都市。

著名學者葛承雍在《唐大明宮史料彙編》「序」《大明宮：珍貴的記憶遺產》中深情地描述：

> 舉世聞名的唐長安大明宮是城市歷史、文學想像和考古佐證的混合物。也就是說，大明宮有文獻典籍的記載，有詩歌文學的描寫，有考古發掘遺跡的佐證，匯合一起給我們保留了豐富的想像空間，從而使大明宮不再是一個空泛的歷史概念，一份珍貴的記憶遺產。關注的不僅是宮廷建築、都市規模，而是宮城與人的文明關係。關注的是歷史與文學兼有描寫，關注對城市形態、歷史脈絡和精神的把握，這需要跨學科的視野和堅實的專業知識。

他還說：「大明宮讓我們看到了一座城市的文化追求，看到了一座城市的文明律動。只要不完全被經濟利益所左右，不完全成爲一個旅遊景點，而作爲一個經典文化符號，大明宮對於西安的意義，好比盧浮宮對於巴黎的意義。盧浮宮對巴黎意味著什麼？意味著巴黎這座城市獨一無二的文化品位。這一偉大的藝術傑作，成爲法國近千年歷史最眞切的見證。歷史是有記憶的，古籍文獻就是記憶的遺產。……通過歷史文獻的疏通，就會使歷史碎片拼成文

化的風貌，爲我們認識文脈留下了一份寶貴的文化遺產。」〔註1〕

在唐代大明宮遺留的大量文化遺產之中，我們不僅看到這裡有著數量巨大的物質文化遺產，而且還有質量高乘的精神文化遺產，其中要數其宮廷演藝文化。諸如專供唐朝皇帝、文武大臣、皇親國戚所享用的音樂、舞蹈、戲曲、雜技、說唱、詩文、美術等最具歷史與學術價值。

第一節　長安文化與中華民族傳統藝術

唐代大明宮演藝文化淵源，可追溯到中華文明的發生、發展之時，以及華夏傳統文化的承傳、演繹之漫長過程。作爲東方文明古國，中國的歷史文化可溯源至久遠的年代。

從考古發現來看，仰韶文化、大汶口文化、龍山文化、紅山文化代表了距今六千年～三千年的文明，也佐證了歷史文獻中所記載的那個時代的歷史。眞實地反映了數千年前，在中國廣闊的大地上，我們勤勞勇敢的人民創造了燦爛輝煌的文化。諸如：民眾組織形態、土地制度、耕種狩獵、天文曆法、文字繪畫、音樂歌舞、宗教祭祀、服飾器具，等等。儘管這種文化由於年代悠久，呈現給今人尚缺其系統性，但是依然奏響了華夏文明的樂章。

在世界歷史，東方誕生的中國文化是華夏人民與周邊夷、狄、羌、蠻與後世 56 個兄弟民族共同創造的文化。因爲她親密地依託著大寫的「天地人」之「三才」，而顯得如此博大精深、強健厚重。中華民族演藝文化的誕生與發展，是中國先民在與大自然交往和大量社會實踐之中，同時在各民族，以及與周邊各民族的政治、經濟、文化交流之中，經過漫長、激越的接觸、撞擊、衝突與和解，乃至接納、融合而創造、完善與成熟的一部以唐代大明宮爲軸心的演藝歷史，實爲中國古今各族人民造型藝術與表演藝術創作、演出的文化關係史。

古稱「長安」之西安，作爲周秦漢唐王朝的都城，擁有曾經輝煌至極的歷史。三千多年前，周武王將都城營建在這裡，並築有周武王宮，建明堂，四方旁三門，故有「天子十二門」之制，開啓了中國都城營建的歷史篇章：「惟王建國，辨方正位，體國經野，設官分職，以爲民極」。在周人的思想觀念中，

〔註 1〕葛承雍：《大明宮：珍貴的記憶遺產》，吳春、韓海梅、高本憲主編：《唐大明宮史料彙編》「序」，文物出版社，2012 年版。

尊王的信仰使其將帝都的營建選在四方之地中，這裡「天地之所合也，四時之所交也，風雨之所會也，陰陽之所和也，然則百物阜安」。它反映的不僅僅是周人的政治、經濟、社會的思想文化；還表現了國家制度下都城文化的建立。西周的政治、經濟、刑罰等方面的制度文明不言而喻，其禮樂文明高度輝煌則表現在已經出土的大量禮器、樂器等諸多的青銅器上，而《詩經》中所收錄的周人詩歌，真切地反映了那個時代「歌舞樂詩」的藝術成就。

中原地區歷經夏、商代，步入大開禮儀之風的西周，逐步建立「剛健有為、和與中、崇德利用、天人協和」的中國傳統文化精神。特別是《周易大傳》中提出「天行健」、「自強不息」的主導思想，為《大夏》《大武》《九韶》之類樂舞儀式鼓起理想的風帆。宮廷與民間在九州各地盛行的驅儺祭祀，以雄健怪誕的演藝扮演深入人心，並且以強有力的生命血脈不斷延續到歷代各朝的宗教與民俗戲劇、樂舞之中。

秦漢時期應運而生管理樂舞雜戲的「奉太常樂署」，漢代專設「協律都尉」，全面管理朝野樂府搜集整理，將先朝典雅的禮樂導引入世俗社會。漢武帝雄才大略，派遣張騫通使西域，促使「絲綢之路」沿途的樂舞、百戲、雜技、幻術等大規模交流。在古代中國演藝文化形成的最初時期，因為眾多少數民族政權的建立，以及周邊國家與民族樂舞戲劇成分的滲入，有著極強兼容力的中華民族傳統文化，變得格外豐富而有活力。特別是西域、天竺、波斯，乃至希臘、羅馬的宗教與世俗文學藝術沿著「絲綢之路」輸入中原，強有力地刺激起隋唐宮廷梨園、教坊樂舞戲的蓬勃發展。

秦滅六國，兼併天下三十六郡，嬴政號稱始皇帝，遂定都咸陽（在今陝西西安西），四塞以為固，金城千里，先築咸陽宮，又營朝宮於渭水南的「上林苑」中，更作前殿阿房，自殿下可直抵南山，所謂「秦營宮殿，端門四達」；引渭水為池，號「長池」，中築土為蓬萊、瀛洲，刻石為鯨。兵車駿馬，往來天下；歌舞鍾磬，不絕於宮。秦朝政權存在的時間雖然不長，但作為歷史上空前統一的封建王朝，秦文化特顯輝煌與長遠的生命力。

漢興天下，高祖至長安，蕭何築造未央宮，先後營有清涼殿、宣室殿、溫室殿、金華殿、太玉堂殿、中白虎殿、麒麟殿；漢又沿襲秦始皇所造興樂宮為「長樂宮」，建有神仙殿、椒房殿；在長安故城之西，太初元年起建章宮，立有承光等四殿，與未央宮、桂宮飛閣相屬。又有天祿、石渠之閣，承明、金馬之臺，著作典籍收於其間。漢武帝穿「昆明池」，沒周武王宮址，「左牽

牛而右織女，似雲漢之無涯」。漢廷揚簫鼓謳謠之聲，爲百戲妙麗之舞。

　　受惠北周開明文化薰陶的隋文帝楊堅，將四分五裂的「金甌」神州再次拾起，贏得海內外華人夷族的高度景仰。在此炫目的光照之下，隋煬帝開鑿南北大運河、沿途醉心歌舞禮樂，並西巡河西爲二十七國使節「大開戲場，盛演奇異雜戲」。繼承其衣缽染異族鮮卑人血統的李唐天下，更是以前所未有的開放姿態，兼收並蓄、海納百川，以德加威，開疆拓土，所羈縻臣服領域遠涉亞洲大多版圖。另外通過綠洲、草原「絲綢之路」與「唐蕃古道」，派遣友好使者，將周邊各國家、各民族的樂舞、戲劇、曲藝文化盡力吸收與接納。特別是以西域諸國爲標誌的各種音樂大曲、講經文、歌舞戲的輸入，極大地豐富與強化了梨園、教坊的伎樂歌舞、「戲弄」表演之藝術體系。

　　許兆昌在《秦漢隋唐現象論略》一文中指出：唐王朝所共同實行的「和親與征戰並重」的民族政策取得巨大成功，唐朝最高統治階層在處理與周邊民族關係倡導「華夷一家」的開闊胸襟與平等態度。唐太宗總結處理民族關係的經驗時指出：「自古皆貴中華、賤夷狄。朕獨愛之如一，故其種落皆依朕如父母」。由於太宗採取平等姿態對待周邊各族，故受到各少數民族的擁戴，並被尊稱爲「天可汗」，使他統治的大唐國內各民族演藝文化得以長足發展。隨後，出現可喜的「文治興盛，文化繁榮」局面：「唐玄宗統治下的開元、天寶年間，既是唐代，同時也是中國古代文化發展的高峰時期。不僅詩壇產生了李白、杜甫、王維、孟浩然、高適、岑參、王昌齡等一大批傑出詩人，其它文化領域，史學有劉知幾，書法則有顏眞卿、張旭、懷素，畫界則有吳道子，儒學有褚無量、馬懷素，天文學有僧一行，等等。這些中國文化史上最爲傑出的文人與學者，彙聚在開元、天寶時期，有如群星璀璨，共同創造出盛唐文化最爲絢麗的五彩畫卷。」〔註2〕

　　在唐代諸多整體宮廷建築中，「大明宮」是傳統文化奇跡產生之地。這座唐代長安城禁苑，位於城東北部的「龍首原」，是唐帝國的政治文化中心。建於貞觀八年（公元 634 年），原名「永安宮」。龍朔二年（662 年），唐高宗擴建，次年遷入大明宮執政續建。乾寧三年（896 年）毀於兵亂。大明宮周長7.6 多公里；面積約 3.2 平方公里，爲北京故宮的四倍。共有 11 個城門，東、西、北三面都有夾城；南部有三道宮牆護衛，牆外的丹鳳大街寬達 176 米，是唐代最爲宏偉的宮殿建築群，同時也是世界史上最大、最宏偉的宮殿建築

〔註 2〕許兆昌：《秦漢隋唐現象論略》，《社會科學戰線》，2000 年第 6 期。

群之一。自唐高宗起，唐朝的帝王們多在大明宮居住和處理朝政，作爲國家的統治中心，歷時達二百餘年。以唐代宮廷文化爲主軸，其巨大影響輻射國內外與後世諸朝代，其中尤以演藝文化延續時間悠長。

此座巨大的皇家建築群何以起名「大明宮」？對此有各種傳聞。諸如：唐貞觀八年（634 年）十月，唐太宗李世民爲備太上皇「清暑」，由「百官獻貲助役」，開始營建。「太宗貞觀八年七月，上屢請上皇避暑九成宮，上皇以隋文帝終於彼，惡之。冬十月，營大明宮，以爲上皇清暑之所」。根據史書記載，唐代初年，有人在龍首原上發掘到秦銅鏡，大唐寵臣魏徵、房玄齡向太宗賀喜：「今日秦鏡出世，預示著大唐江山萬古長青。此乃陛下齊天洪福所致，臣特賀之！」太宗聽後，一臉正色地說：「夫以銅爲鏡，可以正衣冠；以古爲鏡，可以知興替；以人爲鏡，可以明得失。魏愛卿常進諫於朕，使朕得以明得失興替」，此難道不是朕的一面高懸的明鏡麼！爲記今日君臣們明鏡之會，朕特改此永安宮爲大明宮。眾皆歡呼。大明宮遂得其名。

另一傳聞，爲唐代皇帝取《詩經》有關篇什，即《大雅‧大明》篇有「大明」之義，其詩云：

> 明明在下，赫赫在上。天難忱斯，不易維王。天位殷適，使不挾四方。摯仲氏任，自彼殷商。來嫁于周，曰嬪于京。乃及王季，維德之行。大任有身，生此文王。維此文王，小心翼翼。昭事上帝，聿懷多福。厥德不回，以受方國。天監在下，有命既集。文王初載，天作之合。在洽之陽，在渭之涘。文王嘉止，大邦有子。大邦有子，俔天之妹。文定厥祥，親迎于渭。造舟爲梁，不顯其光。有命自天，命此文王。于周于京，纘女維莘。長子維行，篤生武王。保右命爾，燮伐大商。殷商之旅，其會如林。矢于牧野，維予侯興。上帝臨女，無貳爾心。牧野洋洋，檀車煌煌。駟騵彭彭。維師尚父。時維鷹揚，涼彼武王。肆伐大商，會朝清明。

據古詩所敘述，王季受天命娶摯仲氏太任而生文王，再敘文王娶洽陽之太姒而生武王，後敘武王在姜太公輔佐下克商滅紂的豐功偉績。其名「大明」，旨在讚頌周文王之明德。故《毛詩序》云：「《大明》，文王有明德，故天復命武王也。文王，武王相承，其名德日以廣大，故曰大明。」讚頌武王伐紂，是上天將要立父母，使民之有政有居，即民得聖人爲父母，必將有明政，有安居。文、武道同，武王繼文王而受天命。唐代皇室求之「賢德明鑒」，大明宮

取義喻之「如日之升，則大明。」

著名學者高本憲著《大明宮遺址》一書，根據《舊唐書》卷七十四，《唐會要》卷三十有關史料考述：

> 貞觀八年（634 年）十月，太宗在即將結束九成宮避暑時，決定修繕擴建麟遊縣境內的另一處隋代行宮永安宮，以備來年太上皇同來麟遊清暑是居處，而不必入居他所嫌惡的九成宮。不過，事與願違，這年秋季李淵「得風疾」，病情日漸加重，更況年事已高，難耐顛簸之苦，不再可能遠行。面對這種情況，太宗遂於貞觀九年（635 年）一月決定放棄營造麟遊永安宮的計劃，改在長安城北禁苑中另行營造一所新宮室，作為太上皇的養老之所。宮名定為「大明宮」。〔註3〕

在中原朝廷皇恩浩蕩感召之下，蒞臨大明宮，南方百越、南詔諸宗主國朝聖奉獻的大型樂舞表演，都帶有風格濃鬱的異族樂舞戲劇色彩。此時輸入的佛教、摩尼教、景教文獻，因獨具特色的變文、寶卷、梵唄等在廣大寺廟戲場的表演，而為中國各民族宗教世俗化樂舞、戲劇、曲藝創作與演出的興盛奠定了堅實的基礎。

唐長安城是隋唐的都城，是帝國政治、經濟、宗教、文化等諸多方面的活動中心。長安作為當時的國際大都市，也是東西方各國、各族民眾生活、學習、經商、娛樂的空間舞臺。因此，對隋唐長安演藝文化的探析，為隋唐史志研究的重要課題。

鼎鼎大名的長安，處於中國特殊的地理位置。早在遠古時期，西北黃土高原誕生了中華民族的始祖——黃帝、炎帝；其東北方中原地區為華夏先帝堯、舜、禹鑄造的富庶之地；越秦嶺之南、黃河之西則是各民族生殖繁衍廣袤的活動天地。依此為軸心，向周邊輻射，一直傳遞著中國古代文明和中華民族傳統文化的大量信息。

自先秦西周以來，黃河中游、秦嶺北麓的關中地區，已經建立起一些國家政權。周秦漢唐時期，長安成為中國歷史上十三朝古都，以及中華各民族的古代政治、經濟和文化的中心。在歷代統治階級和廣大庶民的心目中，「大一統」氏族、部族、民族團結和睦的思想由來已久，深入人心。春秋戰國時期，孔子在《論語·顏淵》中就提出：「四海之內皆兄弟也」。後來荀況於《荀

〔註3〕高本憲著：《大明宮遺址》，陝西人民出版社，2011 年版，第 8 頁。

子・正論》中發揮此觀念，亦大力倡導「天下爲一」。

　　長安所在地「關中」，或稱渭河平原，位於北山與秦嶺之間。西起寶雞，東至潼關，長達 360 公里，方圓 3.4 萬平方公里，素稱「八百里秦川」。在此狹長的內陸平川上，地理位置平坦如砥，關隘林立，易守難攻。南、西、北三側皆爲山脈環繞，東有黃河天險，周圍僅有函谷關、武關、大散關、蕭關、金鎖關等峽谷隘口與外界聯繫，故稱「關中」。

　　位於關中平原中央的長安古城，地處渭水之南，秦嶺之北，依山傍水，披嶺襟河，戰略地位極其重要，是我國封建社會前期政治、經濟、文化的中心。宋元明清時期，國內中央集權統治雖然東移，但此地仍處於控扼西北、兼守西南、屏蔽中原的重要位置。

　　論及古代先民所爲，何以將「長安」定爲首都選擇之地，自然需要查閱一些周秦漢唐古書典籍以解其謎。諸如元・洛天驤在《類編長安志》卷一《總序》云：「長安，厥壤肥饒，四面險固，被山帶河。外有洪河之險，西有漢中、巴、蜀，北有代馬之利，所謂天府陸海之地也。……自周、秦，歷漢、唐、西魏、後周、隋、唐爲帝都，以爲奧區神皋之地，信乎。」另云：「長安，古之都會也。自周、秦、漢、唐，魏已降，有國者多建邦於此。所以山川之形勝，宮室之佳勝，第宅之清勝，丘陵之名勝，爲天下最。」〔註4〕

　　當考據夏商周時代歷史與考古發現時，可知古代秦嶺、關中、陝北地區實爲中華民族傳統文化形成之地。諸如陝西寶雞賈村問世的周成王時期的典文《何尊》中即有「宅茲中國」之字樣；《尚書・梓材》中亦有「皇天既付中國民越厥疆土於先王」之記載。西周古文中稱，關中、伊洛平原爲「中土」，所謂「宅天地之中」。《說文・華部》稱此地興起的「華」、「夏」族爲「中國之人」。《尚書正義》一書釋「華夏」一詞爲：「冕服華章曰華，大國曰夏」。

　　「周朝」係指稱古部族名和朝代名。言及周族始祖「后稷」，原居邰（今陝西武功），傳至周族領袖公劉時，率族人遷到「豳」（今陝西彬縣東北）；又至周太王古公亶父，因戎、狄族的威逼，攜眾遷徙至岐山下的「周」（今陝西岐山北）。建築城郭家室，設立官府吏治，開墾荒地，發展農業生產，使得周族日漸強盛。

　　商末周族領袖姬昌，即後來的周文王，攻滅黎（今山西長治西南），邘（今河南沁陽西北），崇（今河南嵩縣北）等國，並以豐邑（今陝西長安灃河以

〔註4〕（元）洛天驤撰：《類編長安志》卷一《總序》，三秦出版社，2006 年版。

西）建立國都。至其子周武王聯合諸族，率眾東征，經牧野（今河南淇縣西南）之戰，取得大勝，遂滅商，正式建立西周王朝。建都於鎬（今陝西長安灃河以東），即以後漢、唐時期的長安。在此期間，武王雄才大略，確立宗法制，創立典章制度，分封諸侯，發展生產。使得綜合國力大幅度提高，促使中華諸民族古代文明程度不斷加強。

言及長年被歷史風雨浸泡的長安古都，必然需要梳理其行政區域在歷代沿革、變故之情況。據《辭海‧歷史地理》提供的有關「長安」的學術信息：「長安：我國古都之一。漢高帝五年（公元前 202 年）置縣，七年定都於此。此後，西漢、新、東漢（獻帝初）、西晉（愍帝）、前趙、前秦、後秦、西魏、北周、隋、唐皆定都於此。東漢、三國魏、五代唐皆以此為陪都。西漢綠林、赤眉，唐末黃巢領導的農民起義軍也建都於此。」

再結合長安繼者「西安」的文字介紹：「西安：府名。明洪武二年（1369 年）改奉元路置。治所在長安、咸寧（今陝西西安市），轄區相當今陝西彬縣、周至以東，銅川市、韓城以南，鎮安、山陽、商南以北。清朝版圖縮小，相當今周至、銅川市、渭南、寧陝間地。1913 年廢。明清時為陝西省省會。明末李自成起義軍建為西京。漢唐時為區分『兩京』，時稱其為西京。」〔註 5〕由上所述，可大致梳理出此座世界名城歷史發展變化之脈絡。

根據有關學者考證和統計：古代長安土地上應該經歷十三個朝代，然而《辭海》僅確認了十一個，並且其稱謂、時間有所出入，故補而言之。據上述《西安旅遊十大景》記載：「歷史上西周、秦、西漢、新莽、東漢（末年）、西晉末年、前趙、前秦、後秦、西魏、北周、隋、唐等十三個王朝曾在此建都。此外，漢末綠林赤眉起義、唐末黃巢起義、明末李自成起義也曾在此建立過農民政權。前後歷時有 1100 年，是我國七大古都中建都時間最長的一個。」另據陝西省文物管理委員會編《陝西名勝古蹟》記載：「『長安自古帝王都』，西周、秦、西漢、新莽、西晉、前趙、前秦、大夏、後秦、西魏、北周、隋、唐等十三個王朝都曾建都在這裡，歷時 1087 年。」〔註 6〕

經歷數比照，上述不同的是「東漢（末年）」與「大夏」（赫連勃勃）政權在長安建都情況。據有關史書記載：「赫連勃勃字屈子。為匈奴族鐵弗部」，是十六國時期夏的建立者。公元 407～425 年在位。初屬後秦姚興，弘始九年

〔註 5〕張建忠編：《西安旅遊十大景》，西安地圖出版社，1999 年版，第 129 頁。
〔註 6〕陝西省文物管理委員會編：《陝西名勝古蹟》「前言」，1981 年編印。

（407 年）擁兵自立，「稱大夏天王、大單于，號龍昇」。鳳翔元年（413 年）築都城，名爲「統萬」。東晉滅後秦時，赫連勃勃乘劉裕還軍留子義眞，「攻佔關中長安，改年號昌武，繼改眞興」。公元 407 年，匈奴貴族赫連勃勃稱「天王大單于」，國號夏，建都統萬城（今陝西靖邊北白城子）。繼而，他於 418 年乘虛而入，奪取長安，即帝位。431 年該國爲吐谷渾所滅。

公元 420 年，自東晉滅亡至 589 年隋統一中國的 170 年之間。中國歷史一直處於南北朝對峙的局面。此階段在關中平原叱吒風雲、建立國家政權的有北周（公元 557～581 年）、隋（581～618 年）。557 年宇文泰之子宇文覺代西魏稱帝，國號周，建都長安（今陝西西安），史稱北周。577 年滅北齊，統一中國北方，581 年爲隋所替代。共歷五帝。

隋文帝楊堅 518 年代北周稱帝，國號隋。開皇三年（583 年）建都大興（今陝西西安）。後滅南朝陳，統一全國。其疆域東南到大海；西北到今新疆東部；西南至今雲南、廣西和越南北部；北到大漠，東至遼河。617 年，太原留守李淵乘農民起義之機起兵，攻克長安。次年隋滅，歷二帝及 38 年。

唐代著名詩人杜甫《秋興》詩云：「秦中自古帝王州」，唐太宗《帝京篇》云：「秦川雄帝宅，函谷壯皇居。綺殿千尋起，離宮百雉餘。連甍遙接漢，飛觀迴淩虛。日月隱層闕，風煙出綺疏。」即證實秦川、關中大地帝王都城之恢宏形勢。

可能因爲「長安」名吉祥、富貴，又因爲西漢、隋、唐等著名王朝皆建都於長安，名聲興隆，如日中天。故唐代以後一些朝代仍喜歡通稱其國都爲「長安」。如唐·李白《金陵》詩云：「晉朝南渡日，此地舊長安。」晉朝南渡後以健康（今南京市）爲國都，健康古稱「金陵」，故李白稱金陵爲長安。

隋唐太平盛世時期，長安繁華富庶，在當時世界成爲國際大都市之一。漢唐時代，「絲綢之路」的發源地長安已是對外經濟、文化交流的中心與「橋頭堡」。西漢時期城內有專爲外國人設計的居住區，僑居唐都的外國人來自亞洲各地，遠至波斯、大食、條支，多時數以萬計。「華夷」或「漢胡」一家人，已形成當時社會共識。唐太宗公開宣稱：「自古皆貴中華，賤夷狄，朕獨愛之如一。」〔註7〕

此時的唐王朝宮廷通過宣慰、安撫、侍子、賞賜、封爵、和親等方式來加強與四夷之間的友善關係；藉以推行、繼承和發展自秦漢以來公正、開明

〔註7〕《資治通鑒》卷一九八「唐貞觀二十一年」。

的民族和睦政策。特別是在盛唐時期，爲了向世人昭示東方帝國的崛起、強盛與輝煌，宮廷王室傾全國之力，大興土木，陸續修築包括大明宮在內的規模巨大、氣勢恢宏的皇家宮廷建築，即爲忠實的歷史見證。

追尋唐朝演藝形式的周秦漢代歷史文化來源，梳理清楚唐代宮廷文化對國內外的巨大影響，須借助不斷挖掘出來的宮廷建築實物，以及文物、文獻方能恢復歷史文化之原貌。

第二節　唐代長安宮廷建築遺址的發掘

唐代長安城，在隋朝稱之爲「大興城」，唐朝易名爲「長安城」。相繼爲隋、唐兩朝的首都，是中國歷史上規模最爲壯觀的都城，一度亦稱當時世界上規模最爲宏大的城市。它是隋文帝君臣建立的中國古代最宏偉的都城，至唐朝反映出大一統王朝的宏偉氣魄。

相比之下，隋唐時期的「太極宮」、「興慶宮」，「大明宮」更是壯麗輝煌的宮廷建築群，其宮廷演藝活動甚爲頻繁。據閻琦著《唐詩與長安》一書介紹：

> 太極宮、大明宮、興慶宮，是唐歷世帝王朝見群臣、處理政務的地方，合稱「三大內」。「內」，即內城之謂，一般稱爲「皇宮」。這三處建築群，既與外郭城有別，又與皇城（子城）有別，因爲它們同時也是帝王及后妃等寢居之處。「三大內」以其地理位置，分稱「西內」（太極宮）、「東內」（大明宮）和「南內」（興慶宮）。

他在此書中另外還特別強調：「東內大明宮。大明宮又稱『蓬萊宮』，始建於太宗貞觀八年（634 年），竣工於玄宗開元初，前後歷時七十餘年。太極宮卑下多濕，於是唐太宗另擇高爽之地建大明宮。大明宮成，唐的政治中心也轉移至此。玄宗在此聽政八年（後移興慶宮），玄宗以後的肅、代、德、順、憲、穆、敬、文、武、宣、懿、僖、昭宗，在位期間多聽政於此，共一百五六十年之多。」〔註8〕

著名建築學家梁思成在其大著《中國建築史》中闡述：「中國建築既是延續了兩千餘年的一種工程技術，本身已熔成一個藝術系統，許多建築物便是我們文化的表現，藝術的大宗遺產。」他在「緒論」中又高屋建瓴總結隋唐

〔註8〕閻琦著：《唐詩與長安》，西安出版社，2003 年版，第 291 頁。

建築特色與成就：「隋再一統中國，定都長安，大興土木，爲唐代之序幕。唐爲中國藝術之全盛及成熟時期……唐之建築風格，既以倔強粗壯勝，其手法又以柔和精美見長，成蔚爲大觀。」〔註9〕

　　隋代之後，唐代都城由皇城、外郭和宮城三部份組成。皇城是朝廷各個衙署集中辦公區；外郭是一般的居民區和商業區；宮城則是皇帝日常寢居的場所，又稱「大內」。在唐長安城內，先後建有三座宮城：太極宮、大明宮、興慶宮，即所謂的「三大內」。

　　居於百宮之首的「大明宮」是唐代長安城禁苑，位於城東北部的龍首原，是唐帝國的政治、文化中心。建於貞觀八年（公元634年），原名「永安宮」。龍朔二年（662年），唐高宗擴建，次年遷入大明宮執政。乾寧三年（896年）毀於兵亂。經實地探測，大明宮遺址周長7.6多公里，面積約3.2平方公里，爲北京明清故宮的四倍。大明宮東、西、北三面都有夾城；南部有三道宮牆護衛，牆外的丹鳳門大街寬達176米，是唐代最爲宏偉的宮殿建築群；同時也是世界史上最雄偉、最宏大的古代宮殿建築群之一。

　　自唐高宗起至唐昭宗，唐朝的帝王們大都在大明宮居住和處理朝政。作爲國家的統治中心，歷時達二百餘年。大明宮的建築範圍很大，東西1.5千米，南北2.5千米，略呈楔形，共有11座城門。大明宮正門名「丹鳳門」，另有含元殿、宣政殿、紫宸殿三大殿，正殿爲「含元殿」。宮廷演藝活動最爲頻繁的「麟德殿」，大約建於唐高宗麟德年間，位於大明宮北部太液池之西的高地上。此外大明宮還有別殿、亭、觀等30餘所。

　　「含元殿」是當時唐長安城內最宏偉的建築物，殿前東西兩側有翔鸞、棲鳳二閣和通往平地的龍尾道。含元殿以北有宣政殿，其殿左右有中書、門下二省以及弘文、史二館。

　　「宣政殿」爲皇帝臨朝聽政之所，稱爲「中朝」。其殿基東西長70米，南北寬40多米。殿前左右分別有中書省、門下省和弘文館、史館、御史臺館等官署。在殿前130米處，有三門並列的宣政門，左右是橫貫式的宮牆，其牆與殿之間形成較大的院庭。含元、宣政、紫宸組成的外朝、中朝、內朝格局，多爲後世的宮殿所傚仿。北京紫禁城的太和、中和、保和三殿便是此種格局的承繼與體現。

　　「紫宸殿」以北約200米處，即爲龍首原的北沿。此殿建有太液池，又

〔註9〕梁思成著：《中國建築史》「代序」，三聯書店（香港）有限公司，2000年版。

名「蓬萊池」，面積約 16000 平方米。水池的形狀接近橢圓形，在池內偏東處有一土丘，高 5 米多，稱作「蓬萊山」，其沿岸建有迴廊，附近還有多座亭臺樓閣和殿宇廳堂。

大明宮整座宮殿坐北朝南，居高臨下，規模宏大，建築雄偉。唐代著名詩人王維有詩云：「九天閶闔開宮殿，萬國衣冠拜冕旒。」唐朝末年黃巢也曾在此地冥想實現「他年我若爲青帝」的心願。然而在唐僖宗時，大明宮屢遭兵火，最終於乾寧三年（896 年）被燒毀。歷經數年，其宮殿的遺跡也被清除，成爲一片廢墟。

位居西安市北面的唐大明宮遺址，跨越未央、新城兩區。其南部呈長方形，北部呈梯形。周長 7.6 公里，總面積約 3.2 平方公里。其中在未央區境內約 1.1 平方公里，現西安大明宮鄉的炕底寨、孫家灣兩村即在其內。據史書記載，該宮始建於太宗貞觀八年（634 年），是唐太宗爲其父李淵消暑而建。初名「永安宮」，後曾多次擴建，幾度易名。貞觀九年（635 年）改名「大明宮」，龍朔二年（662 年）又更名爲「蓬萊宮」。其名稱起源於「如山之壽則曰蓬萊，如日之升，則曰大明」。龍朔三年（663 年）四月，高宗由太極宮（又名西內）遷入蓬萊宮居住聽政。神龍元年（705 年），武則天又恢復了大明宮名稱。唐僖宗中和三年（883 年）、昭宗乾寧三年（896 年）兩罹兵火，遂成廢墟。

自解放初期，我國考古工作者在西安市西北部發現唐大明宮遺址，後陸續考古，挖掘到大量有價值的歷史文物。中國科學院考古研究所在 1957～1962 年、1980～1984 年曾兩次對此遺址進行勘察和重點發掘，逐步揭示了大明宮的形制、佈局和建築基址的結構。直至改革開放新時期，對此建築勝地全面恢復重建，一座「皇家園林」、「海市蜃樓」般的超大建築群陸續呈現在人們面前。

據發掘數據所證實：大明宮宮城南面正中爲丹鳳門；東西分別爲望仙門和建福門；北面正中爲玄武門；東西分別爲銀台門和青霄門；東面爲左銀臺門；西面南北分別爲右銀臺門和九仙門。除正門丹鳳門有五個門道外，其餘各門均爲三個門道。在宮城的東西北三面，築有與城牆平行的夾城，在北面正中設重玄門，正對著玄武門。宮城外的東西兩側分別駐有禁軍，北門夾城內設立了禁軍的指揮機關——「北衙」。

大明宮整個「宮域」可分爲「前朝」和「內庭」兩部份。前朝以朝會爲

主，內庭以居住和宴遊爲主。大明宮的正門丹鳳門以南，有寬 176 米的丹鳳門大街。以北是含元殿、宣政殿、紫宸殿、蓬萊殿、含涼殿、玄武殿等組成南北中軸線。宮內的其他建築，也大都沿著這條軸線依次分佈。在軸線的東西兩側，還各有一條縱街，是在三道橫向宮牆上開邊門貫通所形成。

　　根據陸續公佈的考古發掘報告與信息發佈，人們所知：大明宮規模宏大，規劃嚴整。宮城平面呈不規則長方形。全宮分爲「宮」、「省」兩部份。宮城之北，爲禁苑區。省即「衙署」，基本在宣政門一線之南，共北屬於「禁中」，爲帝王生活區域。其佈局以「太液池」爲中心而環列，依地形而建，靈活自由。假若不計太液池以北的內苑地帶，遺址範圍即相當於明清故宮紫禁城總面積的三至四倍。僅大明宮中的「麟德殿」面積約爲北京故宮太和殿的三倍。

　　唐太液池遺址，爲「太液池」又名「蓬萊池」，位於大明宮北部居中地帶，初鑿於貞觀或龍朔年間。開元後期，玄宗曾命在太液池兩岸築「望月臺」以供楊貴妃賞月，臺高百尺。憲宗李純元和十二年（817 年）五月又加修葺，並在周圍建造迴廊 400 間。池中有「蓬萊山」，山上有「太液亭」。穆宗曾命侍講韋處厚在此宣講《毛詩》、《尙書》。太和二年（828 年），文宗李昂曾親自修撰《尙書》，以書歷代君臣事跡，並命畫工繪於亭上，以便觀覽。

　　現存太液池中有一土丘，高 5 米許，當爲蓬萊遺址。遺址在今大明宮鄉孫家灣村西南。太液池面積約 1.6 萬平方米，分爲東、西兩池，中間有渠道相通。據考古實測，西池東西長 500 米，南北寬 320 米。東池較小，南北長 220 米，東西寬 150 米，東距東宮城牆僅 5 米多。池岸高出池底三、四米不等。太液池水源引自南來的「龍首渠」，有暗渠與宮外相通。沿岸迴廊與附近宮殿建築錯落有致，均根據當地地貌特點著意布置。

　　大明宮，此座唐代最負盛名的古代建築群，竭力突出主體建築的空間組合，強調縱軸方向的陪襯手法。全宮自南端「丹鳳門」起，北達宮內太液池與蓬萊山，爲長達約 1600 餘米的中軸線。軸線上排列全宮主要建築，如含元殿、宣政殿、紫宸殿，軸線兩側採取大體對稱的佈局。從丹鳳門到紫宸殿約 1200 米，這個長度略大於從北京故宮天安門到保和殿的距離。含元殿利用突起的高地（龍首原）作爲殿基，加上兩側雙閣的陪襯和軸線上空間的變化，營造成朝廷所特有的皇家威嚴氣氛。

　　葛承雍先生在《大明宮：珍貴的記憶遺產》一文中對大明宮建築群感歎

不已：「今日走在這片土地上，即使時光倒流的感覺，看到一些夯土臺基，想像中彷彿回到了煌煌隋唐時代。即使晴空萬里的日子，也有陰霾密佈的時候；既有滂沱淚雨沖洗的遺痕，也有萬國來朝伏拜的絕唱，當時作家和詩人紛紛拿起筆錄製下了稱爲史詩的文字。」〔註10〕

　　讓我們回首歷史，可發現長安城與氣勢恢宏的大明宮，爲了體現「統一天下、長治久安」的願望，君王在城池與宮殿規劃過程中包攬天時、地利與人和的思想觀念：「帝王爲尊，法天象地，百僚拱侍。」將唐長安城池建設得超前邁古，後世難以超越。其面積達 840 萬平方米，是漢長安城的 2.4 倍，明清北京城的 1.4 倍。比同時期的西方拜占庭王國都城大 7 倍，較公元 800 年所建的巴格達城大 6.2 倍。

　　古代長安城外郭城、宮城和皇城，城內百業興旺，最多時居住人口接近300 萬。唐王朝的建立後，對長安城進行了多方位的補葺與修整，使城市佈局更趨合理化。龍首原上大明宮的建立，更使李唐王朝統治者佔有高敞而優越的地理歷史文化位置。居於龍首原，俯瞰全城，確實能顯示一代帝國統領天下的氣度與風範。

第三節　大明宮宮廷建築與古代禮樂文化

　　追根溯源，唐代宮廷依循的「禮樂」來自「周禮」，亦可視爲周代音樂文化的代表，也是中華民族歌舞戲曲史「鍾磬時代」之代表。其組織、規模等極爲龐大與複雜。使用的宮廷樂器達數十種，按製作材料分爲金（如鍾）、石（如磬）、絲（如琴）、竹（如簫）、匏（如笙）、土（如塤）、革（如鼓）、木（如敔）八類，古又有「八音」之稱。其歌、舞及各種樂器，有嚴格的規定。據古籍所述，中國傳統樂舞藝人定額有千人之多。除極少數底層樂師或自由人外，絕大多數是奴隸，其中不少是被判刑的囚犯。歌者多爲盲人，樂者往往是跪著演奏，有被砍了腿的奴隸。

　　「禮樂」的內容極爲廣大與繁多，大體分爲兩項：「雅」樂、「頌」樂。其「雅」、「頌」，是對祖先的崇拜、歌頌，有不少具有「史詩」性質。如《大雅・生民》篇：「厥初生民，時維姜嫄。載生載育，時維后稷。誕后稷之穡，

〔註10〕吳春、韓海梅、高本憲主編：《唐大明宮史料彙編》「序」，文物出版社，2012年版。

有相之道。即有邰家室，以迄于今。」這是周朝的古老史詩。歌頌周氏族始祖善稼穡，娶親，生子，創立了此部族。「后」為領袖；「稷」為穀物之統稱，所以尊之為「后稷」。對剿滅殷商，建立周朝的文王、武王的歌頌詩歌數量更多。如《大雅》：「文王在上，於昭於天。儀刑文王，萬邦作孚。」「涼彼武王，肆伐大商。」「武王成之，武王蒸哉！」林林總總，不一而足。

　　中國古代「禮樂」之「雅樂」，是宣述周宗族、周宮廷的詩歌樂舞。周天子祭祖、盛典及會見諸侯時使用甚廣，以致在後世以「雅樂」來作為整個宮廷音樂的代名詞。後世人們將遠古文藝分為「雅」、「俗」兩端，其出處亦源於此。「禮樂」在號稱八百年的周朝，不斷地趨於規範與精進，使中國古代音樂出現歷史上的第一個高峰。在當時已出現了完整的「十二律」，以及如何得以「十二律」科學的樂律計算法——「三分損益」法。已形成了穩定的、具有中國音樂特徵的「五音」、「二變」等音階。至於龐大的樂隊的建制組合，歌、樂、舞的綜合等，更為後人留下了豐富的鑒賞與研究資料。以周朝「禮樂」為代表的上古音樂時代，是「鍾磬」的天下。

　　無論是周天子或是各諸侯國，都以鍾作為其宗廟社稷的最主要的「禮器」。當時鐘的體積之大、數量之多，頗為壯觀。尤其是其製作的精巧，達到了後世難以想像、複製的地步。如 1978 年在湖北隨縣發掘的大約是公元前433 年或稍晚的「曾侯乙墓」，墓中出土了 64 枚編鍾，全部重量在 2500 公斤以上。經測試，全套編鍾製作精美，音質優良，每一枚都可以準確發出兩個相距為「小三度」或「大三度」的樂音。鍾體上飾有繁複的花紋，並刻有錯金銘文 2800 多字，詳細標明各鍾的發音的律（調）階名，以及該階名與當時其它各地使用的律（調）的對應關係。曾侯乙整套編鍾，全部音域達到 5 個八度之廣。鍾磬在中國古代音樂史上發出異彩與絕響，「曾侯乙編鍾」堪稱是稀世珍寶。遺憾的是，周代隨著王朝的崩潰「禮樂」衰落了。延續到秦、漢與唐代，雖然有的皇帝和有些樂官主張恢復已「失傳」的「禮樂」，但終未能成現實。在宮廷中，「俗樂」逐漸佔居主導地位。唐宋以降，每個朝代的樂官們，仍然會杜撰出一套裝潢門面的「禮樂」，但大不如同前朝周代。

　　張岱年、林大雄先生主編《中國文史百科・思想卷》，對中國傳統「禮樂文化」演化與宮廷音樂歌舞藝術作過如下論述：

　　　　宮廷中的音樂就是宮廷音樂，嚴格地說，應當是宮廷中具有帝
　　王性質的音樂。宮廷音樂，首先是「禮樂」，是使用於帝王（宮廷）

的祭祀、禱祝及各種重大活動的禮儀性的「樂舞」。在上古，祭祝等
原是全部族的活動。隨著階級階層的分化，統治範圍的擴大，首領
特權的強化，帝王成爲「天子」，這類活動便成爲特殊的宮廷行爲。
在中國，禮樂完成於周代。周代對宮廷典禮樂舞，極端地重視，把
它作爲維持周天子統治的政治制度的標誌和工具。政治制度爲
「禮」，其樂就是「禮樂」，有各種各樣嚴格規定。貴族子弟受教育，
首先就是習「禮樂」，目的是政治性的，「以樂禮教和，而民不乖」。
以周「禮樂」爲代表的宮廷典禮樂舞，是具有宮廷性質的音樂的典
型，即眞正的宮廷音樂。嚴格地說，只是曾在周代宮廷音樂活動中
起過主導作用。〔註11〕

　　當然，除了歷代「禮樂」之外，宮廷中還有兩方面的音樂。一個方面是
在宴飲時使用的音樂，周代稱之爲「房中樂」與「祭祀樂舞」，隋唐稱「燕樂」，
證實「燕」與「宴」相通。這類樂舞不動鍾磬，輕鬆而清新。其樂舞多從民
間選擇，適合宮廷宴飲之處得予改編，所以亦稱爲宮廷「俗樂」。「燕樂」往
往由技藝水平很高的藝人獻演，比較其民間禮樂的音樂要好聽得多，娛樂性
和藝術性要高得多。中國古代的著名音樂家，大多是在燕樂中表現其才能。
宮廷中包括帝王們，眞正喜歡的實際是此類音樂。因此「燕樂」逐漸奪取了
「雅樂」之席位。再一個方面是「四夷之樂」，即相對於「華夏」而言的四面
八方古代少數民族的樂舞，又統稱爲「胡樂」。胡樂進入中國宮廷的結果，極
大地豐富了中原華夏音樂，並成爲中國古代演藝演變的契機。

　　「燕樂」是中國古代宮廷音樂中最重要的組成部份之一。此樂始於周代，
爲周天子及諸侯王宴請賓客時所奏之樂，以俗樂爲主。其藝術風格，與祭祀
天地、山川、宗廟、祖先的「雅樂」迥然不同。其曲調，多採用民間流行的
各種樂歌。至漢代，宮廷音樂分爲四部，其中一部爲「黃門鼓吹樂」，用於宴
享。又有「食舉樂」二曲，亦用於宴會。至南朝，食舉樂增爲十三曲，如《鹿
鳴》、《初造》、《俠安》、《歸來》、《有所思》、《大置酒》、《承元氣》等皆是。
而魏晉南北朝之北齊、北周等宮廷，復稱宴飲時所奏之樂即爲「燕樂」。

　　隋朝立國後，將南、北朝宮廷音樂合爲一體，統分爲雅、俗二部。俗部
樂即燕樂，又分爲「七部伎樂」及「九部伎樂」。唐初，將周、齊舊樂立爲「燕

<hr>

〔註11〕張岱年、林大雄主編：《中國文史百科・思想卷》（下卷），浙江人民出版社，
　　　　1998 年版，第 1071 頁。

樂部」，將梁、陳朝舊樂立爲「清商樂部」，置於「九部樂」及「十部樂」之首，亦總稱之爲「燕樂」。不久，張文收造《景雲樂》、《慶善樂》、《破陣樂》、《承天樂》等四部舞樂，同樣也稱爲「燕樂」，仍冠於諸樂部。唐玄宗時，改「十部伎樂」爲坐、立二部伎時，亦統稱爲「燕樂」。其曲調，共有二十八調，除少數獨奏琴曲之外，尚保留傳統中原音樂風格，樂曲以「西涼樂」之風格爲主流，舞曲則以「龜茲樂」風格爲主流。中國古代各民族不同流派音樂的相互融合，此時已成爲「燕樂」發展之總趨勢。

據考古資料所顯示，較之唐代興慶宮，歷史更長、規模更大的「大明宮」爲充分體現中華民族禮樂文化的重要場所。此座巨大宏偉的宮殿內共有各式建築 133 處，有 2 臺、4 觀、6 亭、6 閣、8 院、10 樓、38 門、56 殿，館、池各 1。屬未央區境內的主要遺址有麟德殿、蓬萊殿、延英殿、清思殿、三清殿、大福殿、珠鏡殿、承香殿、含冰殿、紫蘭殿、元武殿、大角觀、玄武門、太液池等。其中有不少園林與場地古建築均可供唐代宮廷演藝活動所用。

根據古代文獻記載，大明宮及其建築群發生過許多與禮樂文化有關聯的歷史事件。諸如《兩京新記·大明宮》載：「大明宮南接京城之北面，西接京城之東北隅。初，高宗嘗患風痹，以宮內湫濕，屋宇擁蔽，乃於此置宮。」《唐會要》卷三〇《大明宮》載：「上元二年七月，延英殿當御坐生玉芝，一莖三花，親製《玉靈芝詩》三章。」

《唐會要》卷三〇《大明宮》載：「永隆二年正月十日，王公已下，以太子初立，獻食，敕於宣政殿會百官及命婦。太常博士袁利貞上疏曰：『扶以恩旨，於宣政殿上兼，設命婦坐位，奏九部伎，及散樂，並從宣政門入。臣以爲前殿正寢，非命婦宴會之處；像闕路門，非倡優進御之所。望請命婦會於別殿，九部伎從東門入，散月一色伏望停省。若於三殿別所，自可備極恩私。』上從之，改向麟德殿。」當然，很多宮廷演藝活動亦發生在各個殿堂、庭院與場所之中。

依上所述，大明宮是唐朝政治、經濟、文化的中心，此地每年都要舉行隆重的國家慶典儀式，以及形式多樣的樂舞藝術演出活動，都需要禮樂及其樂官來組織與實施。特別是「丹鳳門」作爲大明宮的正門，除了要舉行一些盛大的典禮之外，如皇帝即位、太子、頒佈大赦、宣佈改元，也不時會安排相應的散樂、俳優、樂舞、曲藝、雜戲等表演活動。

據楊希義、孫福喜、張璠著《大明宮史話》詳細記載唐王朝各種宮廷

儀典：

> 皇帝在丹鳳門宣佈大赦，事關國家要務，屬朝廷盛典，所以不但規模巨大，而且還有隆重的大赦禮儀。一般說來，在含元殿和宣政殿舉行繁榮元正、冬至，以及朝賀皇帝的慶典儀式結束以後，參加慶典活動的全體官員、四夷君長和外國使節、諸州朝集使，都要從殿庭和殿前廣場退出宮城，齊集於丹鳳門之南，依次排列於南北大街之上，參加大赦的官員人數最多時可達萬人以上。……皇帝有時在宣佈大赦以後，龍顏大悅，喜猶未盡，還要在丹鳳門內上演俳優百戲，並允許庶民百姓自由觀看。如唐穆宗於元和十五年（820年）二月五日即位不久，在丹鳳門宣佈大赦以後，陳俳優百戲於丹鳳門內，上縱觀之。〔註12〕

唐代的禮樂機構龐大，儀典完善而高效運作。「太常寺」是當朝國家掌管禮樂的最高行政機構，管理朝會、祭祀、宴饗、出行儀仗等場合的樂舞百戲，下屬機構則有「太樂署」、「鼓吹署」等。此外，唐代還設立了宮廷直接管理的「外教坊」、「梨園」等，以及「內教坊」、「宜春院」等樂舞藝術機構。唐朝歷史近三百年之間，設立於長安、洛陽兩京的此類樂舞機構，建立了多部伎樂（九部樂、十部樂）和「二部伎」（坐部伎、立部伎）的宏大音樂體制，並且集中了大量當時優秀的樂工、歌舞伎，湧現出許多傑出的藝術家和無數燦爛的演藝作品，創造了中國古代樂舞藝術最為輝煌鼎盛的時代。

隨著晚唐、五代政治經濟和社會文化中心的遷移，朝廷樂舞機構規模逐漸衰弱分散。從此各種民間表演藝術崛起，藩鎮管轄的繁華城市逐漸成為樂舞百戲薈萃的新舞臺。但是唐代樂舞機構，以及許多相關制度，仍以各種形式為周邊各國與後世各朝所仿傚和沿襲。

〔註12〕楊希義、孫福喜、張璠著：《大明宮史話》，陝西人民出版社，2011 年版。

第二章　歷史文獻中的唐代宮廷禮樂文化

　　自古迄今，中國非常重視禮儀邦交，於上層宮廷和國家組織，設置一些音樂機構，以及豢養著許多演藝樂人。據《周本紀》載：「（武王）聞紂王昏亂暴虐滋甚，殺王子比干，囚箕子。太師疵、少師彊抱其樂器而奔周。」《漢書‧禮樂志》稱《書》序：「殷紂斷先祖之樂，乃作淫聲，用變亂正聲，以悅婦人。」「樂官師瞽報其器而奔散，或適諸侯，或入河海。」《禮記‧文王世子》亦云：「春誦夏弦，大師詔之；瞽宗秋學《禮》，執《禮》者詔之。多讀《書》，典《書》者詔之。《禮》在瞽宗，《書》在上庠。」《周禮‧春官‧大司樂》則云：「大司樂掌成均之法，以治建國之學政，而合國之子弟焉。凡有道有德者，使教焉，死則以為樂祖，祭於瞽宗。」肖滌非閱後認為：「樂府之制其來已久，殷有瞽宗，周有大司樂，秦有太樂令、太樂丞，皆掌樂之官也。」

　　中山大學文化史學者黎國韜著《先秦至兩宋樂官制度研究》特地指出：早在遠古「傳說時代，神瞽、伶倫、夔都是著名的樂官而兼巫官者。」又云：「大司樂是《周禮》所載，周代最重要的樂官，他於瞽宗教國子學政，死後即受祭於此。凡此皆可見，瞽宗實為商周時期施行禮樂教育及禮樂活動的主要場所。殷瞽宗之官守，毫無疑問與樂祖、大司樂有直接的聯繫。」

　　追溯往事，經歷兩周、春秋、戰國、秦、兩漢、魏晉、南北朝諸國至隋唐諸朝時期，宮廷御用樂官制度越來越健全與齊備，在此合理體制下自然促成唐代演藝文化的大繁榮與大發展。據黎國韜考據：

　　　　隋唐五代時期重要的樂官和樂官機構主要有太樂、鼓吹、教

坊、梨園、率更寺、宣徽子弟、法曲樂官等。唐初至開元二年（714
年）是一個階段，承隋之制並有所發展，其中內教坊是一個新創立
的機構。開元至天寶（742～756 年）末是一個階段，左右教坊、梨
園等樂官相繼設立，樂制極其繁榮。」〔註1〕

　　繼承先秦與兩周、兩漢樂府與樂官制度，唐代宮廷演藝，或音樂機構，
以傳統的「太常寺」、「教坊」和「梨園」三大演藝機構爲主體，除此之外，
還設有其它一些輔助性機構，如「宣春院」，左、右「神策軍」等。正是借助
上述傳統音樂歌舞機構，方支撐起唐代暨大明宮演藝文化的宏偉大廈。

第一節　史書記載的漢唐宮廷禮樂文化

　　中國是一個有著深厚禮樂文化傳統的國家。自古以來，歷代王朝都要設
置規模宏大、建制齊備的樂府機構。所設「樂官」爲國家重職，並兼有政治、
經濟、軍事、文化等相關職能。所掌「禮器」，乃一國之重。《先秦至兩宋樂
官制度研究》一書論證：「樂官制度漸次形成於商代後期」，若向前追溯，「在
傳說時代，神瞽、伶倫、夔都是著名的樂官而兼巫官者。從他們身上，既可
以瞭解到古代樂官的淵源和部份特點，也可以瞭解到古代樂官的某些文化功
能，及其對後世文化發生所產生的影響。」〔註2〕

　　論及中華禮儀之邦──唐代長安大明宮之宮廷禮樂形成的歷史，需從在
隋代大興城基礎上擴建修繕的「太極宮」談起。此座更名爲「太極殿」的著
名宮廷建築，其中用以配套的宮殿有「甘露殿」、「兩儀殿」，另外還有鼎鼎大
名的「淩煙閣」。此廳閣因貞觀十七年唐太宗詔命著名畫師閻立本繪製孫無
忌、魏徵、房玄齡等 24 位開國功臣畫像，並由皇帝親自題詞而揚名。

　　唐太宗於貞觀八年在太極殿北部龍首原高坡處，修建消暑的離宮──「永
樂宮」，後由唐高宗擴建並改名爲「大明宮」，且與太極宮齊名爲「西內」與
「東內」。開元二年，唐玄宗在隆慶坊建成「興慶宮」，因在大明宮和太極宮
的南面，而被稱之爲「南內」。

　　《新唐書》卷二〇八《李輔國傳》記載：「時太上皇居興慶宮，帝自複道

〔註1〕黎國韜著：《先秦至兩宋樂官制度研究》，廣東人民出版社，2009 年版，第 162
　　　頁。
〔註2〕黎國韜著：《先秦至兩宋樂官制度研究》，廣東人民出版社，2009 年版，第 11
　　　頁。

來起居，太上皇亦間至大明宮，或相逢道中。帝命陳玄禮、高力士、王承恩、魏悅、玉眞公主常在太上皇左右，梨園弟子日奏聲伎爲娛樂。劉克明，亦亡所來，得倖敬宗。敬宗善擊毬，於是陶元皓、靳遂良、趙士則、李公定、石定寬以球工得見便殿，內籍宣徽院或教坊。然皆出神策隸卒，或里閭惡少年，帝與狎息殿中爲戲樂。」

《類編長安志》卷三《苑囿池臺》曰：「東內苑，南北三里，與大明宮城齊。南即延政門，北即銀臺門，東即太和門，中有龍首殿。又有凝暉殿、會昌殿、含光殿、昭德殿、光啓宮、雲昭院。中有蓬萊殿、凝碧池、梨園、櫻桃園、東西葡萄園。又有龍首池、靈符池、應聖院、內園小兒坊。《舊圖》云：旁有看樂樓，東下馬橋，東頭御馬坊。」

諸如下述：「含光殿」、「蓬萊殿」、「延英殿」、「宣政殿」、「中和殿」、「龍首殿」、「會寧殿」、「麟德殿」、「大清宮」、「九仙門」、「玄武門」相關歷史文獻記事所云：

其中如「含光殿」紀事：《唐六典》卷四《尚書禮部》曰：「凡元日大陳設於太極殿，今大明宮於含元殿，在都則於乾元殿。皇帝袞冕臨軒，展宮縣之樂，陳歷代寶玉、輿輅，備黃麾仗。」《奉天錄》卷一曰：「初，令言陣於五門，禁兵不出，百姓觀巨億，遂整旗吹角入含元殿。」

《舊唐書》卷二四《禮儀志四》曰：「自至德二載收兩京，唯元正含元殿受朝賀，設宮懸之樂，雖郊廟大祭，只有登歌樂，亦無文、武二舞。其時軍容使魚朝恩知監事，廟庭乃具宮懸之樂於講堂前，又有教坊樂府雜會，竟日而罷。詔宰相及中書門下官、諸司常參官、六軍軍將送上。京兆府造食，內教坊音樂、竿木渾脫，羅列於論堂前。朝恩辭以中官不合知南衙曹務，宰相、僕射、大夫皆勸之，朝恩固辭，乃奏之。宰相引就食。奏樂，中使送酒及茶果，賜充宴樂，竟日而罷舊儀，大祭祀，宮懸、軒縣奏於庭，登歌於堂上。」

又曰：至德二載克復兩京後，樂工不備，時又艱食，諸壇廟祭享，空有登歌，無壇下、庭中樂及三舞。舊儀，凡祭享，有司行事，則太尉奠瓚幣，司徒拜俎，司空掃除，太尉初獻，太常卿亞獻，光祿卿終獻。自上元後，南郊、九宮神壇、太廟，備此五官，餘即太常卿攝司空，光祿卿攝司徒，貴省於事。舊儀，有協律郎立於阼階上，麾竿以節樂，今無協律之位。自至德二載收兩京，唯元正含元殿受朝賀，設宮懸之樂，雖郊廟大祭，只是登歌樂，亦無文、武二舞。其時軍容使魚朝恩知監事，廟庭乃宮懸之樂於講堂前，又

有教坊樂府雜會，竟日而罷。」

　　《舊唐書》卷八四《郝處俊傳》曰：「上元元年，高宗御含元殿東翔鸞閣觀大酺。時京城四縣及太常音樂分爲東西兩朋，帝令雍王賢爲東朋，周王諱爲西朋，務以角勝爲樂。」

　　《新唐書》卷二二五《黃巢傳》曰：「含元殿（廣明元年十二月）巢齋太清宮，卜日舍含元殿，僭即位，號大齊。求袞冕不得，繪弋絺爲之。無金石樂，擊大鼓數百，列長劍大刀爲衛。大赦，建元爲金統。」

　　諸如「蓬萊殿」，亦稱蓬萊池，蓬萊宮，太液池等，史書所載紀事：《長安志》卷六《宮室四·唐上》云：「長生殿教坊，《唐紀》曰：元宗置左右教坊於蓬萊宮側，帝自爲法曲俗樂以教宮人，號皇帝梨園。」

　　「清思殿」紀事如：《唐兩京城坊考》卷一《大明宮》曰：「銀臺門之北爲太和殿、清思殿，通鑒注引閣本圖，入左銀門稍北即太和殿，又西即清思殿，又《通鑒》：蘇元明入銀臺門作亂，上時在清思殿擊毬。九仙門之外有鬥雞樓、走馬樓。見大典閣本圖。鬥雞樓在北，走馬樓在南。」

　　《資治通鑒》卷二四三《唐紀》五十九曰：「長慶四年，上時在清思殿擊毬，自左銀臺門西入，經太和殿至清思殿……先是右神策中尉梁守謙有寵於上，每兩軍角伎藝。」

　　《資治通鑒》卷二四三《唐紀》五十九曰：「長慶四年，清思殿上時在清思殿擊毬，自左銀臺門西入，經太和殿至清思殿。清思殿之南則宣徽殿，北則珠鏡殿。諸宦者見之，驚駭，急入閉門，走白上，盜尋斬關而入。」

　　《冊府元龜》卷五六九《掌禮部·作樂第五》曰：「光化四年正月，宴於保寧殿，帝自製曲名曰《贊成功》。時中宮劉季述幽帝於西內，監州雄毅軍使孫德昭等殺季述，昭宗反正，乃製曲以褒之。又作樊噲排戲以樂焉。」

　　《南部新書》辛卷曰：「光化四年正月，宴於保寧殿，上自製曲，名曰《贊成功》。時鹽州雄毅軍使孫德昭等殺劉季述，帝反正，乃製曲以褒之。仍作樊噲排戲以樂焉。」

　　《長安志》卷六《宮室四·唐上》曰：「昭宗宴李繼昭等將，於保寧殿，親製《成功曲》，以褒之。仍令伶官作樊噲排君難雜戲以樂之。」

　　「延英殿」紀事如：《冊府元龜》卷二《帝王部·誕聖》曰：「（寶曆）九年十月慶成節，詔宰臣及文武百官慶成節赴延英殿庭，奉觴稱賀，禮畢，錫宴於曲江亭。開成元年十月慶成節，宴於延英殿，太常進雲韶樂，宰臣及翰

林學士赴宴，又錫百僚於曲江。」

《冊府元龜》卷九七二《外臣部・朝貢第五》曰：「（大曆八年四月）新羅遣使賀正見於延英殿，並獻金、銀、牛黃、魚牙、紬朝霞紬等物。」

「宣政殿」紀事如：《冊府元龜》卷五四三《諫諍部・直諫第十》曰：「袁利貞爲太常博士。永隆二年正月，王公以下及朝集使，以太子初立獻食，敕於宣政殿會百官及命婦。利貞上疏曰：『伏以恩旨宣政殿上兼設命婦坐位，九部伎及散樂並從宣政門入。臣以前殿正寢，非命婦宴會之處，象闕路門，非倡優進御之所。望請命婦會於別殿，九部伎從東西門入，散樂一色，伏望停省。若於三殿別所，自可備極恩私，微臣庸蔽，不閑典則，忝預禮司，不敢不奏。輕陳狂瞽，願垂省察。』帝從之，改向麟德殿陳設。至會日，群臣樂飲，帝使中書侍郎薛元超謂利貞曰：『卿門承忠鯁，能抗疏直言，不加厚錫，無以獎勸之。』於是賜百段錦綵。」

《資治通鑑》卷二○二《唐紀》十八曰：「庚辰，以初立太子，敕宴百官及命婦於宣政殿，引九部伎及散樂自宣政門入。太常博士袁利貞上疏，以爲：『正寢非命婦宴會之地，路門非倡優進御之所，請命婦會於別殿，九部伎自東西門入，其散樂伏望停省。』上乃更命置宴於麟德殿；宴日，賜利貞帛百段。利貞，昂之曾孫也。後託言懷義有巧思，故使入禁營造。補闕長社王求禮上表，以爲：『太宗時，有羅黑黑善彈琵琶，太宗閹爲給使，使教宮人。陛下若以懷義有巧性，欲宮中驅使者，臣請閹之，庶不亂宮闈。』表寢不出。」

《新唐書》卷二○一《袁朗傳》曰：「朗從祖弟利貞，陳中書令敬孫，高宗時爲太常博士、周王侍讀。及王立爲太子，百官上禮，帝欲大會群臣、命婦合宴宣政殿，設九部伎、散樂。利貞上疏諫，以爲：『前殿路門，非命婦宴會、倡優進御之所，請徙命婦別殿，九部伎從左右門入，罷散樂不進。』帝納之。既會，帝傳詔利貞曰：『卿奕葉忠鯁，能抗疏規朕之失，不厚賜無以勸能者。』乃賜物百段。」

「中和殿」紀事如：《舊唐書》卷一七《敬宗本紀》曰：「（長慶四年二月）丁未，御中和殿擊毬，賜教坊樂官綾絹三千五百匹。戊申，擊毬於飛龍院，己酉，大酺樂於中和殿，極歡而罷，內官頒賜有差。」

《資治通鑑》卷二四三《唐紀》五十九曰：「長慶四年，中和殿二月，丁未，上幸中和殿擊毬，自是數遊宴、擊毬、奏樂，數，所角翻。賞賜宦官、

樂人，不可悉紀。」

「龍首殿」紀事如：《冊府元龜》卷一一○《帝王部‧享宴第三》曰：（文宗太和）「九年八月丁丑，幸左軍龍首殿，因幸梨園，含元殿大合樂。」

「會寧殿」紀事如：《資治通鑑》卷二四六《唐紀》六十二曰：「開成四年、丁卯，上幸會寧殿作樂，有童子緣橦，橦，識容翻。」

「麟德殿」紀事如：《冊府元龜》卷五四三《諫諍部‧直諫第十》曰：「（貞元）四年，河東節度使馬燧獻《定難曲》，帝御麟德殿，命閱試之。」又曰：「（貞元）十四年，帝自造《中和樂》，御麟德殿奏之，並製觀新樂詩，命太子書示百官。」

《冊府元龜》卷五七○《掌禮部‧作樂第六》曰：「德宗貞元十六年正月，南詔異牟尋作《奉聖樂》，因西川押雲南使韋臯以進，帝御麟德殿以閱之。」

《全唐文》卷五四《德宗》曰：「答中書門下進奉和春麟德殿會百僚觀新詩狀批：朕思以中和，被於風俗，既傳令節，載序樂章。因會群僚，用申歡宴，斐然成韻，有媿非工。卿等各抒清詞，咸推藻麗，再三省覽，良用嘉焉。所獻知。」

《全唐文》卷四八五《權德輿三》曰：「中書門下賀新製中和樂狀，右，中書門下奏：今月七日，伏蒙聖恩，賜臣麟德殿宴會，觀上件新樂。臣聞先王作樂，必本人情，所以崇德，所以辨政。……制氏未賭其鏗鏘，伶官甫披其行綴。聲歌所感，遐邇同歡。臣等職忝臺司，時逢交泰，昨已面有奏陳，請付有司，頒示四方，永光樂府，仍請編入史冊。」又曰：「中書門下進奉和聖製中春麟德殿會百僚觀新樂詩狀：右，今月七日，伏奉聖恩，賜百僚麟德殿宴會，群臣觀新樂，並賜臣等聖製詩序者。伏惟陛下法天授人，順時布政。中和製樂，以協六律之音；元首作歌，以廣百工之業。感於順氣，諧此正聲。

「太清宮」紀事如：《冊府元龜》卷五四《帝王部‧尚黃老第二》曰：「（乾元元年）四月丁未，內出皇帝寫眞圖，子光順門送太清宮，諸觀道士、都人皆以棚車幡花鼓樂迎送。」

「九仙門」紀事如：《冊府元龜》卷五二《帝王部‧仁慈》曰：「貞觀二十一年三月，出後宮三百人及教坊女伎六百人，聽其親戚迎於九仙門。百姓聚觀，歡呼大叫。」

「玄武門」紀事如：《太平廣記》卷二一三《邊鸞》曰：「新羅國獻孔雀，

解舞。德宗召於玄武門寫貌。一正一背，翠彩生動，金鈿遺妍。若運清聲，宛應繁節。」

　　另外作爲唐帝王經常光臨的行宮「華清宮」，其紀事如：《太平廣記》卷第二百二十七記載：「玄宗於華清宮新廣一池，制度宏麗。安祿山於范陽以白玉石爲魚龍鳳雁，仍爲石梁及石蓮花獻。雕鐫巧妙，殆非人工。上大悅，命於池中，仍以石梁橫亙其上，而下蓮花出於水際。上因幸華清宮，至其所。解衣將入，而魚龍鳳雁皆若奮鱗舉翼，狀欲飛動。上甚恐，遽命撤去，去之而蓮花石梁尚存。又嘗於宮中置長湯池數十間，屋宇環回，甃以文石。爲銀鏤漆船及檀香水船，致於其中。至楫棹皆飾以珠玉。又於湯池中，疊瑟瑟及檀香木爲山，狀瀛洲方丈。」此座宮殿供其展示才藝的演出舞臺又有當代學人形象譯介並描繪：

　　　　唐玄宗在華清宮新修建一座浴池，規模宏大壯麗。安祿山在范
　　　　陽讓工匠們用白玉石雕刻成魚、龍、鳳凰、大雁，又雕製成石梁、
　　　　石蓮，一塊兒進獻給唐玄宗。這些東西，雕刻製作得異常精緻、巧
　　　　妙，完全不像是人工製成的。玄宗皇帝非常高興，命人將魚、龍、
　　　　鳳凰、大雁與石蓮花，都安放在浴池中，將石梁橫放在浴池上面，
　　　　下面的石蓮花露出水面。於是玄宗皇帝親臨華清宮，來到這座新建
　　　　的浴池。脫去衣服剛剛下到浴池裏，池中的白玉石魚、龍、鳳凰、
　　　　大雁，都像在奮動鱗片、展開翅膀，似乎要跳躍飛動。玄宗皇帝驚
　　　　恐異常，急忙命令將這些東西搬出浴池，只留下石蓮花與石梁，還
　　　　安放在原來的地方。唐玄宗又曾在華清宮中建造一座常溫池，有幾
　　　　十間屋，迴環相通。溫池的岸邊都是用帶有紋彩的卵石裝飾疊砌而
　　　　成。又造飾有白銀的漆船和檀香水船放在溫池裏。船上長短船槳，
　　　　都用珍珠、美玉作裝飾。又在溫池中，用碧色寶石和檀香木疊造成
　　　　山，形狀仿傚傳說中的東海瀛洲、方丈兩座仙山。

　　因唐代「燕樂」極盛，政府遂設教坊，專門負責管理燕樂事務。而舊有之「太常」，則以管理「雅樂」爲主。宋代「燕樂」，仍屬教坊，故又稱「教坊大樂」，分爲大曲、法曲、龜茲、鼓笛等四大部。至徽宗時，新造雅樂「大晟樂」，又於宋政和年間（1111～1118 年）下詔，命將該樂用之於宴會，並增補徵、角二調，命教坊肄習之，是爲燕樂與雅樂之混用。金朝部將克汴京後，宋廷南渡，統治者受到內患外擾之困，被迫裁減教坊樂工，簡省樂器，

燕樂遂日趨衰微。遼朝始興，得唐代張文收所造之四部「燕樂」，改稱爲「大樂」，仍用於宴飲大會。金朝滅北宋，得其教坊燕樂，稱爲「散樂」，亦用於宴飲。此後，遂無「燕樂」之專門稱謂，僅爲對於宮廷宴飲時所用音樂之泛稱。

我們根據歷史文獻與發掘現場，以及藝術文物進行對照研究所知：唐代大明宮除了不同時間，不同形式的朝拜活動之外，還在各個宮殿、樓亭館榭舉辦過許多皇家演藝活動。從《大明宮史話》一書記載，方可勾勒出當年唐代大明宮的音樂、歌舞、講唱、遊戲、戲曲等表演藝術的歷史風貌：

> 唐高宗於龍朔三年（663 年）建成大明宮以後，大明宮的續修
> 工程並未結束。麟德年間（644～665 年），高宗又在「太液池」西
> 邊隆起的一片高地上，建造了一座規模巨大、風格獨特的便殿，這
> 便是「麟德殿」。後來，這座便殿成了唐代諸帝召見、宴會大臣和中
> 外賓客的重要場所。高宗以後，唐代諸帝繼續在宮內大幸土木，修
> 建了很多寢殿、中央官署、佛道寺觀，以及亭臺樓閣、毬場等建築，
> 前後持續了 100 年。〔註3〕

居於唐代禮樂與演藝文化中樞地帶的「麟德殿」，位於大明宮的西北部，是宮內規模最大的別殿，建於高宗麟德年間，是皇帝舉行宴會、觀看樂舞和接見外國使節的主要場所。此殿其臺基南北長 130 米，東西寬 80 餘米，由前、中、後三室毗連的殿閣組成。有東、西亭，鬱儀、結鄰樓，周圍迴廊環繞，建築面積達 12300 多平方米。

麟德殿殿基用夯土砌築，四壁鋪磚，周圍有迴廊環繞，目前已在遺址的基礎上復原了其平面佈局。麟德殿遺址中出土大量黑色筒瓦，還有少量的琉璃瓦片。從其遺物可知，殿面除用黑色陶瓦外，也用琉璃瓦，兩層臺基均安有望柱、構欄、螭首，並繪有紅、藍、綠色。臺基周圍出土很多螭首石刻和石望柱殘塊，階道鋪有許多蓮花方磚，這是其它宮殿遺址所少見的。

陝西師範大學杜文玉教授在《大明宮與大唐文化》一文中亦云：「大明宮麟德殿是經常舉行宴會與樂舞表演的地方。在唐朝，凡宮中舉行宴會均有樂舞助興，主要就在麟德殿舉行，尤其每年入日之時。通常都要大宴群臣，賦詩作樂，在《全唐詩》中收有不少人日應制之類的詩篇。」從此可以清楚地

〔註 3〕楊希義、孫福喜、張璠著：《大明宮史話》，陝西人民出版社，2011 年版，第
　　　4 頁。

看到：「大明宮不僅是一座規模宏大的建築物，而且還是大唐文化的一個重要載體。大明宮所體現的文化，代表著大唐文化的精華，體現了中外交流的發展潮流。」〔註4〕顯而易見，「此座重要宮殿較之上述含光殿、蓬萊殿、清思殿、延英殿、宣政殿、中和殿、會寧殿、太清宮、九仙門、玄武門更爲重要，更能代表著大唐文化的精華」，故此，更具有典型的唐代演藝文化研究的歷史與學術價值。

第二節　方志中的唐代大明宮建築藝術

在世界歷史文化上，只有東方的「開羅」、「巴格達」，西方的「雅典」、「羅馬」等屈指可數的幾座城池，可與中國漢唐時期的都城「長安」相媲美。唐代長安城因爲太極宮、興慶宮、大明宮、華清宮、大唐芙蓉園等古建築群美名遠揚。大明宮內除了上述的諸建築之外，另外還建有若干官署，如含元殿與宣政殿之間、左右所置：中書、門下二省與弘文館、史館；麟德殿西南置有翰林院等。從而形成一座兼容政治、經濟、文學、藝術等多重社會功能而成爲世界古都建築文化之典範。

在著名學者梁思成著《中國建築史》一書中，我們可以看到他對大明宮的建築功能和審美風格所作的精彩評述：

> 大明宮在禁苑之東南部，其西南角與宮城之東北角相接。宮正南丹鳳門內含元殿，即龍首山之東趾也。「殿左右有砌道盤上。謂之龍尾道，殿陛上高於平地四十餘尺，南去丹鳳門四百步。」（《兩京記》）「元正冬至於此聽朝也。夾殿兩閣，左曰翔鸞閣，右曰棲鳳閣，與殿飛廊相接。」（《唐六典》）在含元殿南北中線上，更北爲宣政殿，紫宸門及紫宸殿、蓬萊殿等，最北即宮牆北面之玄武門也。宮內西北部有麟德殿，三面，形制特殊，南有閣，東西皆有樓，各有障日閣。玄宗與諸王近內臣宴會多在此殿。宮中又有太液池，有山林之勝焉。〔註5〕

根據歷代史志古籍，諸如唐開元時韋述的《兩京新記》、北宋宋敏求的《長安志》、元代駱天驤的《類編長安志》、清代徐松的《唐兩京城坊考》等

〔註4〕杜文玉：《大明宮與大唐文化》，《中國文化遺產》，2009年第4期。
〔註5〕梁思成著：《中國建築史》，三聯書店（香港）有限公司，2000年版，第78頁。

史書方志的文字記錄，我們清晰地感知唐代大明宮建築藝術的宏大、繁複與典麗。

諸如，《兩京新記》是最早記述隋、唐長安城坊的史志專著。根據唐代韋述撰、辛德勇輯校《兩京新記輯校》所述，可知當年的長安城宮城建築規模之大，社會功能之齊備：

西京：西京俗曰「長安城」，亦曰「京城」。隋文帝開皇二年夏，自古都移今所。在漢故城之東南，屬杜縣，周之京兆郡萬年縣界。南直終南山子午谷，北據渭水，東臨灞滻，西枕龍首原。

據此書所載，其宮城：宮城東西四里，南北二里四十步，周迴十三里一百八十步，高三丈五尺。宮城南面六門，正南承天門，門外兩觀、肺石、登聞鼓、朝堂。次東長樂、廣運、重明、永春門；次西永安門。次北嘉德、東西恭禮、安仁門，東西廊歸仁、納義門。次北太極門。北至太極殿。北面三門，正北玄武、次東安禮門、玄德門。西面二門，南通明、北嘉猷門。太極殿旁東上閣、西上閣門，東西廊左、右延明門。兩儀殿在太極殿後，常日聽朝視事，蓋古之內朝。武德殿在西內乾化門東北。淩煙閣在凝陰殿內，功臣閣在淩煙閣南。

東宮：東宮重明門北左、右永福門，內廊左、右嘉善門，東西奉化門。宮內有九殿。宜春門外有左春坊，坊南有崇賢館。

禁苑：禁苑在宮城之北。苑中有四面監，分掌宮中種植及修緝，又置苑總監都統，並屬司農寺。苑內有望春宮，在高原之上，東臨灞滻。又有望雲亭、鞠場亭、柳園亭、眞興亭、神皋亭、桃園亭、臨渭亭、永泰亭、南昌國亭、北昌國亭、流杯亭、青門亭。隋文帝增修未央池。

皇城：皇城東西五里一百五十步，南北三里一百四十步。南面三門，正南曰朱雀門，東曰安上門，西曰含光門。東面二門，南曰景風門，北曰延喜門。西面二門，南曰順義門，北曰安福門。城中南北七街，東西五街。承天門西第七街，北從東第一曰鴻臚寺，次西鴻臚客館。

據《兩京新記》中所述，居於皇城之東北部的長安大明宮古代建築群，節次鱗比、錯落有致，尤爲華麗、雄偉與壯觀：

大明宮南接京城之北面，西接京城之東北隅。初，高宗嘗患風痺，以宮內湫濕，屋宇擁蔽，乃於此置宮。司農少卿梁孝仁充使製造。北據高岡，南望爽塏，視終南如指掌，坊市俯而可窺。宮南面無門，正南丹鳳門，次東望

仙、延政門，次西建福、興安門。

　　正中含元殿，殿東西翔鸞、棲鳳閣，閣下肺石、登聞鼓。殿前左右有砌道盤上，謂之「龍尾道」。殿陛上高於平地四十餘丈，南去丹鳳門四百步。

　　含元殿東西通乾、觀象門，殿北宣政門。門內曰「宣政殿」，即正衙殿也，朔望大冊拜則御之。殿前東西廊曰華、月華門。門下省東弘文館，次東史館。

　　紫宸殿在宣政殿北，即內衙正殿。紫宸殿前紫宸門，門設外屏。東崇明門，南出含曜門、昭訓門。西光順門，南出昭慶門、光範門。紫宸殿北曰「蓬萊殿」，其西曰還周殿，西北曰「金鑾殿」，西南曰「長安殿」。

　　長安北曰「仙居殿」，西北曰「麟德殿」。此殿三面，故以三殿名。東南、西南有閣，東西有樓。大福殿在三殿北，重樓連閣綿亘，西殿有走馬樓，南北長百餘步，樓下即九仙門，西入苑。拾翠殿在大福殿東南。拾翠樓在大福殿東北。

　　宋敏求（1019～1079 年），字次道，趙州平棘（今河北趙縣）人，官至史館修撰，龍圖閣直學士。曾補撰唐武宗以降《六朝實錄》，編集《唐大詔令集》，並預修《新唐書》。其都邑地志方面的撰述還有《河南志》二十卷、《東京記》三卷，均已亡佚。鑒於唐代韋述編撰的《兩京新記》只敘長安古蹟，宋敏求決定另創體例。他遍搜與長安有關的史部實錄、傳記、家譜、古志、古圖、碑刻、筆記等，整理編纂成此泱泱大著。

　　宋敏求撰 20 卷《長安志》，撰成於北宋熙寧（1068～1077 年）時，為中國現存最早的古都志及記述唐都長安宮城、坊市及屬縣的專著。以《兩京新記》為本而增益，除備述唐長安城坊及宮室、第宅、寺觀之外，還上溯周、秦，旁及京兆府所屬萬年、長安等二十四縣，詳記其沿革、山川、名勝、古蹟。宋代司馬光曾稱該書詳於《兩京新記》不啻十倍。《兩京新記》至今僅存卷三殘帙，因而該書成為後世研究唐以及唐以前長安地理的主要依據，同時也是研究唐史必備的參考書。

　　《長安志》著重記述唐代舊都，並上溯漢以來長安，及其附近屬縣（即整個雍州）的情況。記述長安的坊市、街道、宮室、官邸，雍州府縣的政治，官員的職務，地方河渠、關塞、風俗、物產等。卷一為總述，述分野、土產、土貢、風俗、管縣、戶口；卷二述雍州、京都、京兆尹、府縣官；卷三至六為宮室，分述周秦漢唐長安諸宮、諸殿、苑囿、唐宮城；卷七至卷十述唐皇

城及京城各坊，卷十一至卷二十述京兆府所管長安、萬年等 24 縣。門類繁多，內容豐富，體例完備，爲宋代方志定型代表作。

《四庫全書總目提要》稱其名著爲：「編皆考訂長安古蹟，以唐韋述《兩京新記》疏略不備，因更博採群籍，參校成書。凡城郭、官府、山川、道里、津梁、郵驛，以至風俗、物產、宮室、寺院，纖悉畢具，其坊市曲折及唐盛時士大夫第宅所在，皆一一能舉其處，粲然如指諸掌」。

上書亦稱譽：「嘗以爲考之事記，其詳不啻十倍。今市民之書久已佚亡，而此志精博宏贍，舊都遺事，藉以獲傳，實非他志所能及。」其著敘事上起周秦，下迄北宋。全書雖以唐長安爲主，兼及五代、北宋時期京兆府行政建制、寺觀建築、文物名勝及其諸多史實。

《長安志》另附圖 3 卷，係元代李好文編製，包括城市圖、宮坊圖、古蹟圖和農田水利圖等多幅。清人將其圖併入《長安志》，圖名原由《長安圖記》改爲《長安志圖》。此書對研究長安的歷史地理與大明宮演藝文化確有較大參考價值。

著名歷史地理學家史念海在《唐代長安外郭城街道及里坊的變遷》一文對宋敏求撰《長安志》評價頗高：「唐代都於長安，長安本爲隋時都城唐承隋制，踵事興築其規模的宏大，爲並世東西各國所少有。玄宗開元年間，韋述曾撰《西京新記》，記其崖略。北宋時，宋敏求撰《長安志》，其京城部份殆即因韋述所著而更爲詳贍。」〔註6〕

另外，史念海先生反覆引用《長安志》史志資料，進而詳細考證長安古城街巷與皇宮，及其大明宮之間建築的結構與關係：

> 唐長安城由宮城、皇城和京城三部份組成。宮城爲皇室宮掖所在地王朝政治機構皆薈集於皇城之中。京城亦稱外郭城或羅城，則是貴族官吏百姓商賈，以及其它各色人等聚集的處所。宮城在皇城之北。宮城的北牆，其東西兩端皆與外郭的北郭相連接。這也就是說，宮城和皇城佔有外郭城北部中間向內凹入的部份。宮城和皇城的東西各有外郭的一部份。其間有牆相隔。皇城的西牆與今西安西城牆同在一直線上。其北就是宮城的西牆。宮城西牆南段也爲今西安西城牆所壓。在西安西城牆之北仍向北伸延，與外郭城北郭西

〔註6〕史念海：《唐代長安外郭城街道及里坊的變遷》，《中國歷史地理論叢》，1994年第1期。

段相銜接。皇城和宮城的東牆，南北也成一直線。

另外據史念海先生考述：「皇城南面三門，中爲朱雀門，東爲安上門，西爲含光門。據探掘所知，朱雀門遺址在今西安小南門之東，北與承天門相對。安上門遺址在今西安南門之下。含光門在今小南門之西，今已闢爲通途。東面二門，南爲景光，北爲延喜。西面兩門，南爲順義，北爲安福。據探掘所知，順義門遺址在今西安西門稍北處。皇城無北牆，中隔橫街與宮城相對，故亦無北面門。此橫街東出皇城延喜門，西出皇城安福門。外郭城南至明德、啓夏、安化三門，而其北的中間與皇城相接。因連接皇城，就再未設門。南面三門，明德居中，東爲啓夏，西爲安化明德門，北與朱雀門相對，其間就是朱雀門街。」

又述：「外郭城北面東半部，其北就是大明宮。大明宮南面有五門。正中爲丹鳳門，在外郭城翊善和光宅二坊之間，其東爲望仙門，再東爲延政門。丹鳳門之西爲建福門，再西爲興安門。望仙門當皇城東第二街。延政門位於長樂坊之北。建福門南抵光宅坊。興安門則在光宅坊西北，當皇城東第一街宮城、皇城和外郭城自北而南，依次連接。」

在此史志長文中，史念海先生「因其故績，再作探索。諒可有助於唐代都城的研討。」他將古代長安分爲：一、唐代長安外郭城的輪廓；二、縱橫於諸里坊間的街道三里坊的分佈；三、里坊的規模及其坊牆和坊門，四、里坊內的橫街和十字街，五、里坊內的曲巷等五大部份，對此仔細考察論述。從而延伸，以求對唐代宮廷、里坊建築文化進行更加全面的闡述。

史念海先生根據《長安志》所云：「樂遊廟，漢宣帝所立，因樂遊苑爲名，在高原上。其地居京城之最高，四望寬敞，京城之內俯視指掌。」由此考證出：長安東郊「樂遊苑」爲後世唐青龍寺處，爲皇室文人歌舞遊賞之地。又據宋敏求撰《長安志》記載：「玄宗置左、右教坊於蓬萊宮側，帝自爲法曲俗樂以教宮人，號皇帝梨園弟子。」從而獲知：宮廷教坊、梨園居於大明宮西北地區，「謂西內（即宮城）南面有六門：中爲承天門；其東依次爲長樂門、廣運門、重福門、永春門；其西爲永安門。重福門即東宮的正門。」並認定：其環繞宮城兩側，亦有東市、西市等民間演藝文化娛樂場所。

《長安志》之後，元代駱天驤曾利用該書削繁分類，並增添金、元代時事，遂成《類編長安志》十卷。清代徐松撰《唐兩京城坊考》，其長安部份亦承襲該書，略有增補，方能爲審視唐代長安古城補遺拾缺。

據古代文獻記載，相比歷代各朝，唐代建築更爲氣魄宏偉，嚴整而又開朗。現存的木建築遺物反映了唐代建築藝術加工和結構的統一，即在建築物上沒有純粹爲了裝飾亂加構件，也沒有歪曲建築材料性能，使之屈從於裝飾要求的現象。這固然是我國古典建築的傳統特點，但在唐代建築上表現得更爲徹底。

另外根據有關文獻記載：踞龍首原高處的含元殿，高出平地十餘米，殿十一間，前有長達 75 米的龍尾道。殿階局部用永定柱平坐，此種較古的方法，唐以後逐漸淘汰。整個建築氣魄雄偉，足可代表當時高度發展的文化技術。含元殿和麟德殿的開間尺寸，不過 5 米稍多，最大樑架跨距，不過四椽，尺度不及後世，用料也相對較小。用較小的建築材料即構成宏偉壯闊的宮殿，應該說工匠技藝已相當純熟。

大明宮內主殿含元殿使用減去中間一列柱子的辦法闊大空間，使跨度達到 10 米，可證唐初宮殿中木架結構已具有與北京故宮「太和殿」略同的梁架跨度。所建築門窗樸實無華，給人以莊重、大方的印象。

「麟德殿」由前、中、後三座殿組成，面積約 5000 平方米，約爲北京太和殿的三倍。採用了面闊 11 間，進深 17 間的柱網布置。殿東西兩側又有亭臺樓閣襯托，造型相當豐富多樣。

若感知大唐成熟的建築文化內涵，以及在此偌大空間進行的藝術活動，需要借助於汗牛充棟的歷史文獻與學人著述來證實。據張銘銘主編《長安史話·魏晉南北朝隋唐》考述：在歷史上，大明宮建有五門，南中門名「丹鳳門」，東有「望仙、延政二門，西有建福、興安二門」，另據文字揭示各門前宏大的禮儀場面：

> 丹鳳門外有百官待漏院，是來上朝的大臣們在門外等候休息的地方。丹鳳門內留下了一片長 588 米、寬大 735 米的空地，作爲與太極宮承天門外橫街相類似的宮廷廣場。向北過了這個廣場，是一座雄偉的大殿，這就是大明宮的主殿含元殿。由於含元殿巍然高出平地許多，從前面的廣場登臨殿上，就要修建很長一段臺階。長長的臺磴，猶如下垂的龍尾，唐朝人就把這種臺階叫作「龍尾道」。大明宮含元殿與太極宮承天門門樓的作用基本是一樣的。唐代著名詩人王維在《和賈至舍人早朝大明宮之作》一詩中「九天閶闔開宮殿，萬國衣冠拜冕旒」的句子，寫的就是皇帝登臨含元殿，接受萬國朝

貢使者群拜的情景。〔註7〕

上述「含元殿」與丹鳳門互相配合是舉行中外大朝會的地方。唐代詩人李華在《含元殿賦》中描繪：「左翔鸞而右棲鳳，翹兩闕而爲翼。環阿閣以周墀，象龍行之曲直。捧帝座於三辰，衝天街於九達。進而仰之，騫龍首而張鳳翼。退而瞻之，岌樹兒萃雲末。」由此可感知，當年朝廷「眾星捧月、萬笏朝拜」，大唐天子的歷史畫面是何等壯美。

武復興著《絲綢之路的起點——長安》一書對此景氣評述：「含元殿將天子寶座高捧於日月星之間，面對著京城長安四通八達的道路。近看，它高揚著龍頭而張著鳳凰般的翅膀；遠望，它高聳在樹梢上的雲霧中。」〔註8〕

李少林主編《中國建築史》於「隋唐時期的建築」一章更是濃墨重彩評述大明宮建築前後諸殿之博大宏麗：

> 公元634年開始建造的大明宮，位於長安城的龍首原上，居高臨下，可以俯瞰全城。宮城平面成不規則的長方形。宮內的宮殿以軸線南端的外朝最爲宏麗，有南北縱列的大朝含元殿、日朝宣政殿、常朝紫宸殿。除了這三組宮殿外，又在其左右兩側建造對稱的若干座殿閣樓臺。後部諸殿是皇帝后妃居住和優宴的內廷。宮的北部低窪地形開鑿太液池，池中建蓬萊山，池周布置迴廊和樓閣亭臺，成爲大明宮內的園林區。

他還進一步考述：「含元殿是大明宮的正殿，殿基高於坡下15米，面闊11間，進深4間，殿外四周有寬約5米的『玉階』三級，殿前有長達70餘米的龍尾道至殿階。殿前方左右分峙翔鸞、棲鳳二閣，殿閣之間有迴廊相連，成『凹』形，是周漢以來『闕』制的發展，且影響了歷代宮闕直至明紫禁城的午門。殿寬11間，其前有長達75米的龍尾道，左右兩側稍前處，又建翔鸞、棲鳳兩閣，由曲尺形廊廡與含元殿相連。含元殿在『凹』形平面上組合大殿高閣，相互呼應，輪廓起伏，體量巨大，氣勢偉麗。開朗而輝煌，極富精神震懾力。古時有人形容它的氣魄『如日之生』、『如在霄漢』，不愧爲大唐建築傑出的代表。」〔註9〕

〔註7〕張銘銘主編：《長安史話・魏晉南北朝隋唐》，陝西旅遊出版社，2001年版，第258頁。

〔註8〕武復興著：《絲綢之路的起點——長安》，陝西人民出版社，1985年版，第104頁。

〔註9〕李少林主編：《中國建築史》，內蒙古人民出版社，2006年版，第65頁。

對大唐王朝大明宮絢麗多姿的宮廷禮儀樂舞活動之鈎沉，國內外專家學者則將目光投向「麟德殿」華麗的舞臺建築。在紫宸殿西北附近西牆九仙門外之麟德殿，「有很好的舞臺或場地，因而曾多次在這裡組織演出。如乾元元年（758 年）三月，肅宗爲檢查皇家樂工新製的鍾磬發聲是否準確，『臨三殿親觀考擊』。此『三殿』即指麟德殿。又貞元十四年（798 年）二月，德宗自製中和舞，讓皇家歌舞伎十餘人在麟德殿演出，『會百僚觀新樂府詩』。」〔註10〕

李少林主編《中國建築史》對此演出場地描述得更爲具體：「大明宮的另一組華麗的宮殿——麟德殿是唐朝皇帝飲宴群臣、觀看雜技舞樂和作佛事的地點。這殿位於大明宮西北部的高地上，底層面積合計約達 5000 平方米。由四座殿堂（其中兩座是樓）前後緊密串聯而成，是中國最大的殿堂。面寬 11 間，進深 17 間，面積約等於明清故宮太和殿的三倍。在主體建築左右各有一座方形和矩形高臺，臺上有體量較小的建築，各以弧形飛橋與大殿上層相通。據推測，在全組建築四周，可能有廊廡圍成庭院。麟德殿以數座殿堂高低錯落地組合到一起，以東西的較小建築襯托出主體建築，使整體形象更爲壯麗、豐富。」〔註11〕

另據武復興著《絲綢之路的起點——長安》一書，對大明宮之蓬萊宮內「梨園」演藝活動進行考釋：

> 蓬萊宮即大明宮，唐代梨園應在大明宮附近。玄宗通曉音樂，能自製曲譜，相傳他曾「選坐部伎子弟三百，教於梨園。聲有誤者，帝必覺而正之。……宮女數百，亦爲梨園弟子。」（《新唐書·禮樂志》）這是中國古代戲曲史上的一件盛事，以致後人因此而稱戲班爲「梨園」，稱戲曲演員爲「梨園子弟」。〔註12〕

耿占軍、楊文秀著《漢唐長安的樂舞與百戲》則記載了大明宮中永樂殿和九仙門所舉行的樂舞百戲演藝活動：「大明宮中的永樂殿爲唐穆宗（820～824 年在位）所置，是他與后妃公主們的宴樂之所。而大明宮西北隅的九仙門內還有鬥雞樓，諸如此類，均應屬於皇室在不同時期進行宴集和觀賞樂舞百

〔註10〕武復興著：《絲綢之路的起點——長安》，陝西人民出版社，1985 年版，第 105 頁。

〔註11〕李少林主編：《中國建築史》，內蒙古人民出版社，2006 年版，第 87 頁。

〔註12〕武復興著：《絲綢之路的起點——長安》，陝西人民出版社，1985 年版，第 105 頁。

戲的場所。」〔註 13〕正是通過上述宏偉壯觀的古代建築群，豐富多彩的表演藝術，才烘托得唐代大明宮更加氣勢恢宏、儀態萬方。

第三節　舊唐書、新唐書中的宮廷樂舞

在我國史書典籍之中，涉及到唐代宮廷演藝文化史料最多、最富權威性者當指《舊唐書》與《新唐書》。因為這兩部官方修定的史書之中，專設了《音樂志》與《禮樂志》二部，特別是存有記載唐代大曲的具體詳盡文字。這些史料對於我們認識大明宮樂舞、戲曲藝術與演藝文化大有裨益。

《舊唐書》，為記載唐朝歷史的紀傳體史書。二百卷。內帝紀二十卷，志三十卷，列傳一百五十卷。五代後晉時劉昫、張昭遠等撰著。此書記載了唐朝自高祖武德元年（618 年）至哀帝天祐四年（907 年）共二百九十多年的歷史。《舊唐書》的正式編撰始於後晉高祖天福六年（941 年），完成於後晉出帝開運二年（945 年），歷時 4 年多。最初由宰相趙瑩監修主持，他在組織人員、收集史料和確定體例方面，做了大量工作。此後擔任宰相的桑維翰、劉昫亦相繼擔任監修。參加具體編寫的另有張昭遠、賈緯、趙熙等 9 人。在全書最後完成時，由劉昫監修並領銜奏上。故《舊唐書》題為劉昫等撰。

《舊唐書》十一志共三十卷，其中《禮儀志》七卷，篇幅頗大，主要是根據《開元禮》改編而成。《音樂志》四卷，多取材於《通典》，對南朝時的「吳聲」、「西曲」的起源和當朝詩文歌辭敘述頗多，而對唐代的音樂歌舞文辭，反認為「詞多不經」，較少文字記載。對此缺陷，《新唐書》予以適當的補救，多少糾正了一些後人對唐代宮廷演藝文化的認知。

《舊唐書》自卷 28 至卷 31，共用 4 卷篇幅，忠實地記載了「樂舞制度與唐代演藝文化」所獲取的成就。何本方、岳慶平、朱誠如主編《中國宮廷文化大辭典》敘述了《舊唐書·音樂志》史料所歸納的隋唐代朝野各種祭祀音樂，以及重要樂舞儀式的內容、演變和發展脈絡：

> 《音樂》一：三皇五帝開始，概述音樂的發展。直到唐高祖受禪之時，樂府尚用隋朝的舊例。武德九年（626 年），祖孝孫修定雅樂。《音樂》二：（1）享宴所用八部站立演奏的樂曲和六部坐著演奏

〔註 13〕耿占軍、楊文秀著：《漢唐長安的樂舞與百戲》，西安出版社，2007 年版，第 277 頁。

的樂曲。（2）清樂四十四曲和所用樂器、人數、服飾等。（3）四方少數民族樂曲。（4）散樂。（5）各種樂器的名稱、構造、產地、聲調等。（6）樂懸之制，包括宮懸、軒懸等的規模和在唐代各朝的演變。《音樂》三、《音樂》四：各種雅樂歌詞和詳細介紹唐各朝舉行各種儀式時所用樂舞的具體情況。〔註14〕

　　唐代音樂、舞蹈、戲曲藝術是中國傳統文化兼收並蓄的結果，正如唐代祖孝孫向高祖所奏：「陳、梁舊樂，雜用吳楚之音，周、齊舊樂，多涉胡戎之伎。於是斟酌南北，考以古音，做為大唐雅樂」。經過數代封建王朝的沿革、演變，至唐初祖孝孫修訂後的雅樂形式已略見規模。有唐一代經濟貿易的強勁發展，以及國內外各民族之間的文化頻繁交流，促進了包括樂舞戲在內的文學藝術的繁榮。因唐王朝歷代帝王對音樂的重視和偏愛，更使傳統樂舞作為宮廷的禮儀和享樂，得到不斷的豐富和完善。

　　據《舊唐書·音樂志》具體、詳細的文字記載，有關唐代的音樂、歌舞與大曲豐富史料如下所述：

　　「高祖登極之後，享宴因隋舊制，用九部之樂，其後分為立、坐二部。今立部伎有《安樂》、《太平樂》、《破陣樂》、《慶善樂》、《大定樂》、《上元樂》、《聖壽樂》、《樂聖樂》，凡八部。《安樂》者，後周武帝平齊所作也。行列方正，象城郭，周世謂之《城舞》。舞者八十人。刻木為面，狗喙獸耳，以金飾之，垂線為髮，畫獷皮帽。舞蹈姿制，猶作羌胡狀。《太平樂》，亦謂之五方師子舞。師子鷙獸，出於西南夷天竺、師子等國。綴毛為之，人居其中，象其俯仰馴狎之容。二人持繩秉拂，為習弄之狀。五師子各立其方色。百四十人歌《太平樂》，舞以足，持繩者服飾作崑崙象。

　　「《破陣樂》，太宗所造也。太宗為秦王之時，征伐四方，人間歌謠《秦王破陣樂》之曲。及即位，使呂才協音律，李百藥、虞世南、魏徵等製歌辭。百二十人披甲持戟，甲以銀飾之。發揚蹈厲，聲韻慷慨。享宴奏之，天子避位，坐宴者皆興。《慶善樂》，太宗所造也。太宗生於武功之慶善宮，既貴，宴宮中，賦詩，被以管絃。舞者六十四人。衣紫大袖裾襦，漆髻皮履。舞蹈安徐，以象文德洽而天下安樂也。《大定樂》，出自《破陣樂》。舞者百四十人。被五彩文甲，持槊。歌和雲，八紘同軌樂，以象平遼東而邊隅大定也。

〔註14〕何本方、岳慶平、朱誠如主編：《中國宮廷文化大辭典》，雲南人民出版社，2006 年版，第 1243 頁。

「《上元樂》，高宗所造。舞者百八十人。畫雲衣，備五色，以象元氣，故曰『上元』《聖壽樂》，高宗武后所作也。舞者百四十人。金銅冠，五色畫衣。舞之行列必成字，十六變而畢。有『聖超千古，道泰百王，皇帝萬年，寶祚彌昌』字。《光聖樂》，玄宗所造也。舞者八十人。烏冠，五彩畫衣，兼以《上元》、《聖壽》之容，以歌王跡所興。

「自《破陣舞》以下，皆雷大鼓，雜以龜茲之樂，聲振百里，動蕩山谷。《大定樂》加金鉦。惟《慶善舞》獨用西涼樂，最爲閒雅。《破陣》、《上元》、《慶善》三舞，皆易其衣冠，合之鍾磬，以享郊廟。以《破陣》爲武舞，謂之《七德》。《慶善》爲文舞，謂之《九功》。自武后稱制，毀唐太廟，此禮遂有名而亡實。《安樂》等八舞，聲樂皆立奏之，樂府謂之立部伎。其餘總謂之坐部伎。則天、中宗之代，大增造坐立諸舞，尋以廢寢。

「坐部伎有《宴樂》、《長壽樂》、《天授樂》、《鳥歌萬壽樂》、《龍池樂》、《破陣樂》，凡六部。《宴樂》，張文收所造也。工人緋綾袍，絲布袴。舞二十人，分爲四部：《景雲樂》，舞八人，花錦袍，五色綾袴，雲冠烏皮靴。《慶善樂》，舞四人，紫綾袍，大袖，絲布袴，假髻。《破陣樂》，舞四人，緋綾袍，錦衿褾，緋綾褲。《承天樂》，舞四人，紫袍，進德冠，並銅帶。樂用玉磬一架，大方響一架，秦箏一，臥箜篌一，小箜篌一，大琵琶一，大五弦琵琶一，小五弦琵琶一，大笙一，小笙一，大篳篥一，小篳篥一，大簫一，小律一，正銅鈸一，和銅鈸一，長笛一，短笛一，楷鼓一，連鼓一，鞉鼓一，桴鼓一，工歌二。此樂惟《景雲舞》僅存，餘並亡。

「《長壽樂》，武太后長壽年所造也。舞十有二人。畫衣冠。《天授樂》，武太后天授年所造也。舞四人。畫衣五采，鳳冠。《鳥歌萬歲樂》，武太后所造也。武太后時，宮中養鳥能人言，又常稱萬歲，爲樂以象之。舞三人。緋大袖，並畫瞿鴝，冠作鳥像。今案，嶺南有鳥，似瞿鴝而稍大，乍視之，不相分辨。籠養久則能言，無不通，南人謂之吉了，亦云料。開元初，廣州獻之，言音雄重如丈夫，委曲識人情，慧於鸚鵡遠矣，疑即此鳥也。

「《龍池樂》，玄宗所作也。玄宗龍潛之時，宅在隆慶坊，宅南坊人所居，變爲池，望氣者亦異焉。故中宗季年，泛舟池中。玄宗正位，以坊爲宮，池水逾大，彌漫數里，爲此樂以歌其祥也。舞十有二人，人冠飾以芙蓉。《破陣樂》，玄宗所造也。生於立部伎《破陣樂》。舞四人，金甲冑。自《長壽樂》已下，皆用龜茲樂，舞人皆著靴。惟《龍池》備用雅樂，而無鍾磬，舞人躡

履。」等等。

據《舊唐書》以上文獻所記載，雖然不同程度涉獵唐代的九部樂、立部伎、坐部伎，及其相關的《太平樂》、《破陣樂》、《慶善樂》、《上元樂》、《聖壽樂》、《長壽樂》、《龍池樂》等唐代樂舞，但文字有些簡易省略、語焉不詳，另對其豐富的音樂、舞蹈、雜戲分類不清，尚待重修「新唐書」進一步補充與完善。

《新唐書》亦為記載中國唐代歷史的紀傳體重要史書，多達二百二十五卷。包括本紀十卷，志五十卷，表十五卷，列傳一百五十卷。由北宋宋祁、歐陽修等撰，宋仁宗嘉祐五年（1060年）全書完成。由曾公亮進呈。《新唐書》所增「列傳」多取材於當朝章奏或後人追述，碑誌、石刻和各種雜史、筆記、小說均被採輯編入。

北宋文人普遍認為，《新唐書》要比《舊唐書》高乘完備。《曾公亮進新唐書表》）批評《舊唐書》「紀次無法，詳略失中，文采不明，事實零落」，認為《新唐書》無論從體例、剪裁、文采等各方面都很完善。《新唐書》修成之後，曾公亮曾上皇帝表，頗為得意地說：「其事則增於前，其文則省其舊」，認為這是文采和編纂上勝過《舊唐書》之長處。

《新唐書》主要作者宋祁、歐陽修是北宋著名文學家和「一代文宗」。宋祁及其兄宋庠，在當朝曾有「二宋」之稱，《東軒筆錄》載，宋祁「博學能文，天資蘊籍」；歐陽修更是聲名昭著，為「唐宋八大家」之一，散文為其特長。參加編撰《新唐書》的其它作者，均為北宋時期名家高手。在他們文筆之下，自然使唐代禮儀活動與演藝形式及內容豐富許多。

因為《舊唐書》的先天不足，而產生了眾口交贊的《新唐書》。《新唐書》作者群落，據宋仁宗嘉祐年間曾公亮《進新唐書表》中所述，如范鎮、王疇、宋敏求、劉羲叟等，都是當時文壇知名人物。范鎮曾為翰林學士，文筆流暢，有《東齋紀事》等百餘卷流傳於世。王疇文辭嚴謹典麗，為世所稱。宋敏求為北宋一代掌故大家，富於藏書行文，曾編《唐大詔令集》和《長安志》，對唐史十分熟悉。劉羲叟是著名天文學家，後來協助司馬光編撰《資治通鑒》。《新唐書》聘用這些大家主筆，自然體例嚴謹，文采粲然。

另一方面，宋祁、歐陽修等在撰修《新唐書》之時，態度頗為認真。歐陽修負責本紀、志、表部份，撰稿六、七年。宋祁的列傳部份花費時間更長，前後長達十餘年。他曾一度為亳州太守，「出入內外」都將此部文稿隨身攜帶。

他在任成都知府時，每天晚宴過後，開門垂簾燃燭，著述至深夜。使之《新唐書》在不少方面勝過《舊唐書》。

著名史論家王鳴盛在《十七史商榷》中說：「新書最佳者志、表」，此爲公允的評價。自司馬遷創立紀、表、志、傳體史書後，魏晉至五代，修史者志、表缺略，至《新唐書》始又恢復此種體例的完整性。其中包括音樂志、藝文志、表，以後各朝史書，多循此制。這是《新唐書》在我國文史學上所立一大功勞。

我們根據《新唐書・禮樂志》所獲唐代樂舞文字記載，確爲豐富多樣、生動而具體。諸如在嚴格禮樂規範下《禮樂志》所書唐代宮廷樂舞祭祀活動如下所述：

「皇帝既升，奠玉、幣。太官令帥進饌者奉饌，各陳於內壝門外。謁者引司徒出，詣饌所。司徒奉昊天上帝之俎，太官令引饌入門，各至其陛。皇帝俯伏，興，再拜，降自南陛，復於位。文舞出，武舞入。

「初，皇帝將復位，謁者引太尉詣罍洗，盥手，洗觚爵，自東陛升壇，詣昊天上帝著尊所，執尊者舉冪，太尉酌醴齊，進昊天上帝前，北向跪，奠爵；興，再拜。上下諸祝各進，跪，徹豆，還尊所。奉禮郎曰：『賜胙』。贊者曰：『眾官再拜』。在位者皆再拜。大常卿前奏：『請再拜』。皇帝再拜。奉禮郎曰：『眾官再拜。』在位者皆再拜。樂作一成。

「皇帝還大次，出中壝門，殿中監前受鎮珪，以授尚衣奉御，殿中監又前受大珪。皇帝入次，謁者、贊引各引祀官，通事舍人分引從禮群官、諸方客使以次出。贊者引御史、太祝以下俱復執事位。奉禮郎曰：『再拜。』御史以下皆再拜，出。工人、二舞以次出。

「若宗廟，曰饋食。皇帝既升，太常卿引皇帝詣罍洗，盥手，洗爵，升自阼階，詣獻祖尊彝所，執尊者舉冪，侍中贊酌泛齊，進獻祖前，北向跪，奠爵。祝史西面跪，讀祝文。皇帝再拜，又再拜。次奠太祖、代祖、高祖、太宗、高宗、中宗、睿宗，皆如懿祖。乃詣東序，西向立。皇帝降自阼階，復於版位。文舞出，武舞入。

「初，皇帝將復位，太尉詣罍洗，盥手，洗爵，升自阼階，詣獻祖尊彝所，酌醴齊進神前，北向跪，奠爵，少東，興，再拜。又取爵於坫，酌醴齊進神前，北向跪，奠爵，少西，北向再拜。次奠懿祖、太祖、代祖、高祖、太宗、高宗、中宗、睿宗如獻祖。乃詣東序，西向立。諸太祝各以爵酌福酒，

合置一爵，太祝持爵進於左，北向立。太尉再拜受爵，跪，祭酒，遂飲，卒
爵。太常卿前奏：『請再拜。』皇帝再拜。奉禮郎曰：『眾官再拜。』在位者
皆再拜。樂一成止。

「太常卿前曰：『禮畢』。皇帝出門，殿中監前受鎮珪。通事舍人、謁者、
贊引各引享官、九廟子孫及從享群官、諸方客使以次出。贊引引御史、太祝
以下俱復執事位。奉禮郎曰：『再拜』。御史以下皆再拜以出。工人、二舞以
次出。」等等。

《新唐書・禮樂志》，還詳細記述唐朝宮廷中的樂器、樂律，燕樂等音樂
形式，以及聲樂器樂演變之來龍去脈：

「聲無形而樂有器。古之作樂者，知夫器之必有弊，而聲不可以言傳，
懼夫器失而聲遂亡也，乃多為之法以著之。故始求聲者以律，而造律者以黍。
自一黍之廣，積而為分、寸；一黍之多，積而為龠、合；一黍之重，積而為
銖、兩。此造律之本也。

「故為之長短之法，而著之於度；為之多少之法，而著之於量。為之輕
重之法，而著之於權衡。是三物者，亦必有時而弊，則又總其法而著之於數。
使其分寸、龠合、銖兩皆起於黃鐘，然後律、度、量、衡相用為表裏，使得
律者可以制度、量、衡，因度、量、衡亦可以制律。

「三代既亡，禮樂失其本，至其聲器、有司之守，亦以散亡。自漢以來，
歷代莫不有樂，作者各因其所學，雖清濁高下時有不同，然不能出於法數。
至其所以用於郊廟、朝廷，以接人神之歡，其金石之響，歌舞之容，則各因
其功業治亂之所起，而本其風俗之所由。

「自漢、魏之亂，王室晉遷江南，中國遂沒於夷狄。至隋滅陳，始得其
樂器，稍欲因而有作，而時君褊迫，不足以堪其事也。是時，鄭譯、牛弘、
辛彥之，何妥、蔡子元、於普明之徒，皆名知樂，相與撰定。依京房六十律。
因而六之，為三百六十律，以當一歲之日，又以一律為七音，音為一調，凡
十二律為八十四調，其說甚詳。而終隋之世，所用者黃鐘一宮，五夏、二舞、
登歌，房中等十四調而已。

「唐協律郎張文收乃依古斷竹為十二律，高祖命與孝孫吹調五鍾，叩之
而應，由是十二鍾皆用。孝孫又以十二月旋相為六十聲、八十四調。其法，
因五音生二變，因變徵為正徵，因變宮為清宮。七音起黃鐘，終南呂，疊為
綱紀。黃鐘之律，管長九寸，王於中宮土。半之，四寸五分，與清宮合，五

音之首也。加以二變，循環無間。雅樂成調，無出七聲，本宮遞相用。唯樂章則隨律定均，合以笙、磬，節以鍾、鼓。樂既成，奏之。

「文收既定樂，復鑄銅律三百六十、銅斛二、銅秤二、銅甌十四、稱尺一。斛左右耳與臀皆方，積十而登，以至於斛，與古玉尺、玉斗同。皆藏於太樂署。武后時，太常卿武延秀以爲奇玩，乃獻之。及將考中宗廟樂，有司奏請出之，而稱尺已亡，其跡猶存，以常用度量校之，尺當六之五，量、衡皆三之一。

「唐爲國而作樂之制尤簡，高祖、太宗即用隋樂與孝孫、文收所定而已。其後世所更者，樂章舞曲。至於昭宗，始得盈孫焉，故其議論罕所發明。若其樂歌廟舞，用於當世者，可以考也。

「凡樂八音，自漢以來，惟金以鍾定律呂，故其制度最詳，其餘七者，史官不記。至唐，獨宮縣與登歌、鼓吹十二案，樂器有數，其餘皆略而不著，而其物名具在。八音：一曰金，爲鎛鍾，爲編鍾，爲歌鍾，爲錞，爲鐃，爲鐲，爲鐸。二曰石，爲大磬，爲編磬，爲歌磬。三曰土，爲壎，爲緌，緌，大壎也。四曰革，爲雷鼓，爲靈鼓，爲路鼓，皆有鼗。爲建鼓，爲鼗鼓，爲縣鼓，爲節鼓，爲拊，爲相。五曰絲，爲琴，爲瑟，爲頌瑟，頌瑟，箏也。爲阮咸，爲築。六曰木，爲柷，爲敔，爲雅，爲應。七曰匏，爲笙，爲竽，爲巢，巢，大笙也。爲和，和，小笙也。八曰竹，爲簫，爲管，爲篪，爲笛，爲舂牘。此其樂器也。

「初，祖孝孫已定樂，乃曰大樂與天地同和者也，製《十二和》，以法天之成數，號《大唐雅樂》：一曰《豫和》，二曰《順和》，三曰《永和》，四曰《肅和》，五曰《雍和》，六曰《壽和》，七曰《太和》，八曰《舒和》，九曰《昭和》，十曰《休和》，十一曰《正和》，十二曰《承和》。用於郊廟、朝廷，以和人神。孝孫已卒，張文收以爲《十二和》之製未備，乃詔有司釐定，而文收考正律呂，超居郎呂才叶其聲音，樂曲遂備。自高宗以後，稍更其曲名。開元定禮，始復遵用孝孫《十二和》。

「初，隋有文舞、武舞，至祖孝孫定樂，更文舞曰《治康》，武舞曰《凱安》，舞者各六十四人。文舞：左籥右翟，與執纛而引者二人，皆委貌冠，黑素，絳領，廣袖，白絝，革帶，烏皮履。武舞：左干右戚，執旌居前者二人，執鼗執鐸皆二人，金錞二，輿者四人，奏者二人，執鐃二人，執相在左，執雅在右，皆二人夾導，服平冕，餘同文舞。朝會則武弁，平巾幘，廣袖，金

甲，豹文綺，烏皮靴。執干戚夾導，皆同郊廟。凡初獻，作文舞之舞。亞獻、終獻，作武舞之舞。

「初，太宗時，詔秘書監顏師古等撰定，弘農府君至高祖太武皇帝六廟樂曲、舞名。其後變更不一，而自獻祖而下廟舞，略可見也。獻祖曰《光大之舞》，懿祖曰《長發之舞》，太祖曰《大政之舞》，世祖曰《大成之舞》，高祖曰《大明之舞》，太宗曰《崇德之舞》，高宗曰《鈞天之舞》，中宗曰《太和之舞》，世祖曰《大成之舞》，高祖曰《大明之舞》，太宗曰《崇德之舞》，高宗曰《鈞天之舞》，中宗曰《太和之舞》，睿宗曰《景雲之舞》，玄宗曰《大運之舞》，肅宗曰《惟新之舞》，代宗曰《保大之舞》，德宗曰《文明之舞》，順宗曰《大順之舞》，憲宗曰《象德之舞》，穆宗曰《和寧之舞》，敬宗曰《大鈞之舞》，文宗曰《文成之舞》，武宗曰《大定之舞》，昭宗曰《咸寧之舞》，其餘闕而不著。

「唐之自製樂凡三大舞：一曰《七德舞》，二曰《九功舞》，三曰《上元舞》。《七德舞》者，本名《秦王破陣樂》。太宗為秦王，破劉武周，軍中相與作《秦王破陣樂》曲。及即位，宴會必奏之，謂侍臣曰：『雖發揚蹈厲，異乎文容，然功業由之，被於樂章，示不忘本也。』右僕射封德彝曰：『陛下以聖武戡難，陳樂象德，文容豈足道哉！』帝矍然曰：『朕雖以武功興，終以文德綏海內，謂文容不如蹈厲，斯過矣』。乃製舞圖，左圓右方，先偏後伍，交錯屈伸，以象魚麗、鵝鸛。命呂才以圖教樂工百二十八人，被銀甲執戟而舞，凡三變，每變為四陣，象擊刺往來，歌者和曰：『秦王破陣樂』。

「後令魏徵與員外散騎常侍褚亮、員外散騎常侍虞世南、太子右庶子李百藥更製歌辭，名曰《七德舞》。舞初成，觀者皆扼腕踴躍，諸將上壽，群臣稱萬歲，蠻夷在庭者請相率以舞。太常卿蕭瑀曰：『樂所以美盛德，形容而有所未盡，陛下破劉武周，薛舉、竇建德、王世充，原圖其狀以識。』帝曰：『方四海未定，攻伐以平禍亂，製樂陣其梗概而已。若備寫禽獲，今將相有嘗為其臣者，觀之有所不忍，我不為也。』自是元日、冬至朝會慶賀，與《九功舞》同奏。舞人更以進賢冠，虎文袴，崑蛇帶，烏皮靴，二人執旌居前。其後更號《神功破陣樂》。

「《九功舞》者，本名《功成慶善樂》。太宗生於慶善宮，貞觀六年幸之，宴從臣，賞賜閭里，同漢沛、宛。帝歡甚，賦詩，起居郎呂才被之管絃，名曰《功成慶善樂》，以童兒六十四人，冠進德冠，紫袴褶，長袖，漆髻，屨履

而舞，號《九功舞》。進蹈安徐，以象文德。麟德二年詔：『郊廟、享宴奏文舞，用《功成慶善樂》，曳履，執紼，服袴褶，童子冠如故，武舞用《神功破陣樂》，衣甲，持戟，執纛者被金甲，八佾，加簫、笛、歌鼓，列坐縣南，若舞即與宮縣合奏。其宴樂二舞仍別設焉。』

「《上元舞》者，高宗所作也。舞者百八十人，衣畫雲五色衣，以象元氣。其樂有《上元》《二儀》《三才》《四時》《五行》《六律》《七政》《八風》《九宮》《十洲》《得一》《慶雲》之曲，大祠享皆用之。至上元三年，詔：『惟圓丘，方澤、太廟乃用，餘皆罷。』又曰：『《神功破陣樂》不入雅樂，《功成慶善樂》不可降神，亦皆罷。』而祈廟用《治康》《凱安》如故。

「儀鳳二年，太常卿韋萬石奏：『請作《上元舞》，兼奏《破陣》《慶善》二舞。而《破陣樂》五十二徧，著於雅樂者二徧；《慶善樂》五十徧，著於雅樂者一徧；《上元舞》二十九徧，皆著於雅樂。』又曰：『《雲門》、《大咸》、《大磬》、《大夏》，古文舞也。《大濩》、《大武》，古武舞也。爲國家者，揖讓得天下，則先奏文舞；征伐得天下，則先奏武舞。《神功破陣樂》有武事之象，《功成慶善樂》有文事之象，用二舞，請先奏《神功破陣樂》。』

「燕樂。高祖即位，仍隋制設九部樂：《燕樂伎》，樂工舞人無變者。《清商伎》者，隋清樂也。有編鍾，編磬、獨弦琴、擊琴、瑟、奏琵琶、臥箜篌、筑、箏、節鼓皆一；笙、笛、簫、篪、方響、跋膝皆二。歌二人，吹叶一人，舞者四人，並習《巴渝舞》。《西涼伎》，有編鍾、編磬皆一；彈箏、掃箏，臥箜篌、豎箜篌、琵琶。五弦笙、簫、觱篥、小觱篥、笛、橫笛、腰鼓、齊鼓、簷鼓皆一；銅鈸二，貝一。白舞一人，方舞四人。《天竺伎》，有銅鼓，羯鼓、都曇鼓、毛員鼓，觱篥，橫笛，鳳首箜篌，琵琶、五弦，貝，紼一；銅鈸二，舞者二人。《高麗伎》，有彈箏、掃箏、鳳首箜篌、臥箜篌、豎箜篌、琵琶，以蛇皮爲槽，厚寸餘，有鱗甲。楸木爲面，象牙爲捍撥，畫國王形。又有五弦、義觜、笛、笙、葫蘆笙、簫、小觱篥、桃皮觱篥、腰鼓、齊鼓、簷鼓、龜頭鼓、鐵版、貝、大觱篥。胡旋舞，舞者立球上，旋轉如風。

「《龜茲伎》，有彈箏、豎箜篌、琵琶、五弦、橫笛、笙、簫、觱篥、答臘鼓、毛員鼓、都曇鼓，侯提鼓、雞婁鼓、腰鼓、齊鼓、簷鼓、貝，皆一；銅鈸二。舞者四人。設五方師子，高丈餘，飾以方色。每師子有十二人，畫衣，執紅拂，首加紅襪，謂之師子郎。《安國伎》，有豎箜篌、琵琶、五弦、

橫笛、簫、觱篥、正鼓、和鼓、銅鈸，皆一；舞者二人。《疏勒伎》，有堅箜篌、琵琶、五弦、簫、橫笛、觱篥、答臘鼓、羯鼓、侯提鼓、腰鼓、雞婁鼓，皆一；舞者二人。《康國伎》，有正鼓、和鼓，皆一；笛、銅鈸，皆二。舞者二人。工人之服皆從其國。

「隋樂，每奏九部樂終，輒奏《文康樂》，一曰《禮畢》。夔騰時，命削去之，其後遂亡。及平高昌，收其樂。有豎箜篌、銅角，一；琵琶、五弦、橫笛、簫、觱篥、答臘鼓、腰鼓、雞婁鼓、羯鼓，皆二人。工人布巾，袿袍，錦襟，金銅帶，畫絝。舞者二人，黃袍袖，練襦，五色縧帶，金銅耳璫；赤鞾。自是初有十部樂。

「高宗即位，『景雲見，河水清』，張文收採古誼爲《景雲河清歌》，亦名燕樂。有玉磬、方響、掃箏、筑、臥箜篌、大小箜篌、大小琵琶、大小五弦、吹葉、大小笙、大小觱篥、簫、銅鈸、長笛、尺八、短笛，皆一；毛員鼓、連鞉鼓、桴鼓、貝，皆二。每器工一人，歌二人。工人絳袍，金帶，烏鞾。舞者二十人。分四部：一《景雲舞》，二《慶善舞》，三《破陣舞》，四《承天舞》。《景雲樂》，舞八人，五色雲冠，錦袍，五色袴，金銅帶。《慶善樂》，舞四人，紫袍，白袴。《破陳樂》，舞四人，綾袍，絳袴。《承天樂》，舞四人，進德冠，紫袍，白袴。《景雲舞》，元會第一奏之。」等等。

《新唐書》之《禮樂志》中記載的雅樂、俗樂、立部伎、坐部伎等史料彌足珍貴。特別是「至唐，東夷樂有高麗、百濟，北狄有鮮卑、吐谷渾、部落稽，南蠻有扶南、天竺、南詔、驃國，西戎有高昌、龜茲、疏勒、康國、安國，凡十四國之樂，而八國之伎，列於十部樂。」充分證實了唐代樂舞是中外各國各民族傳統文化交流的豐碩成果。

自南北朝周、陳以降，雅鄭淆雜而無別，隋文帝始分雅、俗二部，至唐更曰「部當」。凡所謂俗樂者，二十有八調：正宮、高宮、中呂宮、道調宮、南呂宮、仙呂宮、黃鐘宮爲七宮；越調、大食調、高大食調、雙調、小食調、歇指調、林鍾商爲七商；大食角、高大食角，雙角，小食角、歇指角、林鍾角、越角爲七角；中呂調、正平調、高平調、仙呂調、黃鐘羽。般涉調、高般涉爲七羽。皆從濁至清，迭更其聲，下則益濁，上則益清，慢者過節，急者流蕩。其後聲器浸殊，或有宮調之名，或以倍四爲度，有與律呂同名，而聲不近雅者。其宮調乃應夾鍾之律，燕設用之。

據考證，「八音」之「絲」有琵琶、五弦、箜篌、箏；「竹」有觱篥、簫、

笛；「匏」有笙；「革」有杖鼓、第二鼓、第三鼓、腰鼓、大鼓；「土」則附革而為塤；「木」有拍板、方響，以體「金」應「石」而備八音。倍四本屬清樂，形類雅音，而曲出於胡部。復有銀字之名，中管之格，皆前代應律之器也。後人失其傳，而更以異名，故俗部諸曲，悉源於雅樂。周、隋管絃雜曲數百，皆「西涼樂」也。鼓舞曲，皆「龜茲樂」也。

蓋唐自太宗、高宗所作三大舞，雜用於燕樂，其它諸曲出於一時之作，雖非絕雅，尚不至於淫放。武后之禍，繼以中宗昏亂，固無足言者。玄宗為平王，有散樂一部，定韋后之難，頗有預謀者。及即位，命寧王主藩邸樂，以亢太常，分兩朋以角優劣。置內教坊於蓬萊宮側，居新聲、散樂、倡優之伎。」

初，帝賜第隆慶坊，坊南之地變為池，中宗常泛舟以厭其祥。帝即位，作《龍池樂》，「舞者十有二人，冠芙蓉冠，躡履，備用雅樂，唯無磬。」又作《聖壽樂》，以女子衣五色繡襟而舞之。又作《小破陣樂》，舞者被甲冑。又作《光聖樂》，舞者鳥冠、畫衣，以歌王跡所興。又分樂為二部：「堂下立奏，謂之立部伎；堂上坐奏，謂之坐部伎。太常閱坐部，不可教者隸立部，又不可教者，乃習雅樂。」

「立部伎」為八：即一《安舞》，二《太平樂》，三《破陣樂》，四《慶善樂》，五《大定樂》，六《上元樂》，七《聖壽樂》，八《光聖樂》。《安舞》、《太平樂》，周、隋遺音也。《破陣樂》以下皆用大鼓，雜以龜茲樂，其聲震厲。《大定樂》又加金鉦。《慶善舞》沿用西涼樂，聲頗閒雅。每享郊廟，則《破陣》、《上元》、《慶善》三舞皆用之。

「坐部伎」為六：一《燕樂》，二《長壽樂》，三《天授樂》，四《鳥歌萬歲樂》，五《龍池樂》，六《小破陣樂》。其《天授》、《鳥歌》，皆武后作也。天授，年名。鳥歌者，有鳥能人言萬歲，因以製樂。自《長壽樂》以下，用龜茲舞，唯《龍池樂》則否。

《新唐書》亦云：「是時，民間以帝自潞州還京師，舉兵夜半誅韋皇后，製《夜半樂》《還京樂》二曲。帝又作《文成曲》，與《小破陣樂》更奏之。其後，河西節度使楊敬忠獻《霓裳羽衣曲》十二遍，凡曲終必遽，唯《霓裳羽衣曲》將畢，引聲益緩。

又云：「帝方浸喜神仙之事，詔道士司馬承禎製《玄真道曲》，茅山道士李會元製《大羅天曲》，工部侍郎賀知章制《紫清上聖道曲》。太清宮成，太

常卿韋縚製《景雲》《九真》《紫極》《小長壽》《承天》《順天樂》六曲，又製商調《君臣相遇樂》曲。」

《新唐書》又云：「初，隋有法曲，其音清而近雅。其器有鐃、鈸、鍾、磬、幢簫、琵琶。琵琶圓體修頸而小，號曰『秦漢子』，蓋弦鼗之遺制，出於胡中，傳爲秦、漢所作。其聲金、石、絲、竹以次作，隋煬帝厭其聲澹，曲終復加解音。玄宗既知音律，又酷愛法曲，選坐部伎子弟三百教於梨園，聲有誤者，帝必覺而正之，號『皇帝梨園弟子』。宮女數百，亦爲梨園弟子，居宜春北院。梨園法部，更置小部音聲三十餘人。

「代宗繇廣平王復二京，梨園供奉官劉日進製《寶應長寧樂》十八曲以獻，皆宮調也。

「大曆元年，又有《廣平太一樂》《涼州曲》，本西涼所獻也，其聲本宮調，有大遍、小遍。貞元初，樂工康崑崙寓其聲於琵琶，奏於玉宸殿，因號《玉宸宮調》，合諸樂，則用黃鐘宮。其後方鎮多製樂舞以獻。河東節度使馬燧獻《定難曲》。昭義軍節度使王虔休以德宗誕辰未有大樂，乃作《繼天誕聖樂》，以宮爲調，帝因作《中和樂舞》。山南節度使于頔又獻《順聖樂》，曲將半，而行綴皆伏，一人舞於中，又令女伎爲佾舞，雄健壯妙，號《孫武順聖樂》。

「文宗好雅樂，詔太常卿馮定採開元雅樂製《雲韶法曲》及《霓裳羽衣舞曲》。《雲韶樂》有玉磬四廬，琴、瑟、筑、簫、麓、籥、跋膝、笙、竽皆一，登歌四人，分立堂上下，童子五人，繡衣執金蓮花以導，舞者三百人，階下設錦筵，遇內宴乃奏。謂大臣曰：『笙磬同音，沉吟忘味，不圖爲樂至於斯也。』自是臣下功高者，輒賜之。樂成，改法曲爲仙韶曲。會昌初，宰相李德裕命樂工製《萬斯年曲》以獻。」等等。

自大中初，大明宮演藝文化發展甚隆，據文獻記載：「太常樂工五千餘人，俗樂一千五百餘人。宣宗每宴群臣，備百戲。帝製新曲，教女伶數十百人，衣珠翠緹繡，連袂而歌，其樂有《播皇猷》曲，舞者高冠方履，褒衣博帶，趨走俯仰，中於規矩。又有《葱嶺西曲》，士女蠻歌爲隊，其詞言葱嶺之民樂河，湟故地歸唐也。咸通間，諸王多習音聲、倡優雜戲，天子幸其院，則迎駕奏樂。」不過在此之後，「蕃鎮稍復舞《破陣樂》，然舞者衣畫甲，執旗旆，才十人而已。」盛唐之時，樂舞大曲所傳，逐年銳減，大唐宮廷禮樂文化已成昨日黃花。

第三章　唐代禮樂機構及其演藝文化活動

　　唐代「太常寺」、「教坊」與「梨園」是有史以來中國最具特色的演藝組織，此種官方設置的音樂機構與當朝宮廷文藝形式有著千絲萬縷的聯繫。追溯往事，古代宮廷音樂管理機構「教坊」始置於唐高祖武德末年（公元 618～626 年），因設於皇宮之內，故稱爲「內教坊」，隸屬於「太常寺」。武則天時，一度改稱「雲韶府」，至中宗神龍年間（705～707 年），改回原名。其職責，主要負責管理宮中女樂。

　　「梨園」可溯自唐明皇「選曲部伎，子弟三百，教於梨園」。「皇帝梨園子弟」包括宮女數百梨園弟子，居宜春北院。斯爲梨園發軔之始。據史書記載：「玄宗既知音律，又酷愛法曲，選坐部伎子弟三百人，教於梨園。聲有誤者，帝必覺而正之，號皇帝梨園弟子。」

　　據專家考述，歷史上皇宮樂工多出「梨園」。公元 714 年在長安皇宮禁苑之中，特設「梨園亭」以供樂工演奏樂曲，宮女習舞演唱，「會昌殿」爲玄宗親自按樂之所。當時還設有宮內「梨園法部」、「梨花園」等，太常系統有「梨園別教院」、「洛陽梨園新院」等。對上述禮樂行政機構，以及演職人員進行深入研究，將非常有助於對唐代大明宮演藝文化的全面、系統、具體的認識。

第一節　唐代宮廷演藝機構與樂舞藝人

　　論及唐代宮廷演藝機構與樂舞藝人，不能不對中國古代管理音樂事務的

官僚機構「樂府」進行研究與探索。此宮廷演藝機構始於大秦王朝，至西漢武帝時最為龐大。以樂府令為主管，下設樂府音監、樂府僕射、樂府游徼等官。其職責為，採集民間音樂素材，經過加工後，配置相應的樂器伴奏，以供宮廷貴族所用。漢哀帝於綏和二年（公元前 7 年）將其廢罷，後世仍設有管理音樂的機構，或稱「太樂樂府」或「大予樂」等。

至隋、唐時，宮廷置「太樂署」，以掌雅樂。唐代又設「教坊」以掌燕樂、俗樂，「樂府」之官名遂絕。然而，後世學界仍慣稱負責音樂管理的機構為大小「樂府」。樂府又為中國古代音樂作品之總稱。其中包括：先秦之古詩，漢唐以後宮廷與民間歌謠等。宋代郭茂倩曾將古樂府分為「郊廟歌詞」、「燕射歌詞」、「鼓吹曲」、「橫吹曲」、「相和歌」、「清商曲」等十二大類。宋、元時期，又將宋詞及元曲統稱之為「樂府」。

唐代宮廷演藝或音樂機構為前世樂府之演化，以傳統的太常寺、教坊和梨園三大機構為主體。唐代樂人、音聲人主要隸屬太常樂之太樂與鼓吹二署，人數至數萬。太常寺是執掌郊廟禮樂祭祀事象之機構。先唐「太常」的主要職能為製樂作樂，以負責禮樂以事郊廟社稷。《唐會要·太常寺》載：「龍朔二年，改為奉常正卿。咸亨元年，復舊。光宅元年，改為司禮寺。神龍元年，復為太常卿。」〔註1〕

在「太常寺」諸多的分支機構中，與音樂相關的機構主要有二：一為「太樂署」，一為「鼓吹署」，均為負責宮廷樂舞創作及樂人表演的培養與管理。太樂署職能，乃負責祭祀與朝會的音樂歌舞排演，以及執掌樂工習樂、管理樂人簿籍等。太樂署中的樂工，包括文、武二舞部和散樂樂工。《唐會要·論樂》三三卷在《高祖詔書》後注：「樂工之雜士流，自茲始也。太常卿竇誕，又奏用音聲博士，皆為大樂官僚。於後箏簧琵琶人白明達，術逾等夷，積勞計考，並至大官。自是聲伎入流品者，蓋以百數。」

我國著名音樂史學家楊蔭瀏在《中國古代音樂史稿》一書中對上述唐代宮廷演藝，或音樂機構論證較為周詳：

> 唐代的音樂機構，有大樂署、鼓吹署、教坊和梨園四個部門。
> 前兩個部門屬於政府的太常寺，後兩個部門主要屬於宮廷。……太
> 樂署、鼓吹署、教坊、梨園等樂官機構大要如：唐代諸樂官，統由
> 太常一卿管轄。大致有太樂樂官、鼓吹樂官、清商樂官和直屬太常

〔註 1〕《唐會要》第 65 卷，上海古籍出版社，2006 年版，第 1340 頁。

的協律官四種。〔註2〕

據唐代文史典籍《唐律疏議》書曰：「工、樂者，工屬少府，樂屬太常，並不貫州縣。雜戶者，散屬諸司上下，前已釋訖。太常音聲人，謂在太常作樂者，元與工、樂不殊。俱是配隸之色，不屬州縣，唯屬太常，義寧以來，德於州縣附貫。依舊太常上下，別名太常音聲人。」〔註3〕

關於「太常教習」可見《大唐六典》卷十四《太樂署》云：「凡習樂，立師以教。每歲考其師之課業，爲上中下三等，申禮部。十年大校之，若未成，則五年而校之，量其優劣而黜陟焉。限既成，得進爲師。凡樂人及聲音人應教習，皆著簿籍，覈其名數，而分番上下。皆教習檢察，以供其事。」據查「鼓吹署」，其職能主要掌鹵薄之儀。其成員主要有樂官、樂正與樂工。

據《新唐書‧儀衛志》記載，唐代鼓吹署分爲「鼓吹」、「羽葆」、「鐃吹」、「大橫吹」與「小橫吹」等五部。每部都有固定文武樂曲，總計 75 曲。鼓吹樂的重要功能之一，在於賞賜王公大臣，用於禮儀慶典。

唐代宮廷音樂活動離不開眾多樂人，「樂人」是唐代宮廷音樂活動的主體。唐代宮廷中的樂人數量極多。據《新唐書‧禮樂十二》：「唐之盛時，凡樂人、音聲人、太常雜戶子弟隸太常及鼓吹署，皆番上。總號音聲人，至數萬人。」

經文獻資料考證，在唐朝宮廷內外從事各種演藝活動的太常寺、教坊、梨園，宮廷樂人與民間藝人甚眾。對此研究著述代表作，諸如唐代段安節《樂府雜錄》、崔令欽《教坊記》、段成式《酉陽雜俎》、高彥休《唐闕史》、高彥休《唐國史補》、宋代王灼《碧雞漫志》等。據有關古代文獻所記載：

此據唐代段安節《樂府雜錄》《序歌》載當朝從事聲樂，或器樂的宮廷樂人與演技，如下所述：

「歌者，樂之聲也，故絲不如竹，竹不如肉，迴居諸樂之上。古之能者，即有韓娥、李延年、莫愁。

「明皇朝有韋青，本是士人，嘗有詩：『三代主綸誥，一身能唱歌。』青官至金吾將軍。開元中，內人有許和子者，本吉州永新縣樂家女也，開元末選入宮。即以永新名之，籍於宜春院。既美且慧，善歌，能變新聲。

「韓娥、李延年歿後千餘載，曠無其人，至永新始繼其能。遇高秋郎月，

〔註 2〕楊蔭瀏著：《中國古代音樂史稿》，人民音樂出版社，1962 年版，第 233 頁。
〔註 3〕（唐）長孫無忌等：《唐律疏議》卷三，中華書局，1983 年版，第 74 頁。

臺殿清虛，喉囀一聲，響傳九陌。

「明皇嘗獨召李謨吹笛逐其歌，曲終管裂，其妙如此。又一日，賜大酺於勤政樓，觀者數千萬眾。喧嘩聚語，莫得聞魚龍百戲之音。

「紅紅乃以小豆數合，記其節拍。樂工歌罷，青因入間紅紅如何，云：『已得矣。』青出，紿云：『某有女弟子，久曾歌此，非新曲也。』即令隔屏風歌之，一聲不失，樂工大驚異。遂請相見，歎伏不已。

「貞元中有田順郎，曾為宮中御史娘子。元和、長慶以來，有李貞信、米嘉榮、何戡、陳意奴。武宗已降，有陳幼寄、南不嫌、羅寵。咸通中有陳彥暉，靈武刺史李靈曜置酒，座客姓駱唱《何滿子》，皆稱絕妙。白秀才者曰：『家有聲妓，歌此曲音調不同。』召至令歌，發聲清越，殆非常音。開元中有公孫大娘善舞劍器，僧懷素見之，草書遂長，蓋準其頓挫之勢也。

另據《樂府雜錄》《序俳優》載：「開元中，黃幡綽、張野狐弄參軍。始自後漢館陶令石耽，耽有贓犯，和帝惜其才，免罪。每宴樂，即令衣白夾衫，命優伶戲弄辱之，經年乃放。」等等。

又載：「武宗朝有曹叔度、劉泉水，咸通以來，即有范傳康、上官唐卿、呂敬遷等三人。弄假婦人，大中以來有孫乾、劉璃瓶，近有郭外春、孫有熊。僖宗幸蜀時，戲中有劉眞者，尤能。後乃隨駕入京，籍於教坊。弄婆羅，大中初有康乃、李百魁、石寶山。」

《序琵琶》載：「貞元中有康崑崙，第一手。始遇長安大旱，詔移兩市祈雨。及至天門街，市人廣較勝負，及鬥聲樂。即街東有康崑崙琵琶最上，必謂街西無以敵也。遂請崑崙登彩樓，彈一曲新翻羽調《綠要》。其街西亦建一樓，東市大誚之。及崑崙度曲，西市樓上出一女郎，抱樂器。先云：『我亦彈此曲，兼移在楓香調中』。及下撥，聲如雷，其妙入神。崑崙即驚駭，乃拜請為師。女郎遂更衣出見，乃僧也。蓋西市豪族，厚賂莊嚴寺僧善本，以定東鄽之勝。」

又載：「貞元中有王芬、曹保保，其子善才其孫曹綱皆襲所藝。次有裴興奴，與綱同時。曹綱善運撥，若風雨，而不事扣弦。興奴長於攏撚，不撥稍軟。時人謂：『曹綱有右手，興奴有左手。』武宗初，朱崖李太尉有樂吏廉郊者，師於曹綱，盡綱之能。」

又載：「文宗朝，有內人鄭中丞，善胡琴（中丞，即宮人之官也）。內庫有二琵琶，號大、小忽雷。鄭嘗彈小忽雷，偶以匙頭脫，送崇仁坊南趙家修

理。大約造樂器悉在此坊，其中二趙家最妙。」

《序箏》載：「箏者，蒙恬所造也。元和至大和中，李青青及龍佐，大中以來，有常述本，亦妙手也。史從、李從周，皆能者也。從周，即青孫，亞其父之藝也。」

《序笙》載：「自古能者固多矣。大和中有尉遲章，尤妙。宣宗已降，有范漢恭，有子名寶師，盡傳父藝，今在陝州。」

《序笛》載：「笛者，羌樂也。古有《落梅花》曲。開元中有李謩，獨步於當時。後祿山亂，流落江東。越州刺史皇甫政，月夜泛鏡湖，命謩吹笛，謩為之盡妙。」

《序觱篥》載：「觱篥者，本龜茲國樂也，亦曰「悲栗」，有類於笳。德宗朝有尉遲青，官至將軍。大曆中，幽州有王麻奴者，善此伎。河北推為第一手。」

又載：「元和、長慶中有黃日遷、劉楚材、尚陸陸，皆能者。大中以來，有史敬約，在汴州。」

《序五弦》載：「貞元中，有趙璧者，妙於此伎也。白傅《諷諫》有《五弦彈》，近有馮季皋。」

《序方響》載：「咸通中，有調音律官吳繽，為鼓吹署丞。善打方響，其妙超群，本朱崖李太尉家樂人也。」

《序擊甌》載：「武宗朝，郭道源後為鳳翔府天興縣丞，充太常寺調音律官，善擊甌。率以邢甌越甌共十二隻，旋加減水於其中。以筋擊之，其音妙於方響也。咸通中有吳繽，洞曉音律，亦為鼓吹署丞，充調音律官，善於擊甌。擊甌，蓋出於擊缶。」

《序琴》載：「古者，能士固多矣。貞元中，成都雷生善斫琴，至今尚有孫息，不墜其業，精妙天下無比也。彈者亦眾焉，大和中有賀若夷尤能。後為待詔，對文宗彈一調，上嘉賞之，仍賜朱衣。至今為《賜緋調》。後有甘黨，亦為上手。」

《序阮咸》載：「大中初，有待詔張隱聳者，其妙絕倫。蜀郡亦多能者。」

《序羯鼓》載：「咸通中有王文舉，尤妙。弄三杖打撩，萬不失一，懿皇師之。」

《序鼓》載：「其聲坎坎然，其眾樂之節奏也。禰衡常衣彩衣擊鼓，其妙入神。武宗朝，趙長史尤精。」

《序拍板》載：「拍板本無譜。明皇遣黃幡綽造譜，乃於紙上畫兩耳以進。上問其故，對：『但有耳道，則無失節奏也。』韓文公因為樂句。」

《序雨霖鈴》載：「《雨淋鈴》者，因唐明皇駕回至駱谷。聞雨淋鑾鈴，因令張野狐撰為曲名。」

《序還京樂》載：「明皇自西蜀返，樂人張野狐所製。」

《序唐老子》載：「唐老子者，本長安富家子，酷好聲樂。落魄不事生計，常與國樂遊處。」

《序得寶子》載：「《得寶歌》，一曰《得寶子》，又曰《得鞊子》。明皇初納太真妃，喜謂後宮曰：『朕得楊氏，如得至寶也。』遂製曲，名《得寶子》。」

《序文敘子》載：「長慶中，俗講僧文敘善吟經，其聲宛暢，感動里人。樂工黃米飯依其念四聲，觀世音菩薩，乃撰此曲。」

《序望江南》載：「始自朱崖李太尉鎮浙西日，為亡妓謝秋娘所撰。本名《謝秋娘》，後改此名。亦曰《夢江南》。」

《序楊柳枝》載：「白傅閒居洛邑時作。後入教坊。」「古樂工都計五千餘人，內一千五百人俗樂，係梨園新院於此，旋抽入教坊。」

另據唐《教坊記》記載，如下所述：

「內妓歌，則黃幡綽讚揚之，兩院人，歌則幡綽輒訾詬之。有肥大年長者即呼為屈突干阿姑，貌稍胡者，即云康太賓阿妹隨類名之。標弄百端，諸家散樂，呼天子為崖公。

「筋斗裴承恩妹大娘善歌，兄以配竿木侯氏。

「蘇五奴妻張少娘善歌舞，

「范漢女大娘子，亦是竿木家。」等等。

據唐《酉陽雜俎》記載，如下所述：

「安祿山恩寵莫比，錫齎無數。其所賜品目有：桑落酒、闊尾羊窟利、馬酪、音聲人兩部、野豬鮮、鯽魚並手刀子、清酒、大錦、蘇造真符寶輿、餘甘煎、遼澤野雞、五術湯、金石淩湯一劑及藥童昔賢子就宅煎、蒸梨、金平脫犀頭匙箸、金銀平脫隔餛飩盤、金花獅子瓶、平脫著足疊子、熟線綾接靴、金大腦盤、銀平脫破觚、八角花鳥屏風、銀鑿鏤鐵鎖、帖白檀香床、綠白平細背席、繡鵝毛氈兼令瑤令光就宅張設、金鸑紫羅緋羅立馬寶、雞袍、龍鬚夾帖、八斗金渡銀酒甕銀瓶平脫掏魁織錦筐、銀笊籬、銀平脫食臺盤、

油畫食藏。又貴妃賜祿山金平脫裝具玉合、金平脫鐵面碗。

「荊州貞元初，有狂僧善歌《河滿子》，嘗遇醉，伍百途辱之，令歌。僧即發聲，其詞皆伍百從前非愿也，伍百驚而自悔。

「魏高陽王雍，美人徐月華，能彈臥箜篌，爲《明妃出塞》之聲。

「有田僧超，能吹笛爲《壯士歌》、《項羽吟》。將軍崔延伯出師，每臨敵，令僧超爲壯士聲，遂單馬入陣。」等等。

又載：「段師能彈琵琶，用皮弦。賀懷智破撥彈之，不能成聲。」「蜀將軍皇甫直，別音律，擊陶器能知時月。好彈琵琶。元和中，嘗造一調，乘涼臨水池彈之。本黃鐘而聲入蕤賓，因更弦再三奏之，聲猶蕤賓也。直甚惑，不悅，自意爲不祥。隔日，又奏於池上，聲如故。試彈於他處，則黃鐘也。直因調蕤賓，夜復鳴彈於池上，覺近岸波動，有物激水如魚躍，及下弦則沒矣。直遂集客車水竭池，窮池索之。數日，泥下丈餘，得鐵一片，乃方響蕤賓鐵也。」

又載：「王沂者，平生不解絃管。忽旦睡，至夜乃寤，索琵琶弦之，成數曲，一名《雀啅蛇》，一名《胡王調》，一名《胡瓜苑》，人不識聞，聽之莫不流涕。其妹請學之，乃教數聲，須臾總忘，後不成曲。」「有人以猿臂骨爲笛吹之，其聲清圓，勝於絲竹。琴有氣。常識一道者，相琴知吉凶。」

據唐代高彥休《唐闕史》記載，如下所述：

「優孟師曾見於史傳，是知伶倫優笑，其來尚矣。其開元中黃幡綽，玄宗如一日不見，則龍顏爲之不舒，而幡綽往往能以倡戲匡諫者。漆城蕩蕩，寇不能上，信斯人之流也。咸通中，優人李可及者，滑稽諧戲，獨出輩流，雖不能託諷匡正，然巧智敏捷，亦不可多得。嘗因延慶節，緇黃講論畢，次及倡優爲戲。可及乃儒服殑巾，褒衣博帶，攝齊以升崇座，自稱三教論衡。其隅坐者問曰：既言博通三教，釋迦如來是何人？對曰：是婦人。問者驚曰：何也？對曰：《金剛經》云：敷座而坐。或非婦人，何煩夫坐然後兒坐也？上爲之啓齒。又問曰：太上老君何人也？」對曰：『亦婦人也。』問者益所不喻，乃曰：《道德經》云：『吾有大患，是吾有身。及吾無身，吾復何患！』倘非婦人，何患於有娠乎？上大悅。又曰：『文宣王何人也？』對曰：『婦人也。』問者曰：『何以知之？』對曰：《論語》云：『沽之哉，沽之哉，我待價者也。向非婦人，待嫁奚爲？』上意極歡，寵錫甚厚。」

又載：「梨園弟子有胡雛者，善吹笛，尤承恩寵。嘗犯洛陽令崔隱甫，已

而走入禁中。玄宗非時託以他事，召隱甫對，胡雛在側。指曰：『就卿乞此，得否？』隱甫對曰：『陛下此言是輕臣，而重樂人也。』臣請休官。再拜將出。上遽曰：『朕與卿戲耳！』遂令曳出，才至門外，產立杖殺之。俄頃有敕釋放，已死矣。乃賜隱甫絹百匹。」

又載：「李今嘗爲制將，將軍至西川，與張延賞有隙。及延賞大拜，二勳臣在朝，德宗令韓晉公和解之。每宴樂，則宰臣盡在，太常教坊音聲皆至，恩賜酒饌，相望於路。」

又載：「李、馬二家，日出無音樂之聲，則執金吾聞奏，俄頃必有中使來問：『大臣今日何不舉樂？』國子司業韋聿，皋之兄也，中朝以爲戲弄。」

又載：「宋沇爲太樂令，知音，近代無比。太常久亡徵調，沇乃考鍾律而得之。」

又載：「李汧公，雅好琴，常斷桐，又取漆桶爲之，多至數百張，求者與之。有絕代者，一名響泉，一名韻磬，自寶於家。京師人以樊氏、路氏琴爲第一，路氏琴有房太尉石枕，損處惜之不理。」

又載：「蜀中雷氏斫琴，常自品第，第一者以玉徽，次者以瑟瑟徽，又次者以金徽，又次者螺蚌之徽。」

又載：「張相弘靖，少時夜會名客，觀鄭宥調二琴至切。各置一榻，動宮則宮應，動商則商應，稍不切，乃不應。宥師董庭蘭，尤善泛聲、祝聲。」「韓會與名輩號爲四夔，會爲夔頭，而善歌妙絕。」

又載：「李舟好事，嘗得村舍煙竹，截以爲笛。堅如鐵石，以遺李牟。牟吹笛天下第一，月夜泛江，維舟吹之。寥亮逸發，上徹雲表。俄有客獨立於岸，呼船請載。既至，請笛而吹，甚爲精壯，山河可裂。牟平生未嘗見。及入破，呼吸盤擗，其笛應聲粉碎，客散不知所之。舟著記，疑其蛟龍也。」

又載：「李牟，秋夜吹笛於瓜洲，舟楫甚隘。初發調，群動皆息。及數奏，微風颯然而至。又俄頃，舟人賈客，皆有怨歎悲泣之聲。」

又載：「趙璧，彈五弦，人問其術。答曰：『吾之於五弦也，始則心驅之，中則神遇之，終則天隨之。吾方浩然，眼知耳，目如鼻，不知五弦之爲璧，璧之爲五弦也。』」

又載：「李袞善歌，初於江外，而名動京師。崔昭入朝，密載而至，乃邀賓客。請第一部樂，及京邑之名倡，以爲盛會。紿言表弟，請登末坐，令袞弊衣以出，合坐嗤笑。頃命酒，昭曰：欲請表弟歌。坐中又笑。及囀喉一發，

樂人皆大驚曰：此必李八郎也。遂羅拜階下。」

又載：「于頔司空，嘗令客彈琴。其嫂知音，聽於簾下，曰：三分中，一分箏聲，二分琵琶聲，絕無琴韻。」

又載：「于司空頔，因韋太尉奉聖樂，亦撰《順聖樂》以進，每宴必使奏之。其曲將半，行綴皆伏，獨一卒舞於其中。幕客韋綬笑曰：『何用窮兵獨舞。』言雖詼諧，一時亦有謂也。頔又令女妓為六佾舞，聲態壯妙，號《孫武順聖樂》。」

又載：「于司空以樂曲有《想夫憐》，其名不雅，將改之鐸有笑者曰：『南朝相府曾有瑞蓮。』故歌《相府蓮》，自是後人語訛，相承不改耳。」

據宋代王灼《碧雞漫志》記載，如下所述：

「梨園伶官亦招妓聚燕，三人私約曰：『我輩擅詩名，未定甲乙，試觀諸伶謳詩，分優劣。』一伶唱昌齡二絕句云：『寒雨連江夜入吳。平明送客楚帆孤。洛陽親友如相問，一片冰心在玉壺。奉帚平明金殿開，強將團扇共徘徊。玉顏不及寒鴉色，猶帶昭陽日影來。』一伶唱適絕句云：『開篋淚沾臆，見君前日書。夜臺何寂寞，猶是子雲居。』之渙曰：『佳妓所唱，如非我詩，終身不敢與子爭衡。不然，子等列拜床下。』須臾妓唱：『黃河遠上白雲間，一片孤城萬仞山。羌笛何須怨楊柳，春風不度玉門關。』之渙揶揄二子曰：『田舍奴，我豈妄哉。』以此知李唐伶伎，取當時名士詩句入歌曲，蓋常俗也。」

綜上所述，古書典籍所記載，唐代宮廷音樂機構「太常寺樂人」計有：王長通、白明達、安叱奴、稱心、安金藏、裴知古、李郎子、李琬、劉玠、張漸、吳繽、馬順兒，等等。

「教坊樂人」有：黃幡綽、裴承恩、裴大娘、侯氏、趙解愁、張四娘、蘇五奴、范漢、范大娘子、教坊一小兒、呂元眞、任智、任四女、龐三娘、顏大娘、魏二、楊家生、王輔國、鄭衛山、薛忠、王琰，等等。

「樂府樂人」有：許和子、張紅紅、鄭中丞、劉楚材，等等。

另外還有王大娘、唐崇、許小客、教坊長入、衣綠乘驢者、教坊歌兒、石火胡、五養女、李孝本次女、雲朝霞、米都知、商訓、祝漢貞、李可及、石野豬、王內人、吹笙內人、謝大，等等。

「梨園樂人」有：賀懷智、張野狐、迎娘、蠻兒、潘大同、雷海青、吹笛師、天寶樂叟、許雲封、蕭煉師、尉遲璋、施先輩、李憑、南不嫌、李周、

陳敬言、駱供奉，等等。

宮廷或民間「樂舞藝人」有：謝阿蠻、念奴、李龜年三兄弟、段師、段善本、羅黑黑、裴神符、襪子、何懿、優人、悖拏兒、紅桃、耍娘、張雲容、冬兒、貞貞、公孫大娘、三美人、主謳者、老人、潘大同女、阿布思妻子、劉安、李供奉、康崑崙、成輔端、穆氏、陳不嫌、陳意奴父子、曹保保、曹善才、曹剛、楊志姑媽、趙璧、曹供奉、杜秋娘、沈阿翹、孟才人、羅程、敬約、張小子、李貞信、陳幼寄、羅寵、陳彥暉、鄭慢兒、關小紅、胡二子、飛鸞、輕鳳、王文舉、趙長史、薛瓊瓊，等等，共計有一百多人。

關於唐代樂人，據唐文化學者柏紅秀著《唐代宮廷音樂文藝研究》一書記錄與統計：

> 所考樂人，胡旋女人數無法確定，太常寺樂人約 14 名，教坊樂人約 51 名，梨園樂人約 18 名。來自市井或寺廟而在宮廷活動的樂人約 7 名，其它可考，但不知所屬機構的宮廷樂人者 58 名，計 148 名。其中，開元天寶以前有 11 名。開元天寶間 64 名，開元天寶後 73 名。由此可見：以機構論，教坊中著名樂人最多；以時間論，開、天間雖爲時不長，但產生的著名樂人最多。終唐一代，教坊較之太常、梨園更爲活躍，而盛唐則是唐代宮廷音樂文化鼎盛期。〔註4〕

追溯唐代文人學者的詩文記載，涉樂內容非常豐富。如著名詩人白居易在長詩《琵琶行》之中，即形象、生動記載他所偶遇的西域籍大唐琵琶藝妓裴興奴的演藝生涯：

> 元和十年，余左遷九江郡司馬。明年秋，送客湓浦口，聞舟中夜彈琵琶者。聽其音，錚錚然有京都聲。問其人，本長安倡女，嘗學琵琶於穆、曹二善才。年長色衰，委身爲賈人婦。遂命酒使快彈數曲。曲罷憫然。自敘少小時歡樂事；今漂淪憔悴，轉徙於江湖間。余出宮二年，恬然自安，感斯人言，是夕始覺有遷謫意。因爲長句，歌以贈之。凡六百一十二言，命曰《琵琶行》。
>
> 潯陽江頭夜送客，楓葉荻花秋瑟瑟。
>
> 主人下馬客在船，舉酒欲飲無管絃。
>
> 醉不成歡慘將別，別時茫茫江浸月。
>
> 忽聞水上琵琶聲，主人忘歸客不發。

〔註4〕柏紅秀著：《唐代宮廷音樂文藝研究》，南京大學出版社，2010 年版，第 71 頁。

尋聲暗問彈者誰？琵琶聲停欲語遲。
移船相近邀相見，添酒回燈重開宴。
千呼萬喚始出來，猶抱琵琶半遮面。
轉軸撥弦三兩聲，未成曲調先有情。
弦弦掩抑聲聲思，似訴生平不得志。
低眉信手續續彈，說盡心中無限事。
輕攏慢撚抹復挑，初為霓裳後六么。
大絃嘈嘈如急雨，小絃切切如私語。
嘈嘈切切錯雜彈，大珠小珠落玉盤。
間關鶯語花底滑，幽咽流泉水下灘。
水泉冷澀弦凝絕，凝絕不通聲漸歇。
別有幽愁暗恨生，此時無聲勝有聲。
銀瓶乍破水漿迸，鐵騎突出刀槍鳴。
曲終收撥當心畫，四絃一聲如裂帛。
東船西舫悄無言，唯見江心秋月白。
沉吟放撥插弦中，整頓衣裳起斂容。
自言本是京城女，家在蝦蟆陵下住。
十三學得琵琶成，名屬教坊第一部。
曲罷常教善才服，妝成每被秋娘妒。
五陵年少爭纏頭，一曲紅綃不知數。
鈿頭銀篦擊節碎，血色羅裙翻酒污。
今年歡笑復明年，秋月春風等閒度。
弟走從軍阿姨死，暮去朝來顏色故。
門前冷落車馬稀，老大嫁作商人婦。
商人重利輕別離，前月浮梁買茶去。
去來江口守空船，繞船明月江水寒。
夜深忽夢少年事，夢啼妝淚紅闌干。
我聞琵琶已歎息，又聞此語重唧唧。
同是天涯淪落人，相逢何必曾相識！
我從去年辭帝京，謫居臥病潯陽城。
潯陽地僻無音樂，終歲不聞絲竹聲。

住近湓口地低濕，黃蘆苦竹繞宅生。
其間旦暮聞何物，杜鵑啼血猿哀鳴。
春江花朝秋月夜，往往取酒還獨傾。
豈無山歌與村笛，嘔啞嘲哳難爲聽。
今夜聞君琵琶語，如聽仙樂耳暫明。
莫辭更坐彈一曲，爲君翻作琵琶行。
感我此言良久立，卻坐促弦弦轉急。
淒淒不似向前聲，滿座重聞皆掩泣。
座中泣下誰最多？江州司馬青衫濕。

另外在諸多唐代詩文中查閱，宮廷與民間樂舞藝人對唐代演藝文化貢獻很大，其中較爲突出的是樂官黃旛綽，關於他的歷史傳聞與文字記載：

「黃旛綽，一作黃幡綽。唐時人，生於涼州（今甘肅武威），宮廷樂師。據《樂府雜錄》記載：『拍板本無譜，明皇遣黃幡綽造譜。乃於紙上畫兩耳以進，上問其故對：但有耳道則無失節奏也。』宋代陝西同州《霓裳羽衣曲》石刻傳係根據其手書翻刻。其擅長『參軍戲』，入宮 30 多年，侍奉唐玄宗。他性格幽默，善於口才，曾經用滑稽風趣的語言，諫勸玄宗不要輕信安祿山，應該疼愛其子（唐肅宗）；提醒他注意安全，不要在馬上打球摔壞了身子，得到了玄宗的賞識和信任。當時人說，唐玄宗一日不見黃幡綽，龍顏爲之不悅。」

「安史之亂」期間，唐廷王室出逃到四川，黃幡綽陷於叛軍，在長安被迫爲安祿山表演。平定叛亂後，黃幡綽被拘，玄宗不以爲有罪，將他開釋。他晚年流落江南，死後葬在崑山正儀綽墩。《全唐詩》收錄他的詩。山西省有一塊石碑，鐫刻唐玄宗所作《霓裳羽衣曲》，原跡即由黃幡綽所書。由此可見，黃旛綽堪稱唐代演藝人中的典範形象。

另外諸如上述，李可及、胡雛者、李今嘗、宋沆爲、李汧公、樊氏、路氏、雷氏、張相弘靖、董庭蘭、韓會、李舟、李牟、趙璧、李袞、崔昭、于頔司空、韋綬等，雖然不是宮廷音樂組織中的專業樂人，但是他們卻與宮廷樂舞活動發生緊密的關係，爲唐朝大明宮演藝文化奠定了堅實的社會基礎功不可沒，理應如實記載，樹碑立傳。

第二節　唐代宮廷音樂歌舞與演藝活動

與唐代宮廷音樂歌舞與演藝活動有著緊密聯繫，並起著重要指導作用的

「唐大曲」是樂府梨園藝術必備的演藝資本。此種樂舞大曲，根據《辭海》「大曲」條中所知：「由同一宮調的若干『遍』組成的大型樂舞，每遍各有專名。……大曲體制宏大，歌舞結合；同宋元戲曲音樂有淵源關係。」

　　清末民初著名學者王國維在《唐宋大曲考》一文中，曾對「唐大曲」源流做了較爲詳盡的學術考證。依他的觀點，「大曲與雜劇二者之漸相接近」，唐大曲與宋元雜劇，以及南戲有著割捨不斷的血緣關係。並指出：「一曲之中演二故事，《東京夢華錄》所謂『雜劇入場，一場兩段』也。惟大曲一定之動作，終不足以表戲劇自由之動作；惟極簡單之劇，始能以大曲演之。」〔註5〕

　　在此理論基礎之上，王小盾教授界定「唐大曲」是「由歌、樂、舞的結合而形成的一種多曲段的音樂體裁」。他進而介紹其內容、形式與藝術特徵：

　　　　相對「曲子」或「小曲」而言，大曲的結構比較複雜，因而常常是小曲的母體……儘管大曲聯合了許多曲段，但它仍然是個藝術有機體。首先，它具有順序性，從「序」到「排遍」到「急遍」再到「入破」，其樂曲大體按從慢節奏到快節奏的順序排列……其次，它具有風格的統一性。一支大曲的多個曲段，常常表現爲一支主要旋律的不同變奏。故它們常有統一的曲名。〔註6〕

　　如上所述，「大曲」是自古以來，歷代朝廷流行的一種大型歌舞樂曲。早在漢魏時期便有大曲存在。據宋・郭茂倩《樂府詩集》卷二六「題解」引《晉書・樂志》云：「又諸調曲皆有辭、有聲，而大曲又有豔，有趨，有亂。辭者其歌詩也，聲者若羊吾夷、伊那何之類也。豔在曲之前，趨與亂在曲之後，亦猶吳聲、西曲，前有和，後有送也。」其卷三四引《古今樂錄》又云：「凡諸大曲竟，『黃老彈』獨出，舞，無辭。」由此可知，大曲最初是分段進行的，演唱完後設有伴舞，至其形式大體完成。

　　發展到唐、宋之時，大曲形成了由同一宮調的若干「遍」，組合爲成「套」樂舞形式。唐代一般是以詩配樂疊唱，並廣泛吸取當時各民族的音樂藝術，而更加趨於成熟。《樂府詩集》收有部份樂舞殘篇。到了宋代，大曲演變成詞體，且不是從頭到尾地演奏，而是摘取其中若干片斷（稱作「摘遍」），鋪敘一段故事進行表演。

　　關於大曲的結構，宋・沈括《夢溪筆談》、陳暘《樂書》、王灼《碧雞漫

〔註5〕《王國維戲曲論文集》，中國戲劇出版社，1984年版，第159頁。
〔註6〕《古代藝術300題》，上海古籍出版社，1989年版，第482頁。

志》等說法不一。一般認爲大曲分爲三大部份，每部份又由若干段落組成，稱作「遍」、「片」或「疊」。第一部份爲序奏，無歌，不舞，純係樂隊演奏的器樂曲，稱作「散序」；第二部份以「歌」爲主，樂隊伴奏，舞隊仍不出場，稱作「中序」，或稱「拍序」、「歌頭」；第三部份以「舞」爲主，歌舞並作。或云第三部份純屬舞曲，無歌，樂隊伴奏，稱作「破」，或「入破」。

　　朱謙之著《中國音樂文學史》，他認爲唐大曲與隋唐燕樂關係極爲密切：「『燕樂』是什麼？案：宋《中興四朝樂志敘》云：『古者演樂，自周以來用之。唐貞觀增隋九部爲十部，以張文收所製個名燕樂，而被之管絃。闕後至坐伎部琵琶曲盛於時，匪特漢氏上林樂府漫樂，不應經法二已。』這段追溯燕樂的源流，是根據《周禮》『燕樂』二字說的。依唐·杜佑《通典》卷一百四十六所載，參考宋·高似孫《唐樂曲譜》，將樂名記之如下：立部伎八曲：（一）《安樂》，（二）《太平樂》，（三）《破陣樂》，（四）《慶善樂》，（五）《大定樂》，（六）《上元樂》，（七）《聖壽樂》，（八）《光聖樂》。坐部伎六曲：（一）《燕樂》，（二）《長壽樂》，（三）《天授樂》，（四）《鳥歌萬歲樂》，（五）《龍池樂》，（六）《小破陣樂》。」〔註7〕

　　據《唐六典》「協律郎」條云：「大樂署散樂，雅樂大曲三十日成，小曲二十日。清樂：大曲六十日，大文曲三十日，小曲十日。燕樂、西涼、龜茲、疏勒、安國、天竺、高昌，大曲各三十日，次曲各二十日，小曲各十日。」由此可知，唐代「大曲」實爲中外諸國、諸民族樂舞傳統文化之結晶；並爲相對於「大文曲」、「次曲」與「小曲」形式，更爲宏大的音樂歌舞戲曲藝術品種。

　　唐·崔令欽撰《教坊記》中存唐代樂曲名共 278 首，其中明確標識爲「大曲」名有 46 首。諸如：《踏金蓮》、《綠腰》、《涼州》、《薄媚》、《賀聖樂》、《伊州》、《甘州》、《泛龍舟》、《採桑》、《千秋樂》、《霓裳》、《後庭花》、《伴侶》、《雨霖鈴》、《柘枝》、《胡僧破》、《平翻》、《呂太后》、《突厥三臺》、《大寶》、《一斗鹽》、《羊頭神》、《大姊》、《舞大姊》、《急月記》、《斷弓弦》、《碧霄吟》、《穿心蠻》、《羅步底》、《回波樂》、《千春樂》、《龜茲樂》、《醉渾脫》、《映山雞》、《昊破》、《四會子》、《安公子》、《舞春風》、《迎春風》、《看江波》、《寒雁子》、《又中春》、《玩中秋》、《迎仙客》、《同心結》，等等。

　　上述唐大曲可考者僅有 12 首，即《綠腰》又名《六么》、《綠麼》、《綠

〔註7〕朱謙之著：《中國音樂文學史》，上海人民出版社，2006 年版，第 173 頁。

要》；《涼州》、《伊州》、《甘州》、《泛龍舟》、《採桑》；《霓裳》，此曲原名《婆羅門曲》，後改名爲《霓裳羽衣》；《後庭花》亦稱《玉樹後庭花》，《伴侶》，《柘枝》。此曲亦有《屈柘》、《屈柘枝》、《握柘辭》、《掘柘辭》、《播柘辭》等別名；另外，還有《突厥三臺》、《回波樂》等曲牌。唐大曲之《涼州》、《伊州》、《霓裳》、《柘枝》、《突厥三臺》等，均與古代西域樂舞有親緣關係。例如《涼州》原爲唐開元六年西涼節度使郭知運進獻。《舊唐書・吐蕃傳》云：「奏《涼州》、《胡渭》、《綠麼》雜曲。今《小石調》、《胡渭州》是也。」宋・王灼撰《碧雞漫志》卷三亦云：「涼州曲，《唐書》及傳載稱：天寶樂曲，皆以邊地爲名，若涼州、甘州之類；曲遍聲繁，名入破；又詔道調法曲與胡部新聲合作。」

《涼州》大曲受天竺樂與龜茲樂之影響，逐步成爲河西一帶人們喜聞樂見樂舞藝術形式。此正如唐代岑參詩中所云：「涼州七里十萬家，胡人半解彈琵琶。」另據《開天傳信記》一書中記載：「西涼州俗好音樂，製新曲曰《涼州》，開元中列上獻之。」此胡曲自輸入中原地區後，頗受朝野青睞。宋・程大昌《演繁錄》卷七云：「樂府所傳大曲惟《涼州》最先出。」後來《涼州》又派生出如《古涼州》、《舊涼州》、《新涼州》、《梁州》、《涼州歌》、《倚樓曲》等別名。可見，當時種類之多、社會影響之大。

據考《伊州》大曲，爲天寶年間西涼節度使蓋嘉運所進。伊州轄地在今新疆哈密一帶。《教坊記》卷一云：「戲日，內伎出舞，教坊人惟得舞《伊州》、《五天》，重來疊去，不離此兩曲，餘盡讓內人也。」甘肅敦煌莫高窟「藏經洞」新發現「唐五代古樂譜」，其中就有《伊州》和又慢曲子《伊州》等曲牌。

《霓裳》大曲主體部份，亦爲開元年間西涼府節度使楊敬述所進。後經唐玄宗製散序而改名爲《霓裳羽衣》。對此，鄭嵎《津陽門詩》注：「葉法善引明皇人月宮聞樂歸，笛寫其半。會西涼都督楊敬述進《婆羅門曲》，聲調吻合，遂以月中所聞爲散序。敬述所進爲其腔，製《霓裳羽衣》。」此大曲因由古印度樂舞曲改製而成，故此，白居易詩曰：「法曲法曲合夷歌，夷聲邪亂華聲和。」並自注云：「法曲雖似失雅音，蓋諸夏之聲也，故歷朝行焉。天寶十三載，始詔道調法曲與胡部新聲合作。」

《教坊記》大曲類亦有《霓裳》，雜曲類亦有《拂霓裳》、《望月婆羅門》，敦煌曲子詞中亦有《婆羅門》四首。唐代詩文有《婆羅門咒》，宋詞中亦有《婆

羅門令》，長安古樂中存有《婆羅門引》，這些樂曲可能均源出自《婆羅門曲》或《霓裳》大曲。

《柘枝》大曲亦爲西域石國輸入中原地區，爲代表性大曲之一。《教坊記》中又有《柘枝引》，此樂舞實爲《單柘技》與《雙柘枝》之變體。後至宋代過渡爲《柘枝舞》隊舞，遂發展爲「隊戲」。在唐宋大曲與宋元戲曲形式之間架設起一座中外藝術交流橋樑。

《突厥三臺》爲初唐時所製大曲，曾盛行於高宗、武后年間。此大曲似爲《突厥鹽》與《三臺鹽》合成之曲。除上述大曲之外，《教坊記》中記載的與西域樂舞有著密切關係的唐樂舞曲，還有《龜茲樂》、《怨胡天》、《羌心怨》、《西河獅子》、《三臺》、《蘭陵王》、《劍器子》、《醉胡子》、《胡渭州》、《胡相問》、《胡僧破》、《胡蝶子》、《胡攢子》、《蕃將子》、《穆護子》、《醉渾脫》、《菩薩蠻》、《南天竺》、《西國朝天》、《大面》，等等。其中不僅有大曲、雜曲、散曲，另外還有許多西域樂舞與歌舞戲曲目雜糅其間。

據《碧雞漫志》卷三云：「凡大曲有散序、靸、排遍、攧、正攧、入破、虛催、實催、袞遍、歇拍、殺袞，始成一曲，此謂之大遍。」宋·沈括《夢溪筆談》亦云：「所謂大遍者，有序、引、歌、㲊、嗺、攧、袞、破、行、中腔、踏歌之類，凡數十解。每解有數疊者，裁截用之，謂之『摘遍』。今之大曲皆是裁用，悉非大遍也。」唐大曲亦稱「大遍」，宋大曲則有變體。在唐大曲形成時僅有「歌曲」、「舞曲」與「解曲」之分，後來才逐漸演變爲歌、舞、詩、樂、戲等表演藝術的綜合體。

追根溯源，唐大曲的形成與發展，主要借助於前世魏晉大曲、西域胡曲與法曲三個方面。其中魏晉大曲源於漢代的「相和歌」，最初產生於曹魏時代的「清商樂」之列。《隋書·音樂志》載：「清樂，其始即清商三調也，並漢末舊曲，樂器形制並歌章古辭，與魏三祖所作者皆被於史籍，屬晉朝遷播，夷羯竊據，其音分散。符永固平張氏，始於涼州得之。」宋·郭茂倩《樂府詩集》卷四四亦云：「清商樂，一曰清樂。清樂者，九代之遺聲，其始即相和三調也。並漢魏以來舊曲，其辭皆古調及魏三祖所作也。符堅滅涼得之，傳於前後二秦。」

依上所述，魏晉大曲亦可稱之爲「清樂大曲」。凡相和歌、清商舊曲、吳聲西曲等均可入內。始自華夏古樂而復蘇於魏晉南北朝時期。據《樂府詩集》分類，相和歌包容相和引、相和曲、吟歎曲、四絃曲、平調曲、清調曲、瑟

調曲、楚調曲、側調曲與大曲共計 102 種。多數爲民間世俗樂曲，後又容入吳聲與西曲（包括舞曲與倚歌，以及器樂曲與雜曲）而形成清商大曲。

　　魏晉清商樂工們曾創造性地將楚地、吳地、中原等地各種音樂歌舞有機地組合在一起，漸次又將豔、曲、趨、亂等多種曲段綜合爲一體，從而形成「大曲」，後來則衍化爲「行曲」、「歌曲」、「舞曲」與「解曲」等四段體演藝文化結構。

　　香港音樂史學家張世彬將「清商樂」構成的大曲稱之爲「漢大曲」。他認爲「這些大曲的確是漢代的遺物……當是指漢武帝立樂府時之事」。同時還指出：「在結構上則可分豔、曲、趨或亂三段……由豔、曲、趨或亂三段構成的大曲，在形式上和前述的『三調』曲（按即『平調』、『清調』、『瑟調』）沒有多少分別。」其特殊之處僅爲「每首大曲奏完了，還接著奏一段舞曲，而有舞蹈表演的。」〔註8〕

　　「西域胡曲」亦可稱爲「胡樂大曲」，此係指西域少數民族地區所流行的音樂歌舞套曲。如龜茲大曲、疏勒大曲、高昌大曲等。根據王小盾教授考證，西域大曲輸入中原有四個途徑：「一、通過內地政權對西域的政治控制和軍事佔領，它作爲『戰利品』和『進貢物』流入。」「二、通過西域與內地的商業貿易，它作爲『賈胡』、『販客』的文化輸入。」「三、通過佛教流傳，作爲『佛曲』輸入。」「四、由於少數民族入主中原，或由於少數民族與漢族之間的王氏婚嫁，它作爲『陪伴物』輸入。」〔註9〕

　　據許慕雲著《中國戲劇史》一書考證，唐大曲的形成深受西域胡夷音樂歌舞藝術的影響：

　　　　唐繼隋而有天下，其初音樂歌舞，一循隋朝之制。隋則因仍齊、
　　周舊軌者，故多雜羌胡夷戎之樂舞。其後玄宗雖好聲律，梨園子弟，
　　傳爲千秋佳話。而玄宗篤嗜「羯鼓」，「羯鼓」亦夷樂也。藉知戲曲
　　遞變以至今日，苟沿流溯源，其溶化於胡戎者久矣。〔註10〕

　　在唐代「十部樂」中所屬胡曲的樂曲，其藝術結構基本爲三大部份：或爲「序」、「破」、「急」；或爲「歌曲」、「解曲」與「舞曲」。如上所述的《龜茲樂》，其歌曲有《善善摩尼》，解曲有《婆伽兒》，舞曲有《小天》、《疏勒

〔註 8〕張世彬著：《中國音樂史論述稿》，香港九龍友聯出版社有限公司，1975 年版，第 74 頁。

〔註 9〕王小盾：《唐大曲及其基本結構類型》，《中國音樂學》，1988 年第 2 期。

〔註10〕許慕雲著：《中國戲劇史》，上海古籍出版社，2001 年版，第 23 頁。

鹽》。再如《西涼樂》中歌曲有《永世樂》，解曲有《萬世豐》，舞曲有《于闐佛曲》。

繼「十部樂」之後，唐代朝廷又設立了「二部伎」，即坐部伎與立部伎。它同樣與胡樂大曲有著十分密切的關係，其中含有許多西域音樂成分，所使用的樂器不少來自西域諸國。例如唐·杜佑《通典》記載：「自《安樂》以後，皆擂大鼓，雜以龜茲樂，聲振百里……自《長壽樂》以下，皆用龜茲樂。」

另外於二部伎中所編排的樂舞戲節目，如《安樂》、《破陣樂》、《太平樂》、《鳥歌萬歲樂》等，亦包容有一些傳統戲劇表演成分，此可視為唐大曲或歌舞戲之雛形。《安樂》歌舞戲在《通典》卷一四六中可得以印證：「《安樂》，後周武平齊所作也。行列方正像城郭，周代謂之《城舞》。舞者八十人，刻木為面，狗喙獸耳，以金飾之，垂線為髮。畫襖皮帽舞蹈，姿制猶作羌胡狀。」

《破陣樂》又名《七德舞》，此據《秦王破陣樂》加工改編而成。《舊唐書·音樂志》云：「太宗為秦王之時，破劉武周，軍中相與作《秦王破陣樂》。及即位，宴會必奏之。」依此所製《秦王破陣樂》之大曲「然其發揚蹈厲」。《唐會要》卷三九云：貞觀七年（公元 633 年）「正月七日，上製破陣樂舞圖，左圓右方，先偏後正，魚麗鵝鸛，箕張翼舒，交錯屈伸，首尾回互，以象戰陣之形」。

《太平樂》俗稱「舞獅子」。對此《舊唐書·音樂志》云：「《太平樂》亦謂之《五方師子舞》，師子鷙獸，出於西南夷天竺，師子等國，綴毛為之，人屈其中。象其俯仰馴狎之容，二人持繩秉拂為習弄之狀，五師子各放其方色。百四十人歌《太平樂》舞，以手持繩者服飾作崑崙象。」《鳥歌萬歲樂》簡稱《萬歲樂》，是一齣模擬性歌舞大曲。唐·杜佑《通典》云：「《鳥歌萬歲樂》武太后所造也，時宮中養鳥。能人言，又常稱萬歲，為樂以象之。舞三人，緋大袖，並畫鶴鴝，冠作鳥象。」《樂家錄》亦云：「一說隋煬帝，令太樂令白明達造新聲，所謂《萬歲樂》、《藏鉤樂》、《七夕樂》也。」

「法曲」為流行於隋唐宋間的一種大曲形式。據《隋書·音樂志》云，法曲起源於梁武「法樂」（因用於佛教法會而得名）。唐代有「道調法曲」、「雲韶法曲」、「梨園法部」。《新唐書·禮樂志》云：「初隋有法曲，其音清而近雅。其器有鐃、鈸、鍾、磬、琵琶。琵琶圓體，修頸而小，號曰『秦漢子』。」觀

其所用樂器與樂曲，均係基於中國音樂器樂而摻用胡樂所成。

《文獻通考》「樂考」十九云：「（唐玄宗）又選樂工數百人，自教法曲於梨園，謂之皇帝『梨園弟子』。梨園法部，更置小部音聲三十餘人。」唐高宗時所做法曲，摻雜道教神仙行樂的樂曲，故又名「道調法曲」。唐文宗好雅樂，因製「雲韶法曲」。《唐會要》載，唐文宗開成三年改法曲爲「仙韶曲」。所敘法曲名目有《破陣樂》、《長生樂》、《霓裳羽衣》、《獻仙音》等。中唐以後，法曲漸衰。

據《宋史‧樂志》記載，宋朝教坊四部樂，仍設有法曲部。宋‧張炎《詞源》云：「法曲有散序、歌頭。音聲近古，大曲所不及，其源自唐來。」究之宋代法曲編制，可參考曹勳《應制法曲》所述。

《唐會要》卷三三「諸樂」條云：「太常梨園別教院教《法曲》樂章等。」又據《新唐書》卷二二載：「玄宗既知音律，又酷愛《法曲》，選坐部伎子弟三百教於梨園。聲有誤者，帝必覺而正之，號皇帝梨園弟子。」後世中國地方戲曲界自譽爲「梨園弟子」即出處於此。

隋唐時期之「法曲」原建立在南朝梁武帝倡導的「法樂」、「梵唄」及「佛曲」基礎之上，後來又大量吸收了西域胡樂與胡曲。據《舊唐書》卷三「音樂志」云：「又自開元以來，歌者雜用胡夷里巷之曲。其孫玄成所集者，工人多不能通，相傳爲《法曲》。」自法曲設立之後極大地促進了西域胡樂大曲的華化。

據《新唐書‧禮樂志》記載：「開元二十四年，升胡部於堂上。而天寶樂曲皆以邊地名，若《涼州》、《伊州》、《甘州》之類。後又詔《道調》、《法曲》與胡部新聲合作。」自天寶十三年，唐玄宗下令將胡樂並入「法曲」內，並「令於太常寺刊石，內黃鐘商《婆羅門曲》改爲《霓裳羽衣》」。胡樂華化達到高潮，致使大批胡曲改爲漢名，以求逐步抹去西北邊地胡樂色彩。

據宋‧陳暘《樂書》卷一五九載，隋唐前後輸入中原之胡樂佛曲，「樂有歌，歌有曲，曲有調……婆羅門日梵天聲也。」原本依循胡樂代表曲目如：《普光佛曲》、《彌勒佛曲》、《日光明佛曲》、《大威德佛曲》、《如來藏佛曲》、《藥師琉璃光佛曲》、《無威感德佛曲》、《龜茲佛曲》、《釋迦牟尼佛曲》、《寶花步佛曲》、《觀法會佛曲》、《帝釋幢佛曲》、《妙花佛曲》、《天光意佛曲》、《阿彌陀佛曲》、《燒香佛曲》、《十地佛曲》、《大妙至佛曲》、《摩尼佛曲》、《蘇密七俱陀佛曲》、《婆羅樹佛曲》、《遷星佛曲》，等等。

　　唐‧南卓撰《羯鼓錄》卷末亦列有 11 首佛教類曲調，其曲名爲：《九仙道曲》、《盧舍那仙曲》、《御製三元道曲》、《四天王》、《半闍麼那》、《失波羅辭見柞》、《草堂富羅》、《于闐燒香寶頭伽》、《菩薩阿羅地舞曲》、《阿陀彌大師曲》，等等。

　　另外據史書記載，還有一種明顯染有胡文化色彩的「食曲」，凡 33 曲，其曲名如次：《雲居曲》、《九巴鹿》、《阿彌羅衆僧曲》、《無量壽》、《眞安曲》、《雲星曲》、《羅利兒》、《芥老雞》、《散花》、《大燃燈》、《多羅頭尼摩訶缽》、《婆娑阿彌陀》、《悉馱低》、《大統》、《蔓度大利香積》、《佛帝利》、《龜茲大武》、《僧個支婆羅樹》、《觀世音》、《居麼尼》、《眞陀利》、《大興》、《永寧賢塔》、《恒河沙》、《江盤元始》、《具作》、《悉家牟尼》、《大乘》、《毗沙門》、《渴農之文德》、《菩薩緱利陀》、《聖主興》、《地婆拔羅伽》，等等。

　　「太常署」之供奉曲名及諸樂名多由佛教胡夷樂曲所改。譬如：《龜茲佛曲》改爲《金華洞眞》；《舍佛兒》改爲《欽明引》；《羅刹末羅》改爲《合浦明珠》；《蘇莫遮》改爲《萬宇清》；《帝釋婆野娑》改爲《九野歡》；《捺利梵》改爲《布陽春》；《吒缽羅》改爲《芳林苑》；《達摩支》改爲《泛蘭叢》；《蘇羅密》改爲《升朝陽》；《須婆栗特》改爲《芳苑壚》；《耶婆地》改爲《靜邊引》；《思歸達菩提兒》改爲《洞靈章》，等等。上述諸曲均借用祥瑞溫雅的漢文稱謂更改胡樂佛曲，爲使之最大限度趨於華化。

　　經過改造加工的法曲，即成爲中西文化合璧之藝術產物，其中由《婆羅門曲》改編而成的《霓裳羽衣》即爲胡曲或法曲型唐大曲之突出典範。其藝術結構爲「散序」、「中序」、「入破」或「舞遍」等三大部份所組成，具有較爲完備的器樂曲、歌曲與舞曲相結合之唐宋大曲的基本藝術特徵。

　　據唐‧張鷟《朝野僉載》卷五記載：「太宗時，西國進一胡，善彈琵琶。作一曲，琵琶弦撥倍粗。上每不欲番人勝中國，乃置酒高會，使羅黑黑隔帷聽之，一遍而得。謂胡人曰：『此曲吾宮人能之。』取大琵琶，遂於帷下令黑黑彈之，不遺一字。胡人謂是宮女也，驚歎辭去。西國聞之，降者數十國。」此後致使唐朝廷明確宣佈「升胡部於堂上」，並詔「道調、法曲與胡部新聲合作」，從而形成胡樂華化之新樂形式即「燕樂」。

　　「胡樂」的大量輸入，致使唐代文化一度胡化與西域化。朝野上下一時胡樂、胡舞、胡曲、胡馬、胡床、胡飯等「舶來品」充塞社會各個角落，充分顯示了古代少數民族文化巨大的藝術魅力。然而在客觀事實上，世界各國、

各族的文化交流都是相互對應的，並必一廂情願。正如我國文藝理論家施議對此論述：

> 在接受外來音樂的過程中，中土固有的傳統音樂——清商樂，即漢、魏、六朝所存之音樂，也並未因爲胡樂之盛行而被拋棄。終唐一代，清商樂仍然流行。中土音樂，包括樂曲、樂器以及樂書，對於各少數民族以及亞洲各國的音樂文化建設，也產生過積極的影響。〔註11〕

關於胡樂與華樂相結合的「燕樂二十八調」，對中國傳統音樂體系之具體影響，可延續至隋唐燕樂宮調體系。至元代，逐被分爲六宮十一調，共計十七宮調，並被廣泛地運用於諸宮調與雜劇、南戲音樂之中。可以不誇張地說，沒有唐代大曲、法曲、燕樂與胡曲相關形式，以及大明宮宮廷樂舞戲曲藝術形式，就不會有後世中華民族繁盛的演藝文化景象。

第三節　唐代皇室與大明宮演藝文化

自唐代「貞觀之治」（公元 627～649 年）到「開元之治」（713～741 年）的一百多年之間，在唐帝王、臣屬、百姓的共同努力下，唐代封建社會達到極盛。其物質文化「粟帛流溢」，精神文化「招遠撫近」而光照四海。大唐音樂歌舞藝術在中原文明吸收西域元素的基礎上，創造出燦爛輝煌的演藝領域文明碩果。大量唐詩歌詞通過樂曲、演唱普及、傳遍全國，輻射周邊各國各民族，爲宋詞、元曲開了先河。

發達的經濟，優良的政治，深厚的文學土壤，產生出帝王音樂家唐玄宗、唐宣宗、唐高宗等；文臣音樂家李龜年、楊玉環、黃幡綽、張野狐等；文人音樂家白居易、李賀、韓愈、劉禹錫等；民間音樂家許和子、康崑崙、曹剛、裴興奴，等等。一時形成名家雲集、星漢燦爛之勝景。

論及大明宮演藝文化與樂舞戲藝術，不能不涉及唐明皇李隆基，及其喜好樂舞戲曲的諸位皇家國戚與文武大臣。

唐玄宗，李隆基（685～762 年），號「玄宗」，又因其諡號爲「至道大聖大明孝皇帝」，故亦稱爲「唐明皇」。另有尊號「開元聖文神武皇帝」。他在文

〔註11〕施議對著：《詞與音樂關係研究》，中國社會科學出版社，1985 年版，第 7 頁。

學藝術方面頗有才華，為中國傳統文學藝術，特別是中華民族音樂的發展做出重要的貢獻。

唐玄宗前期勵精圖治、納諫聽賢、親民治國，開創「開元之治」。然而，後期奢靡，因迷戀聲色，誤用奸相李林甫，導致「安史之亂」。大唐社會在其治理下，由極盛之頂峰開始走下坡路。李隆基在治國方面是毀譽參半的皇帝，但同時也是一個富有鮮明個性特徵與極高藝術造詣的封建帝王。

唐玄宗李隆基是唐睿宗第三子，他在李氏諸王中曾被封為臨淄王、平王。因聯合太平公主誅滅韋氏，擁父親睿宗復辟立了大功，而被立為太子。李隆基酷愛音樂，幼年能歌舞，顯露出很高音樂資質。青少年時在府廷中自製散樂以自娛。他精通多種樂器演奏，如琵琶、橫笛、羯鼓等。其羯鼓演奏技藝尤為高超，堪稱是一位技藝高超的作曲大師。唐·南卓《羯鼓錄》曾評賈他「若製作曲詞，隨音即成，不立章度，取適短長，皆應散聲，皆中點拍」。

李隆基初登帝位，曾在每年二月庚子夜，開門「燃燈千百」，「大合伎樂」，與其父「御門樓臨觀」。有時通宵達旦，持續長達一個多月。玄宗在位年間，是大唐由盛至衰的關鍵時期。他對唐代音樂制度曾做了多次重大改革，調整了原九部樂、十部樂為坐、立部伎，促進了音樂藝術的發展與提高。他設立「梨園」（當時的音樂學校，自己親自當校長），擴充「教坊」，培養了許多優秀的音樂藝人；提倡俗樂，吸收和容納外來音樂，形成前所未有的唐代音樂氣派。他一生中參與創作的音樂作品甚多，其中大部份是器樂獨奏曲、合奏曲和大型歌舞曲。根據有關史料記載，這些藝術作品大都是他在 710 年以後創作完成的，此時正是盛唐到中唐轉折時期。

據《新唐書·禮樂十二》云：「玄宗既知音律，又酷愛法曲，選坐部伎子弟三百教於梨園。聲有誤者，帝必覺而正之，號『皇帝梨園弟子』。此時期，宮女藝人數百，亦為梨園弟子，居宜春北院。梨園法部，更置小部音聲三十餘人。」帝幸驪山，逢楊貴妃生日，命張樂「長生殿」。「因奏新曲，未有名，會南方進荔枝，因名曰《荔枝香》。帝又好羯鼓，而寧王善吹橫笛，達官大臣慕之，皆喜言音律。」

李隆基即位前所作《還京樂》與《夜半樂》，是為了紀念誅殺韋武朋黨集團的宮廷政變所作。他即位後，任用德才兼備之人，出現「開元之治」的盛世局面，並創作和改編了為數不少的宣揚君權神授、歌頌文治武功和太平盛

世的音樂作品。諸如《聖壽樂》、《小破陣樂》、《光聖樂》、《文成樂》，等等。李隆基擅長於「法曲」風格，喜歡採用「遊仙」題材。他本人參與創作、改編曲有《霓裳羽衣》、《凌波曲》、《紫雲回》等。由於李隆基對「羯鼓」的特殊喜好，視其為「八音領袖」，故多為之譜曲，如《春光好》、《秋風高》，等等。

　　李隆基藝術水平高乘，歷代多有讚賞之詞被載入史冊。他晚期多溫情思念之作。被後世稱道者如，追憶馬嵬坡之行的《雨霖鈴》；懷念賢相張九齡或思念楊貴妃所作《謫仙怨》。史料中或指其為玄宗自製，或謂樂工奉命而作，都與李隆基主持政事有關聯。

　　唐・崔令欽撰寫《教坊記》記載，開元教坊制度、軼聞及樂曲內容起源，收錄教坊曲名 324 餘。此書作者崔令欽是博陵（今河北定縣）人，開元中官左金吾衛倉曹參軍。宋・高承《事物紀原・教坊》條曰：「唐明皇開元二年，於蓬萊宮側始立教坊，以隸散樂倡優夢衍之戲……唐百官志曰開元二年，置教坊於蓬萊宮側，京都置左右教坊，掌『俳優雜劇』，以中官為教坊使，此其始也。」

　　唐朝所設「教坊」當年地位甚高，是古代管理宮廷音樂的官署，為唐初開始設置。唐玄宗開元二年（714 年）設置「內教坊」於蓬萊宮側。又在洛陽、長安設置左右教坊二所，以中官為「教坊使」。從此教坊脫離太常管轄，以便於唐玄宗經常光臨。使教坊成為實質上的「皇家藝術學院」（專管雅樂以外的音樂，兼管唱歌、舞蹈、百戲的教習排練演出等事務的場所）。在唐玄宗的直接過問下，教坊不但竭力繼承傳統音樂，還大量收集全國民間音樂、西域樂舞，加工整理成為教坊套曲。

　　唐玄宗命文臣創作「新曲」，以編入教坊曲目，突破律詩的字數限制。在七律、七絕的基礎上加字、減字，形成「長短句」，使之更便於抒情與傳唱。這就是「詞」或「聲詩」之雛形。唐玄宗親自創作「十韻詩」，賜內坊歌伎歌唱。內坊歌伎，稱內人，亦稱「內伎」，居宮中。與不居宮中，隨時應詔，入宮表演樂舞相對應。

　　儘管這樣，唐玄宗還嫌教坊機構過於古板常規，新鮮活力不足。他又親自出馬，在長安光化門北禁苑梨園及蓬萊宮側的「宜春院」，親自教練宮廷歌舞伎藝人。時分男女二部。挑選坐部伎子弟三百人和宮女數百人，於梨園習練音樂歌舞。對這些皇家私人樂隊演奏的經典樂曲，唐玄宗常能聽出誤訛，

並親自加以教正。自此，稱此藝人爲「皇帝梨園弟子」。後人遂稱戲班爲「梨園」，戲曲演員爲「梨園弟子」，皆源出於此。白居易撰寫著名詩歌《長恨歌》即有「梨園弟子白髮新，椒房阿監青娥老」之詩句。論及坐、立部伎：坐部伎規模較小，只有三人到十二人，樂隊在堂上坐著演奏；立部伎規模較大，有六十人到一百八十人。樂隊站著演奏，氣勢宏偉壯美。

　　唐玄宗所推崇的「十部樂」，主要有燕樂、清樂、西涼樂、龜茲樂、高昌樂、疏勒樂、康國樂等樂部，其中燕樂和清樂是漢族的傳統音樂。西涼樂是十六國時在涼州一帶形成的，融合了中原音樂和舊式的龜茲樂。樂器有中原的鍾、笙、簫；南方的法螺和西域的豎箜篌、橫笛等。龜茲樂傳入內地，其聲多變易，十五種樂器中竟然有六種鼓。人稱絃管雜曲多用西涼樂，鼓舞曲多用龜茲樂。

　　玄宗時，以清樂爲主，雜用「胡夷里巷之曲」。演奏新聲的法曲受到特別重視。唐代樂曲，篇幅較長的稱「大曲」，較短的稱「雜曲」。大曲多爲舞曲，每曲十二大段，結構複雜。樂舞有「軟舞」與「健舞」之分。軟舞有《夜烏啼》、《涼州》、《回波樂》等；健舞有《劍舞》、《胡旋》、《胡騰》等。另有「柘枝舞」，來自中亞石國，爲健舞，後演變接近軟舞，音樂也隨舞蹈的軟、健程度發生變化。

　　開元中，在唐玄宗的倡導和影響下，西涼節度使揚敬述將西域樂舞《婆羅門》改編創作的樂曲，傳入中原，唐玄宗親自爲樂曲造譜命名，這就是著名的《霓裳羽衣舞》。後融入白居易著名的《長恨歌》，以玄宗和楊玉環的愛情故事爲題材，形成「風吹仙袂飄颻舉，尤是霓裳羽衣舞」之精彩詩句。

　　唐玄宗在不同集會場合下，因地制宜地開展音樂活動。他處理完朝廷事務時，常和兄弟諸王「博弈遊獵，或自執絲竹，（宗王）成器善笛，（岐王）範善琵琶。」或與皇兄交相合奏樂曲。八月癸亥是唐玄宗的生日，他宴集百官於「花萼樓」下，有歌曰：「八月五日夜佳氣」。左右丞相率百官上表，「以每歲八月五日爲千秋節」，布於天下，威令宴樂，「聖節宴樂」至此始。即便進行文體競技活動，他也不忘吩咐梨園弟子們演奏幾段「教坊樂」。遇上不高興的事，唐玄宗亦寄情於鼓樂。有一次，他在花萼樓會見南方使臣，興致很高，將使臣獻珍珠密賜江妃。誰知江妃不受，寫詩謝辭：「長門自是無梳洗，何必珍珠慰寂寥。」玄宗看了很鬱悶，把江妃的詩命樂府「以新聲度之，名《一斛珠》。」另外，唐玄宗還命長孫無忌創作《傾杯樂》曲，亦賜樂伎配合於舞。

　　唐代著名詩人李白供奉翰林，一日，月夜時，玄宗看到花園中紅、紫、白、粉四色牡丹開得正盛，他就叫楊貴妃伺酒，以金花簽賜李白，命進新辭《清平調》。李白在醉意之中，乃成三章，由李龜年手捧檀板歌唱其調。屆時梨園弟子十六人伴奏，每遍將換，玄宗欣然「自侍玉笛和之」，其樂無窮。

　　安史之亂期間，唐玄宗出逃四川，遂西南行，「出入斜谷，霖雨涉旬。於棧道雨中聞鈴聲，與山和應」，他於古剎鈴聲中想起被部下勒死在馬嵬坡的楊貴妃，悲從中來，隨之「採其聲爲《雨霖鈴曲》」，悼念愛妃楊玉環。對此《長恨歌》詩吟誦：「行宮見月傷心色，夜雨聞鈴斷腸聲。」

　　石濤著《華清宮苑》一書，較爲詳細介紹唐明皇與寵臣文人於「開元之治」時期創建「梨園」與樂舞「教坊」之過程：

> 　　唐玄宗不僅自己熟悉音律，對曲樂、舞蹈都有研究，而且建立了大唐的「宮廷樂隊」──梨園。有關「梨園」二字的來歷，有這樣一個典故。梨園在唐朝初期只不過是皇家禁苑中與棗園、桑苑、桃園、櫻桃園並存的一個廣植梨樹的果木園。園中設有離宮別殿、酒亭球場等，是供帝后和皇親國戚們飲宴、遊樂的地方。唐朝在宮廷中設立教坊，專掌音樂歌舞、俳優百戲等藝術事物。最興盛時人數達萬餘，教坊藝人的待遇也十分優厚。唐玄宗又從教坊里選出一批最優秀的藝術家集中到宮中梨園進行專門訓練，並確定把梨園作爲音樂、舞蹈、戲劇活動的中心，且以教習和演奏爲重點。還集合了李龜年等諸多音樂名師和舞蹈家，詩人賀知章、李白也曾爲梨園編寫過上演的節目。〔註12〕

　　他在此書中還述評李隆基與楊貴妃樂舞相合之事：「唐玄宗時期，梨園最初在長安城北的禁苑中。擴建華清宮時，唐玄宗就在瑤光樓和飛霜殿之間建造了華清宮梨園，也叫『隨駕梨園』，作爲他和楊貴妃在華清宮內教習梨園弟子演練音樂歌舞的場所。由於唐玄宗經常巡幸華清宮，梨園活動的重心也轉移到此，使華清宮梨園歌舞藝術得到了長足的發展。玄宗親身指導，楊貴妃每抱琵琶奏於梨園，音韻淒清，飄向雲外。」對此，楊玉環曾賦詩《琵琶》云：「宮樓一曲琵琶聲，滿眼雲山是去程。回顧段師非汝意，玉環休把恨分明。」

〔註12〕石濤著：《華清宮苑》，陝西師範大學出版總社有限公司、西安曲江出版傳媒股份有限公司，2011年版。

《太平廣記》設「太眞妃」亦載：「太眞妃多曲藝，最善擊磬。拊搏之音。玲玲然多新聲，雖太常梨園之能人，莫能加也。玄宗令採藍田綠玉琢爲磬，尚方造（眞篋）流蘇之屬，皆以金鈿珠翠珍怪之物雜飾之。又鑄金爲二獅子，拿攫騰奮之狀，各重二百餘斤，以爲趺。其它彩繪綢麗，製作精妙，一時無比也。及上幸蜀回京師，樂器多亡矣，獨玉磬偶在。上顧之淒然，不忍置於前。促令載送太常寺，至今藏於太樂署正聲庫者是也。」

唐代藝壇鼎鼎大名的楊貴妃，爲弘農華陰（今陝西華陰市）人，開元七年（719 年）生於蜀州（今四川崇州）。後隨家人遷至蒲州永樂縣（今山西芮城）。她小名玉環，其父楊玄湖。玉環早年喪母，其叔父將她養大。她通曉音律，能歌善舞，原爲唐玄宗李隆基十八子壽王李瑁厷妃。後唐玄宗將其召入宮中，爲女官。在初次見玄宗時穿道士服，故號「太眞」。天寶四年（745 年）她被封爲「貴妃」，受到玄宗寵愛，其父、兄、姐妹皆因之顯貴。堂兄楊國忠被封爲宰相，操縱朝政，勢傾天下。使唐政府政治腐敗，國勢漸微。天寶十五年（755 年）「安史之亂」爆發，叛軍陷洛陽，破潼關，京師震動。玄宗帶楊貴妃逃往四川。途經「馬嵬坡」，以右彪武軍大將軍陳玄禮爲首的隨軍將士，以楊貴妃和楊國忠兄妹倡亂誤國，憤而殺死楊國忠，並逼迫唐玄宗縊死楊貴妃。

據史書記載，楊貴妃天生麗質，白居易詩曰：「回眸一笑百媚生，六宮粉黛無顏色」，其體態豐腴之美堪稱「大唐第一美女」，此後千餘年無出其右者。她與西施、昭君、貂蟬並稱中國古代「四大美女」。唐代詩人白居易在《長恨歌》中對「馬嵬坡事件」有過生動細緻的描寫：「九重城闕煙塵生，千乘萬騎西南行。翠華搖搖行復止，西出都門百餘里。六軍不發無奈何，宛轉娥眉馬前死。花鈿委地無人收，翠翹金雀玉搔頭。君王掩面救不得，回看血淚相和流。」

唐代梨園藝術從發展達到巔峰，正處於華清宮梨園建成時期。唐玄宗借助梨園培養了大批的樂舞戲曲人才，僅史書中有姓名可查考的梨園弟子不下200 餘人。「梨園」二字自此開始成爲古代音樂舞蹈藝術的雅稱，其場所堪稱我國歷史上第一所皇家歌舞戲劇藝術學校。這些職業樂工舞人後來大多流落民間，有的還在上層宮廷，極大地帶動了民間市井樂舞藝術的發展，尤使唐代的音樂舞蹈藝術發展到封建社會的最高峰。

石濤著《華清宮苑》一書還記載了「開元」時期唐皇室引進西域波斯的

馬球、舞馬、鬥雞遊戲及其盛演儺戲情況。對其相關宮廷演藝文化活動文字描寫詳盡與生動：

「在中國，相傳馬球大約是唐初由波斯（今伊朗）傳入，稱『波羅球』。從唐太宗開始，馬球就成為一項重要的宮廷娛樂活動。故宮博物院藏有一幅《便橋會盟圖》，上面專門描繪了唐太宗李世民與突厥頡離可汗，在武德九年（616年）於長安城西渭水便橋會盟之時，進行馬球比賽的熱烈場面。唐朝的二十多個皇帝，大部份都熱衷於馬球運動，並大力提倡。在他們的影響下，不僅王宮貴族以此為娛樂，就是宮娥才女、教坊優伶中也有球隊。馬球運動，風靡一時。而在唐代所有熱衷馬球運動的皇帝中，當首推唐玄宗李隆基。

「相傳唐玄宗屬雞，是酉年酉月生，因而熱衷『鬥雞』甚至達到了癡迷的狀態，堪稱歷史上最著名的『鬥雞皇帝』。唐玄宗在在當皇帝之前就迷上了鬥雞遊戲，猶好民間清明節『鬥雞之戲』。當上皇帝後便下詔在宮中建起『皇家雞坊』和『皇家鬥雞場』。有書載其『索長安雄雞，金毫、鐵距、高冠，昂尾者千數，養於雞坊』，這上千隻從各地搜尋到的高冠健壯、羽毛美麗的雄雞，交給五百名『六軍小兒』進行飼養馴化，使唐代成為古代飼養鬥雞的鼎盛時期。清明節千秋節（農曆八月初五李隆基生日）及大型宴樂之際，唐玄宗便向群臣與宮人展示『皇家鬥雞』。

「除了鬥雞之外，唐玄宗還是一個愛馬成癖的皇帝，並有一大嗜好——舞馬。杜甫在《鬥雞殿》詩中說『鬥雞初賜錦，舞馬既登床』，反映的就是這一情況。所謂『舞馬』，顧名思義，就是由馬在舞臺上表演舞蹈，或者說是讓馬跳舞。在我國，很早以前就有形式多樣的總其名曰『馬藝』的活動。特別在唐代，『馬藝』已達到了很高的水平。經過訓練後的舞馬，可以『驤首奮鬣，舉趾翹尾，變態動容，皆中音律』。唐代有『舞馬』，這在史書中有明確記載。特別是唐玄宗李隆基統治時，盛世太平，國富民強。舞馬就更加盛行了，並成為宮廷奢侈生活的象徵之一。因此，在擴建華清宮時，除了宮室樓閣、湯池亭榭等宮廷建築外，還專門在華清宮東牆至東繚牆中間、馬球場之南，修建了一座結構奇特、裝飾靡麗的『舞馬臺』，宮廷專門馴養了百餘匹舞馬。

「據《明皇雜錄》記載，唐玄宗宮掖裏擁有四百多匹能舞善蹈的舞馬。舞馬住金屋瓊室，食美味佳肴，由專門機構訓練飼養，悉心照料。舞馬日用

斗金，靡費無數。每年玄宗生日祝壽表演時，舞馬披著各地進獻的刺繡錦衣，懸掛金鈴鐸。頭戴嵌金銀的籠絡，裝綴珍珠瑪瑙、琪瑜珺璐、鋪絨線石，真個珠光寶氣，熠熠耀眼。舞馬分為左右和部目數隊，取名叫某家寵、某家嬌。舞馬時所演奏的樂曲名曰『傾杯樂』。馬聞樂聲，旋即按平時所習，奮首鼓尾，翩翩起舞，翻騰起隊，諧應歌曲，輾轉挪伸，妙合節拍。舞馬臺上設置三層連床，最高層放著斟滿美酒的金杯。隨著舞曲節奏的變化、音色起伏，舞馬逐級而上。至最高層『忭轉如飛』，追風逐電，使觀眾眼花繚亂，目不暇接。表演高潮和結尾，是以舞馬口銜金杯而下，來到玄宗面前跪拜，敬酒祝壽為終。『舞馬』成為與『鬥雞』一樣盛行的宮廷娛樂節目，正所謂『鬥雞舞馬成時尚，長安滿城羨賈昌』。」

　　石濤在此書中還描述了唐玄宗與楊貴妃、李龜年、馬先期、賀懷智、謝阿蠻、張雲容、張野狐等知名樂藝伎在「華清宮」梨園籌劃唐代音樂歌舞藝術盛典的動人情景：

　　　　精通音律的唐玄宗和能歌善舞的楊貴妃在華清宮內鸞鳳和鳴，取長補短，二人的藝術天賦得到了充分的發揮。玄宗譜寫豔曲，貴妃揮袖起舞，夫婦比翼齊飛，珠聯璧合，各領風騷，為盛唐歌舞貢獻了不少美麗的新樂章。其中，最具有代表性的就是久負盛名的宮廷音樂《霓裳羽衣曲》。李、楊兩位愛情和音樂上的知音，集合了李龜年、馬先期、賀懷智、謝阿蠻、張雲容等全國一流的音樂大師和舞蹈家。組成了小巧精幹、首屈一指的皇家歌舞團，經常在「華清宮」的「按歌臺」上表演。玄宗擊羯鼓，貴妃彈琵琶，寧王吹玉笛，馬先期掌打擊樂器，李龜年演奏篳篥，張野狐奏箜篌，賀懷智拍板，謝阿蠻、張雲容等輕歌曼舞……梨園是以歌舞為主，但也有類似雜技等表演，甚至還有大象的節目。可以想像，那是的宮中娛樂盛極一時。〔註13〕

　　如上所述，在華清宮產生的《霓裳羽衣曲》及其《長恨歌》是膾炙人口的樂舞詩歌名篇。以其精練的語言、優美的形象，敘事和抒情相結合，敘述了唐玄宗、楊貴妃在「安史之亂」前後的「愛情悲劇」。其詩作敘事、寫景、抒情，和諧地結合，迴環往復，婉轉動人，纏綿悱惻。細究其「長恨」是其

〔註13〕石濤著：《華清宮苑》，陝西師範大學出版總社有限公司、西安曲江出版傳媒股份有限公司，2011年版，第104頁。

哀婉淒美的主題。白居易的《長恨歌》和他另一首長詩《琵琶行》各具特色，堪稱雙璧，它們一直傳誦國內外。當朝流傳「童子解吟長恨曲，胡兒能唱琵琶篇」，顯示其強大的藝術生命力。《琵琶行》展現了胡人琵琶女起伏迴蕩的心潮，抒發了「長安故倡」與作者的「天涯淪落之恨」，這兩首經典詩作可作研究唐代大明宮演藝文化珍貴的互補史料。

據《新唐書》記載：（唐明皇）帝幸驪山，楊貴妃生日，「命小部張樂長生殿，因奏新曲，未有名，會南方進荔枝，因名曰《荔枝香》。帝又好羯鼓，而寧王善吹橫笛，達官大臣慕之，皆喜言音律。帝嘗稱：『羯鼓，八音之領袖，諸樂不可方也。』蓋本戎羯之樂，其音太蔟一均，龜茲、高昌、疏勒、天竺部皆用之，其聲焦殺，特異眾樂。開元二十四年，升胡部於堂上。而天寶樂曲，皆以邊地名，若《涼州》、《伊州》、《甘州》之類。後又詔道調、法曲與胡部新聲合作。」

此史書亦載《傾杯樂》表演之事，其云唐盛興之時，玄宗「嘗以馬百匹，盛飾分左右，施三重榻，舞《傾杯》數十曲，壯士舉榻，馬不動。樂工少年姿秀者十數人，衣黃衫、文玉帶，立左右。每千秋節，舞於勤政樓下，後賜宴設酺，亦會勤政樓。其日未明，金吾引駕騎，北衙四軍陳仗，列旗幟，被金甲、短後繡袍。太常卿引雅樂，每部數十人，間以胡夷之技。內閒廄使引戲馬，五坊使引象、犀，入場拜舞。宮人數百衣錦繡衣，出帷中，擊雷鼓，奏《小破陣樂》，歲以為常。」

此史書又云《千秋節》典慶之事：「千秋節者，玄宗以八月五日生，因以其日名節，而君臣共為荒樂，當時流俗多傳其事以為盛。其後巨盜起，陷兩京，自此天下用兵不息，而離宮苑囿遂以荒墟。獨其餘聲遺曲傳人間，聞者為之悲涼感動。蓋其事適足為戒，而不足考法，故不復著其詳。自肅宗以後，皆以生日為節，而德宗不立節，然止於群臣稱觴上壽而已。」

在大唐盛世，王室朝野，均喜樂舞戲藝術。除了唐玄宗之外，唐代其他幾位皇帝如唐宣宗、唐文宗、唐懿宗、唐高宗等亦酷愛樂舞、戲曲、詩文，爭相於演藝文化史中留有美名，根據文獻資料得知如下逸聞趣事：

唐懿宗李漼在位期間，對宴會、樂舞和遊玩的興致遠遠高出國家政事，對上朝的熱情明顯不如飲酒作樂。懿宗在宮中，每日一小宴，三日一大宴，每月在宮裏總要大擺宴席十幾次。奇珍異寶，花樣繁多。除了飲酒，就是觀看樂工優伶演出。他沒有一天不聽音樂不觀歌舞，就是外出到四周遊幸，也

會帶上眾多藝人。懿宗宮中供養的樂工有 500 人之多，只要他高興，就會對這些人大加賞賜。他在宮中膩煩了，就隨時到長安郊外的行宮別館觀賞享樂。由於他來去不定，行宮負責接待的官員隨時都要備好食宿，音樂歌舞自然不能缺少。那些需要陪同出行的親王，也時常備好坐騎，以備懿宗隨行外出。

唐宣宗李忱自即位（847 年）後，決定宰相的人選，他首先想到的是著名詩人白居易。但遺憾之極，下詔時，白居易已去世八個月了。於是，宣宗寫下《弔白居易》，深表懷念之情：「綴玉聯珠六十年，誰教冥路作詩仙。浮雲不繫白居易，造化無為子樂天。童子解吟長恨曲，胡兒能唱琵琶篇。文章已滿行人耳，一度思卿一愴然。」〔註 14〕此首詩比喻巧妙，語言曉暢，思念故人，情感深沉，對白居易的樂舞詩文成就作了高度形象的概括。表述宮廷正要重用他時，得知他仙逝，這對宣宗來說，出乎意料之悲痛。其中「童子」「胡兒」兩句重點突出白居易的兩篇代表作《長恨歌》、《琵琶行》，表達對他藝術天才的沉痛惋惜之情。皇帝為一個詩人作悼亡詩，這在古代不說絕無僅有，恐也屬鳳毛麟角。

相比之下，宣宗對那些目無法紀、仗勢凌人、欺壓無辜的所謂「人才」卻毫不留情。例如，一位樂工叫羅程，善於演奏琵琶，宣宗通曉音律，平素很喜歡他。但是，羅程恃才橫暴，以小故殺人，被捕入獄。樂工拜於庭下對唐宣宗哭訴求赦，「羅程負陛下，萬死，然臣等惜其天下絕藝，不得復奉宴遊矣！」宣宗聽之不動神色，執意循法懲處，決不留情。

唐文宗李昂在位博覽群書，見識非常廣泛淵博。他經常就經書詩賦中的名物詢問大臣，結果連宰相都經常被他問住。有時候，他不僅讀經典，也很瞭解當朝的樂舞詩文。有一次，他在內殿賞花，突然想起劉禹錫的詩句：「唯有牡丹真國色，花開時節動京師」，就問身邊大臣：「現在京城傳唱牡丹詩，還有誰寫的最佳？」侍臣告訴他中書舍人李正封的「國色朝酣酒，天香夜染衣」詩句極佳，文宗聽後頗為讚歎。文宗平時尤喜讀史書，對於歷史上的名君賢臣亦羨慕不已。他曾與著名書法家柳公權對寫聯句留下「人皆苦炎熱，我愛夏日長。薰風自南來，殿閣生微涼」之妙言警句，才情一時被傳為佳話。

據宋・司馬光總纂《資治通鑒》中記載，唐懿宗每次出行，宮廷內外的

〔註 14〕李忱：《弔白居易》，《全唐詩》卷四。

扈從多達上萬人，費用開支之大難以計算，形成爲國家財政的一項沉重負擔。對於懿宗的「遊宴無節」，擔任諫官的左拾遺劉蛻提出勸諫，希望皇上能夠以國事爲重，向天下展示出體恤邊將、關懷臣民的姿態，以減少娛樂活動。對此，皇帝根本聽不進去。終日遊樂與歌舞演藝，成爲懿宗日常生活中不可或缺的內容。在他身爲表率影響下，整個官場彌漫著窮奢極欲、醉生夢死的享樂風氣。晚唐著名詩人韋莊在詩中即有「咸通時代物情奢」，「瑤池宴罷歸來醉，笑說君王在月宮」的諷詠描繪。

另據《新唐書》記載：唐高宗李治「以琴曲浸絕，雖有傳者，復失宮商，令有司脩習。太常丞呂才上言：『舜彈五弦之琴，誦《南風》之詩，是知琴操曲弄皆合於歌。今以御《雪詩》爲《白雪歌》。古今奏正曲復有送聲，君唱臣和之義，以群臣所和詩十六韻爲送聲十六節。』帝善之，乃命太常著於樂府。才復撰《琴歌》、《白雪》等曲。帝亦製歌詞十六，皆著樂府。」另外據史書文獻記載：

> 帝將伐高麗，燕洛陽城門，觀屯營教舞，按新徵用武之勢，名曰《大定樂》。舞者百四十人，被五采甲，持槊而舞，歌者和之，曰「八弦同軌樂」。象高麗平而天下大定也。及遼東平，行軍大總管李勣作《夷來賓》之曲以獻。調露二年，幸洛陽城南樓，宴群臣，太常奏《六合還淳》之舞，其容制不傳。高宗自以李氏老子之後也，於是命樂工製道調。

唐玄宗風流倜儻，能樂善舞，受其浸染，其弟岐王李範，儒雅韵籍，亦愛音樂歌舞，家中常常是詩人、音樂詞家高朋滿座。有一次，李龜年也應邀到岐王府中作客。客人到達之後，家伎開始演奏音樂，樂聲剛起，李龜年立即指出：「這是秦音的慢板。」隔了一會兒，他又指出：「現在正演奏楚音的流水板。」通曉音律的岐王在一旁點頭稱是。奏樂結束後，岐王爲了表示對李龜年的敬重，特地贈以「破紅綃」、「蟾酥紗」等珍貴的絲織品。李龜年欣然從擅長彈奏秦音的樂人沈妍手中接過琵琶，盡情地撥彈起來，岐王隨之吟唱，珠連璧合。

「開元盛世」，李龜年和李彭年、李鶴年兄弟創作的《渭川曲》，特別受到唐玄宗的賞識。「安史之亂」之後，李龜年流落到江南，每遇良辰美景便演唱幾曲，常令聽者愴然而泣。他作爲梨園弟子，多年受到唐玄宗的恩寵，與玄宗的感情非常人能及。自李龜年流落到湖南湘潭時，於宴會上吟唱了王維

的五言詩《相思》：「紅豆生南國，春來發幾枝？願君多採擷，此物多相思。」後又唱了王維的另一首《伊川歌》：「清風明月苦相思，蕩子從戎十載餘。征人去日殷勤囑，歸燕來時數附書。」表達了感恩唐玄宗南幸之心願，期待復位之希冀。

「安史之亂」之後，唐宮中樂人四處逃散，流落異鄉，李龜年也流落到了江南民間。過後約十年，杜甫在湖南潭州遇到宮廷樂師李龜年，那時他們的年紀都步入暮年。故人相聚，自然感慨萬分。杜甫因此即席賦詩一首：「岐王宅裏尋常見，崔九堂前幾度聞。正是江南好風景，落花時節又逢君。」

唐代大詩人杜甫於唐代宗大曆五年（770 年）所作絕句史實，可見《明皇雜錄》記載：「開元中，樂工李龜年善歌，特承顧遇，於東都大起第宅。其後流落江南，每遇良辰勝景，為人歌數闋，座中聞之，莫不掩泣罷酒。杜甫嘗贈詩。」杜甫少年時代正是「開元盛世」，他曾與李龜年相識互尊；四十年後國家已經衰敗，兩位名人窮途相遇，不勝今昔之感，故寫下了上述深沉的友情之詩。清朝蘅塘退士對此評說：「世運之治亂，年華之盛衰，彼此之淒涼流落，俱在其中。」這不僅說出民間落難的普通藝人的淒涼生活，也同樣道出了對唐代宮廷演藝文化無情衰落之感傷。

第四章　唐代宮廷音樂歌舞、雜戲藝術

　　經過數百年「魏晉戰亂」的紛爭，隋代開國皇帝楊堅終於在公元 581 年統一中國，建立了隋朝，實現和平統一、歌舞昇平的景象自然而然提到了日程。爲了顯示大一統國家的功績和空前的國力，隋文帝於開皇初年（581～585 年）聚集流傳各地的漢族傳統音樂舞蹈、以及兄弟民族和外國傳入的各類樂舞，組合爲七部伎樂，稱其「七部樂」或「七部伎」。計有《西涼伎》、《清商伎》、《高麗伎》、《天竺伎》、《安國伎》、《龜茲伎》、《文康伎》。至隋大業（605～618）年間又增加《康國樂》和《疏勒樂》，成爲「九部樂」。爲了充實宮廷內龐大的樂舞演出隊伍，朝廷自然要從各地調集大批藝人，以充實官方樂舞機構，應付日常的宮廷宴會演出。除此之外，爲了顯示中原文化的發達，國家的富強，每年還要調集各地的歌舞百戲和少數民族樂舞到京城長安演出，從而形成國家分裂後統一時代空前難得的慶典盛況。

　　隨後，唐朝更替的 200 多年歷史，是中國文明蓬勃發展時期。唐代音樂歌舞文化燦爛輝煌，達到中國古代歷史巔峰時代。唐代繼承隋代的演藝文化設置，進一步豐富完善，其宮廷的各種樂舞機構，如「教坊」、「梨園」、「太常寺」，集中了各民族大批民間藝人，使唐代樂舞戲曲藝術成爲吸收異域優秀文化和傳播東方文明精華的載體。如此局面，爲亞洲各國演藝文化的交流、豐富和發展，起到了奠基建業的作用，其影響之深遠，超過了任何王朝時代。

　　唐代朝野恢宏氣量，自尊、自信、自愛而又寬容，可以說「前無古人，後無來者」。具體反映在「文武兼修、胡夷成風」，也反映到宮廷與民間活動滲透在社會生活的各個方面。此時在社會各個階層，上至宮廷，下至庶民百

姓，於節慶和宴樂之中，「能歌善舞」成為受人尊敬的文化修養。音樂舞蹈既是人們樂於欣賞的表演藝術，又是人們抒情自娛的最佳生活方式。正是在這種普遍、深厚的演藝文化沃土之上，才產生了當朝在世界藝術史上享有盛譽的佳樂名舞。技藝高超、精美絕倫的表演性歌舞及宮廷燕樂大曲，不只節目內容豐富，而且影響深遠。由於廣泛普及和精湛的技藝的迅速提高，兩者相輔相成，構成了輝煌燦爛、空前絕後的唐代演藝文化盛況。

第一節　唐代宮廷演藝樂器與樂曲

隋唐時期最初形成的宮廷音樂重要組成部份之一「鼓吹樂」開花散葉，分外艷麗，與分布前、後各朝代樂部皆有所不同。隋代時分為四部，即「棡鼓部」、「鐃鼓部」、「大橫吹部」、「小橫吹部」。唐代時分為五部，其中如「鼓吹部」相當於隋之棡鼓部；「羽葆」、「鐃吹」二部，相當於隋代之鐃鼓部；大、小橫吹二部，則與隋代基本相同。其所用樂器，隋棡鼓部有棡鼓、金鉦、大鼓、小鼓、長鳴、中鳴、大角等。唐鼓吹部不用大角；隋鐃鼓部有鼓、簫、笳等，唐之羽葆部增入錞于。

隋、唐二朝代之大、小橫吹部，有節鼓、笛、簫、觱篥、桃皮觱篥、笳、角等。所奏樂曲，在唐代，「鼓吹部」有三十六曲。其中如棡鼓十曲，有《驚雷震》、《猛獸駭》、《鷙鳥擊》等。「大鼓」十五曲，有《元驎合邏》、《元咳大至遊》、《賀羽眞》、《鳴都路跋》、《赤咳赤賴》等。「小鼓」九曲，有《漁陽》、《警鼓》、《三鳴》、《南陽會星》等。羽葆部有十八曲，有《太和》、《休和》、《七德》、《基王化》、《興晉陽》、《服遐荒》等。「鐃吹部」有七曲，為《破陣樂》、《上車》、《行車》、《向城》等。大、小橫吹部有二十四曲，為《悲風》、《遊弦》、《烏夜啼》、《止息》、《楚妃歎》、《天女怨》、《湘妃怨》，等等。

隋唐代鼓吹樂之用途，則與前、後各朝代大致相同。主要用於鹵簿儀仗者，為鼓吹部。用於朝會、宴飲者，為羽葆部、鐃吹部。用於朝會、宴飲者，為羽葆部、鐃吹部。用於軍旅者，為大、小橫吹二部。而鐃吹部，亦用於軍中凱旋樂。唐代宮廷演藝機構之中廣泛使用「吹拉彈擊」諸多樂器，並存有大量樂曲。這些樂器何時、何地，又是如何輸入華夏內地？後來又是怎樣成為隋唐燕樂與「宋元雜劇」演藝文化主奏樂器，以及大明宮的主要伴奏樂器呢？需逐步考述，特別是琵琶、箜篌、觱篥、嗩吶、羯鼓等，亦需我們認真考證。

　　唐代宮廷演藝文化之彈撥主奏樂器如「琵琶」，據《釋名・釋樂器》記載：東漢時期，「批把本出於胡中，馬上所鼓也。推手前曰批，引手卻曰把，象其鼓時，因以爲名也。」應劭在《風俗通義》亦云：「謹按：此近世樂家所作，不知誰也。以手批把，因以爲名。長三尺五寸，法天地人與五行。四絃象四時。」據考，此種以彈撥動作得名之「批把」，即「琵琶」。係指公元 3～4 世紀，從西域波斯胡地傳來的呈半梨形音箱、曲項、四絃、四柱，橫置樂手胸前用撥，或用手彈奏的「曲項琵琶」。另外還有一種其形制與四絃曲項琵琶相近，然項直而音箱稍小的「五弦琵琶」，此種樂器在 5～6 世紀由西域胡地輸入中原。

　　《舊唐書・音樂志》曰：「五弦琵琶，稍小，蓋北國所出。」北朝時期此種彈撥樂器由西域地區引進，後又傳至南朝諸國，並風行於「樂府」、「教坊」之中。另據《舊唐書・音樂志》記載：梁簡文帝大寶元年（550 年）曾「使太令彭雋齎曲項琵琶就帝飲，則南朝似無曲項者。」說明在此之前，江南一帶並無此類彈撥樂器流行。

　　據歷史諸多古籍顯示，專家學者眾說及考釋「琵琶」之稱謂，一般認爲此樂器源於波斯語。諸如《隋書・音樂志》曰：「今曲項琵琶，豎箜篌，並出自西域，非華夏舊器。」《事物紀原集類》亦補綴：「琵琶馬上作樂，以慰其思……事始云或云碎葉國所獻。」從西域史地文獻所查尋，「碎葉國」在中亞古波斯國境內，即今中亞巴爾喀什湖與楚河一帶。

　　常任俠先生在《漢唐時期西域琵琶的輸入和發展》一文中論證：「琵琶的名稱，既是外國的方語，爲古梵語中『撥弦』的意思。在古波斯語中，六、七世紀薩珊王朝的『撥爾巴提』也是一種琵琶類的古樂器」。另據韓淑德、張之年著《中國琵琶史稿》對其胡琵琶考證：「曲項琵琶、梨形、曲項、四絃、四柱，橫抱用撥子彈奏。這種樂器，最早的發祥地是波斯（今伊朗）。近世阿拉伯的『烏特』，即與曲項琵琶同源。」〔註 1〕

　　據馮文慈先生考釋：「琵琶，指四絃曲項琵琶。長頸圓盤式琵琶之『琵琶』命名，來自古波斯語 barbat 的對音。……古代波斯薩桑王朝（公元 226～651 年）銀器皿上的 barbat 彈奏圖，短而曲的頸，胴體呈梨形，都很清晰，弦數則不明。barbae，在西方通常又解釋爲 short-necked lute，即短琉特。」或稱短

〔註 1〕韓淑德、張之年著：《中國琵琶史稿》，四川人民出版社，1985 年版，第 53 頁。

頸魯特〔註2〕。李根萬在《民族樂器的珍寶——琵琶》一文中亦云：「琵琶一詞，原是波斯樂器（Borbit）的譯音，古代梵語是指『撥弦』的意思。我國古代最早叫作『枇杷』或『批把』，漢代以後才改稱爲琵琶。」〔註3〕

香港學者張世彬也認爲胡琵琶來自波斯。考述有關琵琶的音位、定弦與彈奏法亦來自西域。他在《中國音樂史論述稿》一書中論證：「琵琶大絃散聲是倍太簇，二弦散聲是倍林鍾，三弦散聲是正黃鐘，子弦聲是正仲呂。四絃散聲的音程都是四度（即六律）」。並確認，此種「『四度定弦法』，在古代波斯的琵琶上也是極普遍流行的。」〔註4〕

日本著名音樂史學家林謙三在《東亞樂器考》一書中，曾對波斯琵琶與形制作過一番具有權威性的學術考辨。他根據日本現存唐琵琶實物進行逆向追溯，發現了如下重要史實：

> 日本正倉院的北倉中藏有天下唯一的遺存古物——唐制五弦琵琶，螺鈿紫檀，精工製作，表現著樂器裝飾美的絕致。這五弦琵琶，簡稱「五弦」，乃是盛行於李唐一代的樂器。它與伊朗系的四絃琵琶，同出於遠古時代的中亞地方。四絃琵琶生長完成在西亞，特別是伊朗地方。〔註5〕

在唐代文學界與演藝界史料記載中，演奏與抒寫琵琶的詩文頗多。諸如白居易的《琵琶行》、李群的《王內人琵琶引》、張祜的《王家琵琶》等。其中較爲著名相關長詩——元稹《琵琶歌》云：

> 琵琶宮調八十一，旋宮三調彈不出。玄宗偏許賀懷智，段師此藝還相匹。自後流傳指撥衰，崑崙善才徒爾爲。澒聲少得似雷吼，纏弦不敢彈羊皮。人間奇事會相續，但有卞和無有玉。段師弟子數十人，李家管兒稱上足。管兒不作供奉兒，拋在東都雙鬢絲。逢人便請送杯盞，著盡工夫人不知。李家兄弟皆愛酒，我是酒徒爲密友。著作曾邀連夜宿，中碾春溪華新綠。平明船載管兒行，盡日聽彈無

〔註2〕轉引自馮文慈主編：《中外音樂交流史》，湖南教育出版社，1998年版，第65頁。

〔註3〕轉載自《新疆藝術》編輯部編：《絲綢之路樂舞藝術》，新疆人民出版社，1985年版，第220頁。

〔註4〕張世彬著：《中國音樂史論述稿》，香港友聯書報發行公司，1975年版，第249頁。

〔註5〕〔日〕林謙三著：《東亞樂器考》，音樂出版社，1962年版。

限曲。曲名無限知者鮮，霓裳羽衣偏宛轉。涼州大遍最豪嘈，六么
散序多籠撚。我聞此曲深賞奇，賞著奇處驚管兒。管兒爲我雙淚垂，
自彈此曲長自悲。淚垂捍撥朱弦濕，冰泉鳴咽流鶯澀。因茲彈作雨
霖鈴，風雨蕭條鬼神泣。一彈既罷又一彈，珠幢夜靜風珊珊。低回
慢弄關山思，坐對燕然秋月寒。月寒一聲深殿磬，驟彈曲破音繁並。
百萬金鈴旋玉盤，醉客滿船皆暫醒。自茲聽後六七年，管兒在洛我
朝天。遊想慈恩杏園裏，夢寐仁風花樹前。去年御史留東臺，公私
蹙促顏不開。今春制獄正撩亂，晝夜推囚心似灰。暫輟歸時尋著作，
著作南園花坼萼。胭脂耀眼桃正紅，雪片滿溪梅已落。是夕青春值
三五，花枝向月雲含吐。著作施樽命管兒，管兒久別今方睹。管兒
還爲彈六么，六么依舊聲迢迢。猿鳴雪岫來三峽，鶴唳晴空聞九霄。
逡巡彈得六么徹，霜刀破竹無殘節。幽關鴉軋胡雁悲，斷弦春驍層
冰裂。我爲含淒歎奇絕，許作長歌始終說。藝奇思寡塵事多，許來
寒暑又經過。如今左降在閒處，始爲管兒歌此歌。歌此歌，寄管兒。
管兒管兒憂爾衰，爾衰之後繼者誰。繼之無乃在鐵山，鐵山已近曹
穆間。性靈甚好功猶淺，急處未得臻幽閒。努力鐵山勤學取，莫遣
後來無所祖。

唐代琵琶相關古詩，另如李群《王內人琵琶引》云：「檀槽一曲黃鐘羽，
細撥紫雲金鳳語。萬里胡天海寒秋，分明彈出風沙愁。三千宮嬪推第一，斂
黛傾鬟豔蘭室。嬴女停吹降浦簫，嫦娥淨掩空波瑟。」

張祜「大酺樂」二首之《王家琵琶》云：「金屑檀槽玉腕明，子弦輕撚爲
多情。只愁拍盡涼州破，畫出風雷是撥聲。」

王仁裕《荊南席上詠胡琴妓》云：「紅妝齊抱紫檀槽，一抹朱弦四十條。
湘水淩波慚鼓瑟，秦樓明月罷吹簫。寒敲白玉聲偏婉，暖逼黃鶯語自嬌。丹
禁舊臣來側耳，骨清神爽似聞韶。玉纖挑落折冰聲，散入秋空韻轉清。二五
指中句塞雁，十三弦上囀春鶯。譜從陶室偷將妙，曲向秦樓寫得成。無限細
腰宮裏女，就中偏愜楚王情。」等等。

與「胡琵琶」相互對應的另外一件主奏樂器，即浪漫神奇的彈撥樂器「豎
箜篌」，或稱「坎篌」，亦來自西域波斯古國。據唐・杜佑《通典》記載：「豎
箜篌，胡樂也，漢靈帝好之。體曲而長，二十二弦，豎抱於懷中，用兩手齊
奏，俗謂之擘箜篌。」另據《後漢書・五行志》記載：「靈帝好胡服、胡帳、

胡樂、胡坐、胡飯、胡箜篌、胡笛、胡舞，京都貴戚皆競爲之」。《北堂書鈔》卷第一百一十「樂部」亦云：「武祠太一而作坎篌，靈帝好胡服，乃作箜篌。東土君子雅善箜篌，集會堂上常彈箜篌。匪借和於簫管豈假韻於築箏、箜篌引。」其中描述了漢靈帝對「胡服」、「箜篌」及胡樂舞的極端熱愛，從中亦可證實古代中國與西域、波斯友好文化往來之密切。

在《冊府元龜》「夷樂」中對此亦有詳細記載。其中包括「豎箜篌」在內的西域胡樂器輸入河西與中原的歷史事實：「前涼張重華據涼州時，天竺國重四譯來貢，其樂器有鳳首箜篌、琵琶、五弦、笛、毛圓鼓、都曇鼓、銅鼓等九種，爲一部，工十二人。歌曲有《沙石疆》，舞曲有《矢曲》。後涼呂光既滅龜茲因得其樂，樂器有豎箜篌、琵琶、五弦、笙、笛、簫、觱篥、毛圓鼓、都曇鼓、答臘鼓、腰鼓、奚類鼓、銅鼓等十五種，爲一部，工二十二人。歌曲有《善善摩尼》、《解曲》、《婆伽兒》，舞曲有《小天》、《疏勒鹽》。」周菁葆經比較研究後認爲，由波斯傳至中國內地的「世居中亞的塞人，根據自己的習俗，從波斯人那裏學習了亞述式的『桑加』。但亞述有『角形』和『弓形』兩種形制的『桑加』。由於『弓形桑加』只有四尺高，便於攜帶和演奏，塞人便接受了這種樂器。帶到西域後很快使用流傳，後於漢代傳入中原。」〔註6〕

另據古籍《通史》有關章節記載：「後魏宣武以後，始愛胡聲，洎於遷都。屈茨琵琶，五弦、箜篌、胡鼓、打沙羅、胡舞，鏗鏘鏜鎝，洪心駭耳。」依上所述諸多文字，均眞實生動地反映了漢唐時期西域胡樂輸入中原王朝之盛況。

對於外來樂器箜篌進行實物演奏描寫，顧況撰長詩《李供奉彈箜篌歌》，將唐代藝人演奏箜篌描述得非常生動細緻：

> 國府樂手彈箜篌，赤黃絲索金鎝頭。早晨有敕駕鴛殿，夜靜遂歌明月樓。起坐可憐能抱撮，大指調弦中指撥。腕頭花落舞制裂，手下鳥驚飛撥剌。珊瑚席，一聲一聲鳴錫錫。羅綺屏，一弦一弦如撼鈴。急彈好，遲亦好，宜遠聽，宜近聽。左手低，右手舉，易調移音天賜與。大絃似秋雁，聯聯度隴關。小絃似春燕，喃喃向人語。手頭疾，腕頭軟，來來去去如風卷。聲清泠泠鳴索索，垂珠碎玉空中落。美女爭窺玳瑁簾，聖人卷上眞珠箔。大絃長，小絃短，小絃緊快大絃緩。初調鏘鏘似鴛鴦水上弄新聲，入深似太清仙鶴遊秘館。

〔註6〕周菁葆著：《絲綢之路的音樂文化》，新疆人民出版社，1987年版，第39頁。

李供奉，儀容質，身才稍稍六尺一。在外不曾輒教人，內裏聲聲不
遣出。指剝蔥，腕削玉，饒鹽饒醬五味足。弄調人間不識名，彈盡
天下崛奇曲。胡曲漢曲聲皆好，彈著曲髓曲肝腦。往往從空入戶來，
瞥瞥隨風落春草。草頭只覺風吹入，風來草即隨風立。草亦不知風
到來，風亦不知聲緩急。蒸玉燭，點銀燈，光照手，實可憎。只照
箜篌弦上手，不照箜篌聲裏能。馳鳳闕，拜鸞殿，天子一日一回見。
王侯將相立馬迎，巧聲一日一回變。實可重，不惜千金買一弄。銀
器胡瓶馬上馱，瑞錦輕羅滿車送。此州好手非一國，一國東西盡南
北。除卻天上化下來，若向人間實難得。〔註7〕

西域胡人非常喜愛具有地域特色的吹奏樂器「篳篥」，此種外來管樂器在
中國古詩中常寫成「觱篥」、「必栗」、「屠觱」、「悲篥」等。據《說文》釋義：
「乃羌人所吹屠觱以驚馬。」《樂錄》曰：「笳管也」。唐‧段安節《樂府雜錄》
云：「觱篥者，本龜茲國樂也，亦曰悲篥，有類於笳也。」其文「笳」即為「胡
笳」。《太平御覽》「樂部」云：「樂部曰，觱篥者笳管也，卷蘆為頭，截竹為
管，出於胡地。」《通典》亦云：「篳篥出於胡中，其聲悲。」唐‧胡震亨《唐
音癸籤》對此種樂器敘述得更為詳細與具體：

> 觱篥一名悲篥，以竹為管，以蘆為首，出於胡中。其聲悲，人
> 亦稱為蘆管。曲名見於唐，故實中者止此，其餘多與笛同。朱崖李
> 相有家僮薛陽陶，少精此藝。後為小校，至咸通猶存，淮南李相蔚
> 召試賞之。元、白及羅昭諫集中有其贈詩。觱篥曲：別離難，雨霖
> 鈴曲，楊柳枝曲，新傾杯曲，道調，勒部羝曲。〔註8〕

對於此種胡樂器，據日本學者林謙三著《東亞樂器考》考證：「篳篥是以
蘆莖為簧、短竹為管的豎笛。由漢之屠觱角演變為觱篥，中間有著必栗、悲
篥、篳篥諸字的過渡。篳篥有種種類型，六朝末所知的，有大篳篥、小篳篥、
雙篳篥、桃皮篳篥等。」另外他指出，還有「豎小篳篥」、「漆篳篥」、「管子」
等多種樂器形制。

在隋唐燕樂的諸部伎樂中，篳篥使用甚廣，歷史上曾出現許多篳篥吹奏
高手。尤值得重視的是中國古典戲曲與地方戲所沿用的「工尺譜」，最早即源
自於「觱篥譜」。此重要史實始載於唐五代詩詞中，即後蜀主孟昶妃花蕊夫人

〔註7〕清康熙四十六年（1707）內府寫刻本《全唐詩》四函九冊。
〔註8〕（唐）胡震亨撰：《唐音癸籤》，古典文學出版社，1958年版，第127頁。

《宮詞》曰：「盡將觱篥來作譜」。《遼史・樂志》載「燕樂四旦二十八調」條，宋・陳暘《樂書》撰「觱篥」條均作「五凡工尺上一四六勾合」。《元史・禮樂志》載元廷欽定篳篥爲「頭管」，並曰：「燕樂之器，頭管制」。與此同時以篳篥爲主奏樂器，於古代「南戲」即有之。近世在「南音」器樂藝術中仍佔有突出的位置。

「篳篥」在隋唐七部樂、九部樂與十部樂之中，不僅在《龜茲樂》中頻頻出現，而且同時也在波斯《安國樂》中亦起到非常重要的作用。唐・李頎《聽安萬善吹篳篥歌》中就有對「安國篳篥」出色描繪：「南山截竹爲觱篥，此樂本自龜茲出。流傳漢地曲轉奇，涼州胡人爲我吹。……枯桑老柏寒颼颼，九雛鳴鳳亂啾啾。龍吟虎嘯一時發，萬籟百泉相與秋。」雖然唐代詩文均認爲篳篥出自西域「龜茲」，但也不能排除在波斯「安國」亦產生此種吹奏樂器歷史的可能。至少我們可從現存文獻資料中得知，波斯諸國古代曾大盛此管樂器，並由中亞兩河流域之阿姆河、錫爾河得以弘揚。後東漸華夏，光大於唐宋漢地。

溫庭筠《觱篥歌》云：「蠟煙如纛新蟾滿，門外平沙草芽短。黑頭丞相九天歸，夜聽飛瓊吹朔管。情遠氣調蘭蕙薰，天香瑞彩含絪縕。皓然纖指都揭血，日暖碧霄無片雲。含商咀徵雙幽咽，軟縠疏羅共蕭屑。不盡長圓疊翠愁，柳風吹破澄潭月。鳴梭淅瀝金絲蕊，恨語殷勤隴頭水。漢將營前萬里沙，更深一一霜鴻起。十二樓前花正繁，交枝簇蒂連壁門。景陽宮女正愁絕，莫使此聲催斷魂。」

翻閱史書，描寫篳篥及其吹管樂器如簫、笙、竽、嗩吶等的詩歌作品很多。富有代表性的諸如：

據沈佺期《鳳簫曲》云：「八月涼風動高閣，千金麗人卷綃幕。已憐池上歇芳菲，不念君恩坐搖落。世上榮華如轉蓬，朝隨阡陌暮雲中。飛燕侍寢昭陽殿，班姬飲恨長信宮。長信宮，昭陽殿，春來歌舞妾自知，秋至簾櫳君不見。昔時嬴女厭世紛，學吹鳳簫乘彩雲。含情轉睞向簫史，千載紅顏持贈君。」

施肩吾《贈鄭倫吹鳳管》云：「喃喃解語鳳皇兒，曾聽梨園竹裏吹。誰謂五陵年少子，還將此曲暗相隨。」

楊希道《詠笙》云：「短長插鳳翼，洪細摹鸞音。能令楚妃歎，復使荊王吟。切切孤竹管，來應雲和琴。」

　　另有黃滔《吹竽》云：「齊竽今歷試，眞僞不難知。欲使聲聲別，須令個個吹。後先無錯雜，能否立參差。次第教單進，宮商乃異宜。凡音皆竄跡，至藝始呈奇。以此論文學，終憑一一窺。」

　　搜檢古文典籍，波斯古國的「嗩吶」很早輸入中國，這是一件頗有意味的歷史文化事件。因爲此種吹奏樂器在華夏各地的民間音樂歌舞與戲曲，以及古今民俗活動中，曾扮演著非常重要的角色。故特別值得認眞鈎沉已爲人們淡忘的佐證資料。

　　同樣是吹奏樂器，較之篳篥，大行其道的如「嗩吶」，又名「鎖吶」、「喇叭」，「嘰吶」或「海笛」等。據查詢，唐宋文獻上不曾見此種「曲兒小，腔兒大」的吹奏樂器之稱，直到元明時期才有文字記載。諸如《南詞敘錄》曰：「至於喇叭、鎖吶之流，並其器皆金、元遺物。」另如《武備志》云：「操令凡二十條，即是吹鎖吶。」明・王圻《三才圖會》曰：「鎖吶其制如喇叭，七孔，首尾以銅爲之，管則用木，不知起於何時代。當是軍中之樂也，今民間多用之。」有意思的是，此種外來樂器，於《大清會典圖》中還有一個波斯語稱謂，即「蘇爾奈」，又名「瑣鎕」。稱其爲「木管，兩端飾銅，管長一尺四寸一四，上加蘆哨吹之。九孔前出，後出一，左出一。」

　　據周菁葆考證，至今在伊朗境內，突厥人後裔還稱嗩吶爲「蘇爾奈」、或「嗩勒耐依」，或「卡爾吶」。此稱謂可互爲對照，以供學界參考：

> 　　鎖吶在漢文文獻中一直有不同的譯寫，如「鎖吶」、「瑣吶」、「嗩吶」、「喇叭」，清代還有「瑣吶」、「鎖哪」、「鎖奈」等。這些都是根據西域的「蘇爾奈」而譯。著名突厥音樂家阿爾・法拉比在公元十世紀的著作裏有 Sournai 的名稱。國外學術界有人認爲鎖吶是源自波斯語。……漢文史書中的「鎖吶」一詞，就是從西域流行的突厥語轉譯的。清代記載維吾爾人樂器時說：「蘇爾奈，一名瑣吶。」西域石窟中的「鎖吶圖」，彌補了古代文獻的不足。它有力地說明，鎖吶不是到明代才有，公元三至四世紀已在西域出現。〔註9〕

　　在中國民間吹打樂或地方戲曲的樂隊之中，從西域波斯胡地傳入的「嗩吶」，至今仍經常作爲慶典活動領奏樂器使用。嗩吶音量宏大，聲音粗獷，音色高亢明亮，又柔美悠揚；既宜於表現歡快、熱烈、奔放、雄壯的樂曲，又能演奏技巧性與模仿性很強的華采樂段，故爲中華民族民間娛樂中運用最爲

〔註9〕周菁葆著：《絲綢之路的音樂文化》，新疆人民出版社，1987年版，第92頁。

廣泛的樂器之一。在中國古代樂舞戲曲中，此種吹奏樂器可堪稱得上是烘托氣氛、招攬觀眾的「國寶級」樂器。

　　古代西域與波斯帝國諸地之胡人性格開朗爽放，能歌善舞，爲胡風歌舞伴奏多用各種形制的樂鼓。人們所熟知的唐宋大曲與元曲文獻中記載，諸如：「節鼓」、「簹鼓」、「細腰鼓」、「羯鼓」、「毛員鼓」、「都曇鼓」、「侯提鼓」、「正鼓」、「和鼓」、「答臘鼓」、「楷鼓」、「雞婁鼓」、「齊鼓」、「擔鼓」、「建鼓」、「杖鼓」、「𪔛鼓」、「桴鼓」、「鐃鼓」、「王鼓」、「銅鼓」等等，其中很多種樂鼓都來自中亞西域與西亞波斯國。

　　爲唐玄宗鍾愛的「八音之領袖」之「羯鼓」，即來自西域胡地。據唐・段安節撰《樂府雜錄・羯鼓》描述：

　　　　明皇好此技。有汝陽王花奴，尤善擊鼓。花奴時戴砑絹帽子，
　　上安葵花數曲，曲終花不落，蓋能定頭項爾。黔帥南卓著《羯鼓錄》
　　中具述其事。咸通中有王文舉，尤妙。弄三杖打撩，萬不失一，懿
　　皇師之。……鼓，其聲坎坎然，其眾樂之節奏也。〔註10〕

　　據唐・南卓撰《羯鼓錄》記載，在南北朝時期，由西域胡地輸入的處於領奏地位的「羯鼓」。其形制「如漆桶，下以小牙床承之，擊用兩杖」，故有「兩杖鼓」之稱謂。據文載，當朝玄宗李隆基及其宰相宋璟等諸多皇室貴臣都善擊奏羯鼓。玄宗還創編《色俱騰》、《太簇曲》、《乞婆婆》、《曜日光》等數十首羯鼓獨奏曲與連套鼓曲，由此可見羯鼓的藝術魅力之大。另據《隋唐嘉話》記載梨園藝人與皇帝交流擊鼓之事：

　　　　李龜年善羯鼓，玄宗問卿打多少枚，對曰：「臣打五十杖訖。」
　　上曰：「汝殊未，我打卻三豎櫃也。」後數年，又聞打一豎櫃，因錫
　　一拂枚羯鼓捲。

　　關於「羯鼓」的出處與稱謂，我們可從《通典》文字詮釋所獲知，其樂鼓「以出羯中，故號羯鼓」。謂鼓之皮由西域胡地「羯羊皮」所蒙製。據《太平御覽》「樂部」所述：「羯鼓出外夷，以戎羯之鼓，故曰羯鼓。」又云：「其音焦殺鳴烈，尤宜急曲促破作戰，杖連碎之聲；又宜高樓曉影，明月清風，破空透遠，特異眾樂。杖用黃檀狗骨花楸乾緊絕濕氣，而復柔膩，乾取發越響亮。」又有《記纂淵海》對此打擊樂器作如下實錄：

　　　　蜀客李琬至長安也，聞羯鼓聲扣門。羯鼓工曰，君所擊手豈非

───────────────

〔註10〕《中國古典戲曲論著集成》，中國戲劇出版社，1959年版，第57頁。

《耶婆色雞》乎，然而無尾何也。工大異曰，某祖父吾此曲，父沒
此曲，遂絕今。但按舊譜尋之，竟無結尾聲。琬曰：夫《耶婆色雞》
當用《屈柘急遍・解》，工如其教，果得諧叶，聲音皆盡。

如上所述，中原地區已散佚的羯鼓曲《耶婆邑雞》，曾被識者解譯爲「屈
拓急遍」。即波斯境內石國代表性歌舞曲《柘枝》，係指受其影響的西域「龜
茲」樂舞之快速節奏伴奏曲。據《酉陽雜俎》記載，唐玄宗有一次目睹寧王
用羯鼓演奏樂曲，追問之，所獲竟爲西域「龜茲樂譜」。此可佐證此首神奇鼓
樂胡曲的確切出處。

另外經文獻查尋，類似羯鼓之樂鼓與鼓樂及其打擊樂曲之描述，古代詩
詞歌賦諸如下述：

李嶠《鼓》云：「舜日諧鼗響，堯年韻土聲。向樓疑吹擊，震谷似雷驚。
仙鶴排門起，靈鼉帶水鳴。樂云行已奏，禮日冀相成。」

元稹《樂府雜曲・鼓吹曲辭・芳樹》云：「芳樹已寥落，孤英萬可嘉。可
憐團團葉，蓋覆深深花。遊蜂競攢刺，鬥雀亦紛拏。天生細碎物，不愛好光
華。非無殲殄法，念爾有生涯。春雷一聲發，驚燕亦驚蛇。清池養神蔡，已
復長蝦蟆。雨露貴平施，吾其春草芽。」

溫庭筠《郭處士擊甌歌》云：「佶傈金虬石潭古，勺陂瀲灩幽修語。湘君
寶馬上神雲，碎佩叢鈴滿煙雨。吾聞三十六宮花離離，軟風吹春星斗稀。玉
晨冷磬破昏夢，天露未乾香著衣。雲釵委墜垂雲髮，小響丁當逐回雪。晴碧
煙滋重疊山，羅屛半掩桃花月。太平天子駐雲車，龍爐勃鬱雙蟠拏。宮中近
臣抱扇立，侍女低鬟落翠花。亂珠觸續正跳蕩，傾頭不覺金烏斜。我亦爲君
長歎息，緘情遠寄愁無色。」

關於西域波斯胡地輸入中原地區宮廷與民間的各種吹奏、彈撥、打擊樂
器，以及樂曲演奏形式與內容。我們可從唐・段成式《酉陽雜俎》卷六詳細
獲知：

咸陽宮中有鑄銅人十二枚，坐皆三五尺，列在一筵上。琴築笙
竽，各有所執，皆組綬花綵，儼若生人。筵下有銅管，吐口高數尺。
其一管空，內有繩大如指。使一人吹空管，人紉繩，則琴瑟竽築皆
作，與真樂不異。有琴長六尺，安十三弦二十六徽，皆七寶飾之，
銘曰「樂」。玉笛長二尺三寸，二十六孔，吹之則見車馬出山林，隱
隱相次，息亦不見，銘曰「昭華之管」。魏高陽王雍，美人徐月華，

能彈臥箜篌，爲《明妃出塞》之聲。有田僧超，能吹笛爲《壯士歌》、《項羽吟》。將軍崔延伯出師，每臨敵，令僧超爲壯士聲，遂單馬入陣。古琵琶用聰雞股。開元中，段師能彈琵琶，用皮弦。賀懷智破撥彈之，不能成聲。蜀將軍皇甫直，別音律，擊陶器能知時月。好彈琵琶。元和中，嘗造一調，乘涼臨水池彈之。本黃鐘而聲入蕤賓，因更弦再三奏之，聲猶蕤賓也。直甚惑，不悅，自意爲不祥。隔日，又奏於池上，聲如故。試彈於他處，則黃鐘也。直因調蕤賓，夜復鳴彈於池上，覺近岸波動，有物激水如魚躍，及下弦則沒矣。直遂集客車水竭池，窮池索之。數日，泥下丈餘，得鐵一片，乃方響蕤賓鐵也。王沂者，平生不解絃管。忽旦睡，至夜乃寤，索琵琶弦之，成數曲：一名《雀蛇》，一名《胡王調》，一名《胡瓜苑》。人不識聞，聽之莫不流涕。其妹請學之，乃教數聲，須臾總忘，後不成曲。有人以猿臂骨爲笛吹之，其聲清圓，勝於絲竹。琴有氣。常識一道者，相琴知吉凶。

第二節　坐部伎、立部伎與霓裳羽衣

　　眾所周知，《坐部伎》與《立部伎》中有豐富多樣的樂舞曲目，是唐代宮廷演藝文化的重要組成部份。此種演藝文化形式從初唐到盛唐一百多年間，是以中原樂舞藝術爲基礎，大量地吸收、融匯國內外各民族樂舞而創製的傳統文藝節目。

　　在唐玄宗（公元 713～756 年）時期，設置在《立部伎》中的「破陣樂」，即爲「發揚蹈厲，聲韻慷慨」之華夏優秀樂舞，保持了初創時期的中華民族鮮明文化特色。在此後，玄宗所編創的《霓裳羽衣樂》更是促進了唐代演藝文化的高度發展。

　　《坐部伎》中包括兩組《破陣樂》。一是《燕樂》部中的《破陣樂》，它來自唐貞觀年間製《燕樂》，爲適應室內廳堂演出編排的四人舞，其服飾華麗、表演氣勢雄深；二是唐玄宗根據《破陣樂》原作改編的《小破陣樂》，舞者亦爲四人，穿著金光閃閃的金甲銀冑，英姿勃勃。玄宗李隆基是一位擅長歌舞作樂的皇帝，有很高的藝術修養。他改編的《破陣樂》，在藝術與技巧上既傳統又創新。每遇「大酺會」，他在勤政樓上，都要召宴群臣，觀賞其樂舞，甚感愜意。

　　唐玄宗曾將「十部樂」等重新組合，分爲「雅樂部」、「清樂部」、「鼓吹部」、「胡部」等樂部。其中，「雅樂部」又分爲《坐部伎》與《立部伎》。

　　「坐部伎」者，凡遇朝會、宴享、郊祀等重大禮儀活動，樂工多坐於堂上奏樂，故有此名。在此場合，樂工所用樂器，有編鍾、編磬、應鼓、雷鼓、笙、簫、竽、塤、箎、簫、琴、筑等。所奏樂曲，朝會時奏《凱安》、《廣平》、《雍熙》等曲；宴享時奏《四牡》、《皇華》、《鹿鳴》等曲；郊祀時奏《太和》、《沖和》、《舒和》等樂曲。

　　此外，於宴飲時，宮廷樂隊要奏舞曲六種，以伴舞蹈表演。一爲《燕樂》（即爲張文收所製四部），二爲《長壽樂》，三爲《天授樂》，四爲《鳥歌萬歲樂》，五爲《龍池樂》，六爲《小破陣樂》。此種傳統樂舞規模較小，少者僅三人，多者七十餘人，舞於殿庭之上。該樂部因屬於「雅樂部」，故隸於太常寺。坐部伎樂工不精於藝者，則降入立部伎之列。

　　「立部伎」者，凡遇朝會、宴享、郊祀等，樂工多站於堂下奏樂，故有此名。其所用樂器，與坐部伎大致相同。所奏樂曲，則以舞樂爲主，有《安樂》、《太平樂》、《破陣樂》、《慶善樂》、《大定樂》、《上元樂》、《聖壽樂》、《光聖樂》等八部，或立或行演奏，其規模十分壯觀。

　　上述《安樂》又稱《安舞》，用舞者八十人，列陣而舞。此樂舞源自北周征討北齊所作之「慶功舞」。

　　《太平樂》又名《五方獅子舞》，用舞者百四十人，依五方之色，作「獅子之戲」。上述二舞皆爲北朝周、隋代舊部樂舞。

　　《破陣樂》爲玄宗時所作，源於唐太宗之《秦王破陣樂》，曾作爲「雅樂」中之「武舞」。

　　《慶善樂》所用西涼樂曲調，曾作爲「雅樂」中之「文舞」。此舞所用，皆爲六十四人。

　　《大定樂》爲高宗東征高麗時所作，又稱《八紘同軌樂》。舞者一百四十人，並加以金鉦，以助聲威。

　　《上元樂》亦爲唐高宗所作，沿用舞者百八十人，又分爲「上元」、「二儀」、「三才」、「四時」等十四曲，曾入「雅樂」。

　　《聖壽樂》爲唐武則天所作，用舞者一百四十人，擺成「聖超千古，道泰百王，皇帝萬歲，寶作彌昌」十六字。每字遂變隊形，共十六變，顯示神秘莫測。

《光聖樂》則爲唐玄宗所作，用舞者八十人。飾以鳥冠，五彩畫衣，以歌王業之所興。《舊唐書・禮樂志》載：「又令宮女數百自帷幕出擊雷鼓，爲《破陣樂》、《太平樂》、《上元樂》。」

立部伎一般相接於坐部伎演奏之後，演奏八部樂時，樂工擂起大鼓，氣勢宏偉。「聲震百里，動蕩山谷」，從而形成宮廷樂舞之高潮激越場面。

據《太平御覽・樂部》記載：唐太常寺的組織結構承隋末舊制，下設八署：「一、郊社，二、太廟，三、諸陵，四、太樂，五、鼓吹，六、太醫。七、太卜，八、廩犧。」唐代樂府將廣泛流傳於宮中、貴族士大夫家以及民間中的小型表演性舞蹈分爲「健舞」、「軟舞」兩大類。亦可分爲「教坊」與民族樂舞兩大類。隨著宮廷舞蹈的發展、創新，所包括的節目不斷增加或變更。如太常樂《立部伎》與《坐部伎》需按指定的節目依次表演，其間參差有一些國內外少數民族音樂歌舞，常奏《傾杯樂》，加演奇特「馬舞」。

著名學者王克芬對《坐部伎》、《立部伎》深有研究。她在撰著的《中國舞蹈史》「隋唐五代部份」〔註11〕曾指出：「隋唐集中了南朝的漢族傳統樂舞和北朝的其他各族樂舞。當時宮廷設置了專門的樂舞機構——教坊、梨園、太常寺，集中培養了大批專業藝人，創作、表演音樂、舞蹈和各種技藝。大批專業藝人的辛勤勞動及智慧創造，把唐代舞蹈的發展推向了一個新的水平。」她還用生動、鮮活的文字鈎沉、描繪了此階段燦爛的演藝文化：

> 《坐部伎》、《立部伎》是唐代李治、武則天、玄宗李隆基時期的作品。從公元 627 年至 755 年，歷時一百八十三年。至遲高宗時，已有坐部、立部伎之分。《立部伎》共八部，其中有一部是武則天時創製。《坐部伎》共六部，有三部是武則天時所造。而《坐部伎》、《立部伎》中的樂舞，創作時間最晚的是玄宗李隆基朝。由此可見，《坐部伎》、《立部伎》最後整理編排爲成套樂部的時間是在開元、天寶之際。

王克芬先生通過相關史料睿智識別：「軍營中的《秦王破陣樂》只是一首比較簡單、順口的歌謠。李世民即帝位以後，以呂才爲首的宮廷音樂家，發展了原來的主旋律，成爲富於變化的多段樂舞曲。《破陣樂》的表演形式多，應用範圍廣，有一百二十人的男子舞，有幾百人的女子舞，還有十幾人或四人表演的小型舞。既屬宴樂，又屬雅樂。甚至還有雜技演員舞的《破陣樂》。

〔註11〕王克芬著：《中國舞蹈史》（隋唐五代部份），文化藝術出版社，1987 年版。

從初唐到晚唐，一直流傳了近百年。唐太宗去世，高宗即位。顯慶元年（公元 656 年）改《破陣樂》爲《神功破陣樂》。麟德二年（公元 665 年）十月，《神功破陣樂》作爲郊廟祭祀的武舞。舞者仍披甲執戟，執大麾人穿金甲，六十四人舞八佾。《破陣樂》宣揚武功，《慶善樂》則宣揚文德。貞觀六年（公元 632 年）十二月，唐太宗帶領群臣回到他誕生的地方——『慶善宮』。大擺筵席，歌舞昇平，並賞賜故居附近的居民。榮歸故里的唐太宗寫了幾首詩，由呂才配上樂曲，音樂具有《西涼樂》風格。」

　　唐高宗麟德二年（665 年），亦將《慶善樂》作爲祭祀用的「文舞」，共有六十四人表演，手上道具換爲塵拂。樂曲從九遍改爲一遍，插入雅樂的《慶善樂》已是一種程式化儀式舞。此時的《坐部伎》與《立部伎》都有《慶善樂》。《立部伎》中的《慶善樂》形成人數多、規模大的廣場展演形式。

　　《上元樂》是唐高宗改年號爲「上元」（674 年）時所作樂舞。高宗自稱「天皇」，武后稱「天后」。身爲皇帝的李治，要把自己尊奉爲管天轄地的「天皇」，於是編排了這樣一種富於宗教氣味的音樂歌蹈，將皇帝當作天神來歌頌與禮贊。《上元樂》也曾進入「雅樂」，用於郊廟祭祀。樂曲二十九遍一無所減，「其樂有《上元》、《二儀》、《三才》、《四時》、《五行》、《六律》、《七政》、《八風》、《九宮》、《十洲》、《得一》、《慶雲》之曲。唐玄宗時，在「勤政樓」前大擺酺會，曾令幾百宮女從宮門帷幕中奔湧而出舞《上元樂》。

　　《聖壽樂》是唐高宗及武后時以「字舞」形式編排的歌頌皇恩浩蕩的大型樂舞，運用舞蹈隊形及姿態的層迭變化來展現。繼爾，玄宗開元年間（713～741 年）演出的《聖壽樂》，在此基礎之上，又作了一些神奇巧妙的處理，「以舞蹈行列擺出一筆一畫的頌揚字形。」所以隊形變化頗爲繁難，一頭一尾的舞人特別重要，當時都選宮中宜春院舞得最優秀的藝人來擔任。《開元字舞賦》較細緻地描寫了當時字舞的盛大場面和舞蹈形象。對此徐元鼎《太常寺觀舞聖壽樂》云：「舞字傳新慶，同是奉唐陶。」

　　支撐唐代演藝文化大廈的「唐代大曲」，在繼承漢代相和大曲的基礎上，吸收了古代西域的歌舞形式所創造。「大曲」是音樂、舞蹈、詩歌三者結合的大型樂舞套曲。開始是一段節奏自由的器樂演奏稱「散序」。接著是慢節奏的曲調和歌唱，有時舞蹈隨歌聲進入，有時只歌不舞，這一段叫「中序」。最後是節奏數度變化的快速舞曲稱「破」。在「散序」、「中序」、「破」各部份中，又包括著若干不同的樂舞片段。如此，王克芬先生以上述「散序」、「中序」

與「破」三重藝術形式，睿智剖析唐代著名的樂舞大曲《霓裳羽衣》結構與表演：

> 大曲中間有一部份叫「法曲」，「法曲」與大曲結構一樣。法曲的主要特點，是曲調與所用樂器更近似漢族傳統樂曲———「清商樂」，情調更為幽雅一些。在不可勝數的唐代法曲中，就舞蹈而言，以《霓裳羽衣》最著稱，也最具代表性。《霓裳羽衣》簡稱《霓裳》，樂曲是唐明皇部份地吸收了《婆羅門曲》創製的。舞蹈是根據樂曲編排的，常在宮廷和貴族士大夫的宴會中表演。楊貴妃舞的《霓裳羽衣》當時最為著稱。〔註12〕

另外根據《碧雞漫志》中的「霓裳羽衣曲」文字記載，人們可從中獲知此部宮廷樂舞諸多有關珍貴信息：

> 霓裳羽衣曲，說者多異。予斷之曰，西涼創作，明皇潤色，又為易美名。其它飾以神怪者，皆不足信也。唐史云，河西節度使楊敬述獻，凡十二遍。白樂天和元微之霓裳羽衣曲歌云：「由來能事各有主。楊氏創聲君造譜。」自注云：「開元中，西涼節度使楊敬述造。」鄭嵎津陽門詩注：「西涼府都督楊敬述進。予又考唐史突厥傳，開元間，涼州都督楊敬述為敦谷所敗，白衣檢校涼州事。樂天、鄭嵎之說是也」。

據劉夢得「霓裳羽衣曲」詩云：「開元天子萬事足，惟惜當年光景促。三鄉陌上望仙山，歸作霓裳羽衣曲。仙心從此在瑤池，三清八景相追隨。天上忽乘白雲去，世間空有秋風詞。」又詩云：「開元太平時，萬國賀豐歲。梨園進舊曲，玉座流新製。鳳管迭參差，霞裳競搖曳。」元微之法曲詩云：「明皇度曲多新態，宛轉浸淫易沉著。赤白桃李取花名，霓裳羽衣號天樂。」其詩作史證所謂明皇望女幾山，持志求仙，故退作此曲。原詩今無傳，疑是西涼獻曲之後，明皇三鄉眺望，發興求仙，因以名曲。然而「忽乘白雲去，空有秋風詞」，譏其虛幻無成矣。

唐明皇厭梨園舊曲，故有此新製。詩謂李隆基作此曲多新態，霓裳羽衣非人間服，故號「天樂」。然指為「法曲」，白居易有詩云：「法曲、法曲歌霓裳。政和世理音洋洋，開元之人樂且康。」又知其法曲，由西涼既獻此曲，

〔註12〕 王克芬著：《中國舞蹈史》（隋唐五代部份），文化藝術出版社，1987年版，第53頁。

而三人者又謂「明皇製作，予以是知爲西涼創作，明皇潤色者也。」唐・杜佑道其要訣：「天寶十三載七月改諸樂名，中使輔璆琳宣進旨，令於太常寺刊石。內黃鐘商婆羅門曲，改爲霓裳羽衣曲。」《津陽門詩》注：「葉法善引明皇入月宮，聞樂歸，笛寫其半。會西涼都督楊敬述進婆羅門，聲調吻合。遂以月中所聞爲散序，敬述所進爲其腔，製霓裳羽衣。」從此可知月宮事荒誕，惟西涼進「婆羅門曲」，明皇潤色，又爲易其美名。

歷代亦有學者錄云：「開元六年，上皇與申天師中秋夜同遊月中，見一大宮府，榜曰，廣寒清虛之府。兵衛守門，不得入。天師引上皇躍超煙霧中，下視玉城，僂人、道士乘雲駕鶴往來其間。素娥十餘人，舞笑於廣庭大樹下，樂音嘈雜清麗。上皇歸，編律成音，製霓裳羽衣曲。」另有《逸史》云：「羅公遠中秋侍明皇宮中玩月，以拄杖向空擲之，化爲銀橋，與帝升橋。寒氣侵人，遂至月宮。女仙數百，素練霓衣，舞於廣庭。上問曲名，曰，霓裳羽衣。上記其音，歸作霓裳羽衣曲。」亦有史料云：「八月望夜，葉法善與明皇遊月宮，聆月中天樂。問曲名，曰，紫雲回。默記其聲，歸傳之，名曰霓裳羽衣。」

據上所述，皆認同「明皇遊月宮，其一申天師同遊，初不得曲名。其一羅公遠同遊，得今曲名。其一葉法善同遊，得紫雲回曲名易之。」雖大同小異，皆荒誕無可稽據。唐・杜牧作《華清宮》詩云：「月聞仙曲調，霓作舞衣裳。」其詩家搜奇入句，非決然信之也。又有甚者，《開元傳信記》云：「帝夢遊月宮，聞樂聲，記其曲名紫雲回。」亦記載《霓裳羽衣》遊仙更曲名玄妙之事。

按其明皇改婆羅門爲《霓裳羽衣》，屬黃鐘商云，時號越調。白樂天《嵩陽觀夜奏霓裳詩》云：「開元遺曲自淒涼，況近秋天調是商。」又知其爲黃鐘商無疑。歐陽永叔云：「人間有瀛府、獻仙音二曲，此其遺聲。」瀛府屬黃鐘宮，獻仙音屬小石調。亦知霓裳羽衣爲法曲，而瀛府、獻仙音爲法曲中遺聲。今合其宮調，作霓裳羽衣此名曲。

宋・沈括《夢溪筆談》則云：「蒲中逍遙樓楣上，有唐人橫書，類梵字。相傳是霓裳譜，字訓不通，莫知是非。或謂今燕部有獻仙音曲，乃其遺聲。然霓裳本謂之道調曲，獻仙音乃小石調爾。」又見《嘉祐雜志》云：「同州樂工翻河中黃幡綽霓裳譜，鈞容樂工程士守以爲非是，別依法曲造成。教坊伶人花日新見之，題其後云：『法曲雖精，莫近望瀛。』予謂《筆談》知獻仙曲

非是，乃指爲道調法曲，則無所著見。獨理道要訣所載，係當時朝旨，可信不誣。雜志謂同州榮工翻河中黃幡綽譜，雖不載何宮調，安知非逍遙樓楣上橫書耶。今並程士守譜皆不傳。」

樂天白居易和元微之元稹《霓裳羽衣曲歌》云：「磬簫箏笛遞相攙，擊撼彈吹聲邐迤。」注云：「凡法曲之初，眾樂不濟。惟金石絲竹次第發聲，霓裳序初亦復如此。」又云：「散序六奏未動衣，陽臺宿雲慵不飛。中序擘騞初入拍，秋竹竿春冰坼。」注云：「散序六遍無拍，故不舞，中序始有拍，亦名拍序。」又云：「繁音急節十二遍，跳珠撼玉何鏗錚。翔鸞舞了卻收翅，唳鶴曲終長引聲。」注云：「霓裳十二遍而曲終，凡曲將終，皆聲拍促速，惟霓裳之末，長引一聲。」此唐代當事人從樂舞形態記述，可信度頗大。

《夢溪筆談》亦云：「霓裳曲凡十二疊，前六疊無拍，至第七疊方謂之疊遍自此始有拍而舞。」細究其曲，世有「般涉調」拂霓裳曲，因石曼卿取作傳踏，述開元天寶舊事。曼卿雲，本是月宮之音，翻作人間之曲。近夔帥曾端伯，增損其辭，爲勾遣隊口號，亦云開寶遺音。蓋二公不知此曲自屬黃鐘商，而「拂霓裳」則「般涉調」也。宣和初，普府守山東人王平，詞學華贍，自言得夷則商霓裳羽衣譜，取陳鴻《長恨歌傳》，並白居易《霓裳羽衣曲歌》，又雜取唐人小詩長句，及明皇太眞事，終以微之連昌宮詞，補綴成曲，刻版流傳。

細察明辨《霓裳羽衣曲》實者共十一段，起第四遍、第五遍、第六遍、正攧、入破、虛催、袞、實催、袞、歇拍、殺袞，音律節奏，與白氏歌注大異。則知唐曲，今世決不復見，亦可恨也。又《唐史》稱客有以按樂圖示王維者，無題識。維曰：「此霓裳第三疊最初拍也。」客未然，引工按曲，乃信。予嘗笑之，霓裳第一至第六疊無拍者，皆散序故也。類音家所行大品，安得有拍。樂圖必作舞女，而霓裳散序六疊，以無拍故不舞。又畫師於樂器上，或吹或彈，止能畫一個字，諸曲皆有此一字，豈獨霓裳。

上述珍貴考辨文字多來自唐代諸位大詩人，他們樂而不疲作數首《霓裳羽衣》，方可鑒賞此部演藝名作的不朽魅力。其中尤以「詩佛」白居易《霓裳羽衣歌（和微之）》所云眞實可信：

> 我昔元和侍憲皇，曾陪內宴宴昭陽。千歌百舞不可數，就中最
> 愛霓裳舞。舞時寒食春風天，玉鈎欄下香案前。案前舞者顏如玉，
> 不著人家俗衣服。虹裳霞帔步搖冠，鈿瓔累累佩珊珊。娉娉似不任

羅綺，顧聽樂懸行復止。磬簫箏笛遞相攙，擊擫彈吹聲邐迤。散序六奏未動衣，陽臺宿雲慵不飛。中序擘騞初入拍，秋竹竿裂春冰拆。飄然轉旋回雪輕，嫣然縱送遊龍驚。小垂手後柳無力，斜曳裾時雲欲生。煙蛾斂略不勝態，風袖低昂如有情。上元點鬟招萼綠，王母揮袂別飛瓊。繁音急節十二遍，跳珠撼玉何鏗錚。翔鸞舞了卻收翅，唳鶴曲終長引聲。當時乍見驚心目，凝視諦聽殊未足。一落人間八九年，耳冷不曾聞此曲。溢城但聽山魈語，巴峽唯聞杜鵑哭。移領錢唐第二年，始有心情問絲竹。玲瓏箜篌謝好箏，陳寵觱篥沈平笙。清絃脆管纖纖手，教得霓裳一曲成。虛白亭前湖水畔，前後只應三度按。便除庶子拋卻來，聞道如今各星散。今年五月至蘇州，朝鐘暮角催白頭。貪看案牘常侵夜，不聽笙歌直到秋。秋來無事多閒悶，忽憶霓裳無處問。聞君部內多樂徒，問有霓裳舞者無？答云七縣十萬戶，無人知有霓裳舞。唯寄長歌與我來，題作霓裳羽衣譜。四幅花箋碧間紅，霓裳實錄在其中。千姿萬狀分明見，恰與昭陽舞者同。眼前彷彿睹形質，昔日今朝想如一。疑從雲夢呼召來，似著丹青圖寫出。我愛霓裳君合知，發於歌詠形於詩。君不見，我歌云，驚破霓裳羽衣曲。又不見，我詩云，曲愛霓裳未拍時。由來能事皆有主，楊氏創聲君造譜。君言此舞難得人，須是傾城可憐女。吳妖小玉飛作煙，越豔西施化為土。嬌花巧笑久寂寥，娃館苧蘿空處所。如君所言誠有是，君試從容聽我語。若求國色始翻傳，但恐人間廢此舞。妍蚩優劣寧相遠，大都只在人抬舉。李娟張態君莫嫌，亦擬隨宜且教取。〔註13〕

再如，可與白居易名詩相媲美的還有鮑溶《霓裳羽衣歌》云：「玉煙生窗午輕凝，晨華左耀鮮相淩。人言天孫機上親手跡，有時怨別無所惜。遂令武帝厭雲韶，金針天絲綴飄飄。五聲寫出心中見，拊石暄金柏梁殿。此衣春日賜何人，秦女腰肢輕若燕。香風間旋眾彩隨，聯聯珍珠貫長絲。眼前意是三清客，星宿離離繞身白。鸞鳳有聲不見身，出宮入徵隨伶人。神仙如月只可望，瑤華池頭幾惆悵。喬山一閉曲未終，鼎湖秋驚白頭浪。」〔註14〕此詩亦

〔註13〕《全唐詩》七函五冊，白居易《霓裳羽衣歌》，歐陽予倩主編：《全唐詩中的樂舞資料》，人民音樂出版社，第 170 頁。
〔註14〕《全唐詩》八函一冊，鮑溶《霓裳羽衣歌》，歐陽予倩主編：《全唐詩中的樂舞資料》，第 172 頁。

謂全景觀描述「霓裳羽衣」樂舞名曲的經典之作。

另外還有王建的《舞曲歌辭・霓裳辭》云:「弟子部中留一色,聽風聽水作霓裳。散聲未足重來授,直到床前見上皇。中管五弦初半曲,遙教合上隔簾聽。一聲聲向天頭落,效得偃人夜唱經。自直梨園得出稀,更番上曲不教歸。一時跪拜霓裳徹,立地階前賜紫衣。」

白居易另有《法曲》亦爲咏誦其樂舞之名曲:「法曲法曲歌大定,積德重熙有餘慶。永徽之人舞而詠,法曲法曲舞霓裳。政和世理音洋洋,開元之人樂且康。法曲法曲歌堂堂,堂堂之慶垂無疆。中宗肅宗復鴻業,唐祚中興萬萬葉。法曲法曲合夷歌,夷聲邪亂華聲和。」此詩因佐證千古絕唱《霓裳羽衣》樂舞亦有巨大藝術感召力。

較之唐代其它演藝文化樂舞大曲,《霓裳羽衣》確實是一部藝術性較強,技術水平至高無上的里程碑優秀藝術作品。它吸收了中、外民族民間樂舞的優秀成分,從而膾炙人口,經久不衰。但是,最初完成這個作品創作因在宮中,而不斷壯大《霓裳羽衣》僅在宮廷和少數權貴中間流行,在民族民間有所限制。王建《霓裳辭十首》云:「旋翻新譜聲初足,除卻梨園未教人。宣與書家分手寫,中官走馬賜功臣」。當朝除了侍候皇帝的皇家樂舞團「梨園」之外,只有少數寵臣才得到皇帝賜給的《霓裳》樂譜。諸如李祐《霓裳羽衣曲》云:「開元太平時,萬國賀豐歲。梨園進舊曲,玉座流新製。鳳管迭參差,霞裳盡搖曳。」《通典》第一四二卷中云:「皆初聲頗復閒緩,度曲轉急躁。」多少有些陽春白雪,和者蓋寡之勢。

深諳此部樂舞名曲奧秘的詩人大家當數白居易,他在《霓裳羽衣曲》歌中寫道:「散序六奏未動衣,陽臺宿雲慵不飛。中序始舂初入拍,秋竹竿裂春冰坼」。並自注:「散序六遍無拍,故不舞,中序始有拍亦曰拍序。」又道:「繁音急節十二遍,跳珠撼玉何鏗錚。翔鸞舞了卻收翅,唳鵝曲終長引聲。」以及注曰「《霓裳》十二遍而曲終,凡曲將終,皆聲拍促速。惟《霓裳》之末長引一聲。」確實道出此樂舞名作的藝術眞諦。

根據楊蔭瀏先生的學術名著《中國古代音樂史稿》考述,《霓裳羽衣曲》早已超越「國粹」升華爲國際產品。並認爲此曲最初改編自古代天竺的《婆羅門》曲,後融入「華夏之音」,在此轉化過程中經歷了如下神奇歷程:

　　　根據《碧雞漫志》記載,唐玄宗在返回宮廷完成樂曲的一半之時,碰巧西涼府都督楊敬述獻進一支印度的《婆羅門》曲。唐玄宗

覺得它和他所正在寫作的作品的要求，有可以適合之處，就又加用了《婆羅門》曲作爲素材而寫完了全曲。白居易對《霓裳羽衣曲》，最愛其開始「散序」的部份。那是在唐玄宗原來已經寫成的前半曲中間。在天寶十三載（754 年），宮廷命令將《婆羅門曲》改名爲《霓裳羽衣曲》的時候，《霓裳羽衣曲》的本身，其實流行已久。早在天寶四年（745 年），在冊立楊太眞爲貴妃的一天上，宮廷中就已演出過《霓裳羽衣曲》了。〔註 15〕

　　另據音樂史學家吳釗、劉東升編著《中國音樂史略》，濃墨重筆高度評價此首樂舞名曲對「唐代宮廷音樂」的歷史性影響貢獻：「《霓裳羽衣曲》是唐代的一首著名的法曲，它是開元年間唐玄宗李隆基的創作。此曲的音樂，據《碧雞漫志》引唐・鄭嵎《津陽門詩注》的記載。其「散序」是唐玄宗登三鄉驛望女兒山回宮之後，依據他對女兒山的神奇想像寫成的。《霓裳羽衣曲》的例子，說明唐代大曲已有了龐大而多變的曲體。它的藝術表現、意境創造，以及對外來音樂的吸收與融化，都顯示了唐代宮廷音樂所取得的成就。」〔註 16〕

第三節　大明宮教坊、梨園與宮廷音樂

　　唐玄宗開元二年（714 年）曾敕命下詔，以「太常禮司，不宜典俳優雜伎」爲名，再置教坊，共分五處。即在西京（今陝西西安）開設三處，一在皇宮裏面東內苑，仍稱「內教坊」，武德年間所設內教坊併入於此，改稱「雲韶院」，與「宜春院」同爲宮中女樂。一在延政坊，稱「左教坊」，以擅長舞蹈著稱。一在光宅坊，稱「右教坊」，以擅長歌唱著稱。另外在東都（今河南洛陽）設二處，在明義里，亦有左、右之別。上述五處「教坊」開闢了大唐演藝文化的新紀元。

　　追溯歷史沿革，唐朝左右教坊設教坊使、副使及奉鑾使等，由中官充任，負責管理有關事務，從此脫離太常管轄。宋代沿唐制，亦設教坊，主掌燕樂。初分爲「大曲」、「法曲」、「龜茲」、「鼓笛」四部。其後，改爲篳篥部、大鼓部、杖鼓部、拍板色、笛色、琵琶色、箏色、方響色、笙色、舞旋色、歌板

〔註 15〕楊蔭瀏：《中國古代音樂史稿》，人民音樂出版社，1962 年版，第 223 頁。
〔註 16〕吳釗、劉東升編著：《中國音樂史略》，人民音樂出版社，1983 年版，第 107 頁。

色、雜劇色、參軍色等十三部（色）。分別設有「部頭」、「色長」，負責演藝機構管理。宋神宗元豐年間（1078～1085 年）改定官制，教坊復歸太常管轄。「靖康之難」後，南宋繼立，復置教坊，至紹興三十一年（1161 年）削減其所。遼、金沿用唐、宋舊制，仍設教坊，以掌燕樂，但大不如以前。

元世祖時，初設「仙音院」（後改爲「儀鳳司」），掌管樂工、樂器，又設「教坊司」，與「拱衛司」同隸於「宣徽院」，後曾一度將其併入「拱衛司」。至元英宗即位，才將教坊司與儀鳳司同隸屬於中書省之禮部，分掌樂事。明代洪武年間（1369～1398 年），復設「教坊司」於南京。永樂年間（1403～1424 年），遷於北京，仍隸屬於禮部。而南京復設「南教坊」。至清代，雍正七年（1729 年），改教坊司爲和「聲署」，「教坊」之名，至此遂廢。

翻閱唐代教坊史料，宮廷除了演奏燕樂外，還有歌唱、舞蹈、百戲、散樂等各種娛樂節目。延至宋代教坊，初年所演奏樂曲，多爲宋太宗御製之曲。如「宇宙賀皇恩」、「降聖萬年春」、「平晉普天樂」、「萬國朝天樂」等。共有大曲、曲破、小曲等三百九十種。其舞蹈，則分爲「女弟子隊」、「小兒隊」、「散樂雜戲」三部份。「女弟子隊」之舞蹈，分爲「菩薩蠻隊」、「感化樂隊」、「拋球樂隊」、「佳人翦牡丹隊」、「拂霓裳隊」等十隊。「小兒隊」之隊舞則分爲「拓枝隊」、「劍器隊」、「婆羅門隊」、「醉胡騰隊」、「諢臣萬歲樂隊」等十隊。元、明以後，教坊樂舞，皆沿唐、宋之遺制繼之，但形同虛設。

據楊蔭瀏先生在《中國古代音樂史稿》中考證：「唐代的音樂機構，有大樂署、鼓吹署、教坊和梨園四個部門。前兩個部門屬於政府的太常寺，後兩個部門主要是屬於宮廷。」他還對其作如下具體辨析：「教坊是管理教習音樂、領導藝人的機構。唐初武德年間（618～626 年）開始有內教坊，歸太常寺領導。到了開元二年（714 年）以後，有教坊五處：內教坊在宮廷裏；外教坊四處，兩處在西京長安，兩處在東京洛陽，不歸太常寺領導，直接屬於宮廷，由宮廷裏面派中宮爲教坊使，去領導它們。」〔註 17〕

吳釗、劉東升編著《中國音樂史略》亦對唐朝宮廷教坊與演藝活動作了如下考證：

> 唐玄宗時原有的一個內教坊，設在禁苑內的蓬萊宮側。新設的
> 外教坊，兩個在長安，兩個在洛陽。長安的外教坊，一個設在延政

〔註 17〕楊蔭瀏著：《中國古代音樂史稿》，人民音樂出版社，1962 年版，第 233 頁。

坊，名爲左教坊，以工舞見長；一個設在光宅坊，名爲右教坊，以善歌取勝。洛陽的兩個教坊，都設在明義坊。這些教坊與大樂署不同，它們都直屬宮廷，由宮廷派中宮（宦官）爲教坊使管理全教坊的事務。〔註18〕

另據柏紅秀著《唐代宮廷音樂文藝研究》一書考述：「唐代宮廷的音樂機構，以傳統的太常寺、教坊和梨園三大機構爲主幹。除此之外，還有其它一些輔助性機構，如宣徽院，如左、右神策軍等。」又說：「唐初，宮廷中有兩個以『教坊』命名的機構，它們的職能是培訓宮女，因設在宮中，故稱之爲『內教坊』。內教坊之一原名『內文學館』，又稱『翰林內教坊』，是乃教授宮女綜合文化知識之機構。」〔註19〕

《舊唐書・職官二・中書省》「習藝館」注曰：「本名內文學館，選宮人有儒學者一人爲學士。教習宮人，則天改爲習藝館，又改爲翰林內教坊，以事在禁中故也。」《新唐書・百官二・內侍省》「掖庭局」注曰：「初，內文學館隸中書省，以儒學者一人爲學士，掌教宮人。武后如意元年，改曰習藝館，又改曰萬林內教坊，尋復舊。有內教博士十八人，經學五人，史、子、集綴文三人，楷書二人，莊老、太一、篆書、律令、吟詠、飛白書、算、棋各一人。開元末，館廢，以內教坊博士以下隸內侍省，中官爲之。」

據上所述，「翰林內教坊」實爲「內文學館教坊」，均爲「文」之事；而「萬林內教坊」改成「雲韶府」的「內教坊」，則以「樂」爲主事。唐・崔令欽《教坊記・序》云：玄宗「翌日，詔曰：『太常禮司，不宜典俳優雜伎』。乃置教坊，分爲左右而隸焉。」《通典・樂六・散樂》則云：「玄宗以其非正聲，置教坊於禁中以處之。」〔註20〕

《舊唐書・音樂一》云：「玄宗又於聽政之暇，教太常樂工子弟三百人爲絲竹之戲。音響齊發，有一聲誤，玄宗必覺而正之。號爲皇帝弟子，又云梨園弟子，以置院近於禁苑之梨園。太常又有別教院，教供奉新曲。『太常』每凌晨，鼓笛亂發於太樂署。別教院廩食常千人，宮中居宜春院。玄宗又製新曲四十餘，又新製樂譜。每初年望夜，又御勤政樓，觀燈作樂，貴臣戚里，

〔註18〕吳釗、劉東升編著：《中國音樂史略》，人民音樂出版社，1983 年版，第 108 頁。

〔註19〕柏紅秀著：《唐代宮廷音樂文藝研究》，南京大學出版社，2010 年版，第 13 頁。

〔註20〕《通典》第 146 卷，中華書局，2003 年版，第 3729 頁。

借看樓觀望。夜闌，太常樂府縣散樂畢，即遣宮女於樓前縛架出眺，歌舞以娛之。」《新唐書‧禮樂十二》亦曰：「玄宗既知音律，又酷愛法曲，選坐部伎子弟三百教於梨園，聲有誤者，帝必覺而正之。號皇帝『梨園弟子』。亦云：「宮女數百，亦爲梨園弟子，居宜春北院。梨園法部，更置小部音聲三十餘人。帝幸驪山，楊貴妃生日，命小部張樂長生殿。因奏新曲，未有名，會南方進荔枝，因名曰《荔枝香》。帝又好羯鼓，而寧王善吹橫笛，達官大臣慕之，皆喜言音律。」

宋‧高承《事物紀原‧教坊》條曰：「唐明皇開元二年，於蓬萊宮側始立教坊，以隸散樂倡優夢衍之戲。唐百官志曰，開元二年，置教坊於蓬萊宮側，京都置左右教坊，掌俳優雜劇。以中宮爲教坊使，此其始也。」

依上所獲知，唐代教坊之樂妓，大致由內人、宮人、搊彈家及兩院雜婦女等組成。其內人，也稱爲「前頭人」，直接爲皇帝服務，一般是從外教坊中選拔的優秀者。內人與其他教坊樂妓之區別，在於是否佩「魚袋」。在唐代，起初「魚袋」是皇帝賜給官員佩帶的飾物，是否佩「魚袋」及戴何種「魚袋」，可區分士庶及官職品位的高低。宮人指來自「雲韶院」的樂人。其搊彈家，主要是民間以「容色」入選的良家女子。其職能在於習器樂而表演，如琵琶、箏、三弦、箜篌等。外教坊之樂妓，又稱爲「兩院雜婦女」，頗受內教坊歧視。教坊除「樂妓」以外，還有樂工「男優」。其主要從事器樂、歌舞、散樂與百戲的表演。此據柏紅秀著《唐代宮廷音樂文藝研究》考證：

> 新成立的教坊機構組成，有內外之分。內教坊設在禁中蓬萊宮側。外教坊，設在宮外，又包括左、右教坊，二者樂伎各有所擅。除長安教坊外，洛陽亦設有教坊，二者區別爲東西京教坊。……內教坊與外教坊的表演內容大體相同，不同之處則在職能與水平的差異。內教坊主要爲帝王服務，通常在宮廷的小型宴會上演出；外教坊主要參與一些大型的慶典活動，如「大酺」等。盛唐內教坊的表演水平應當是全國一流，尤其是所演曲目，不但新穎且難度大，故特別受帝王恩寵。〔註21〕

另據《資治通鑑‧唐紀六十六》「懿宗咸通七年」記載：唐王朝「上好音樂宴遊，殿前供奉樂工常近五百人。每月宴設不減十餘，水陸皆備，聽樂觀

〔註21〕柏紅秀著：《唐代宮廷音樂文藝研究》，南京大學出版社，2010年版，第17、18頁。

優，不知厭倦，賜與動及千緡。所欲遊幸即行，不待供置，有侍供置，有司常具音樂，飲食、幄帟，諸王立馬以備陪從。每行幸，內外諸司扈從者十餘萬人，所費不可勝紀。」〔註22〕

　　唐代帝王時逢慶典季節，都會例行在宮中舉宴以待朝臣，以示君臣同樂、同舟共濟。不同季節要選擇不同的地點，春天在「梨園」乃是理想的遊宴之處。此類宴會，往往設有多種娛樂項目，如拔河、摔跤、馬術、鞠球等。爲便於文藝娛樂需要和表演，有些樂舞機構亦長年設在梨園機構，如「太常梨園別教院」。此梨園設施，即太常寺所設在梨園中的教坊司院。唐初，宮廷音樂機構只有太常寺，故梨園別教院應隸屬此處。其年代分別爲「貞觀十四年」與「顯慶二年」期間。

　　《舊唐書・職官二・中書省》「習藝館」云：「本名內文學館，選宮人有儒學者一人爲學士。教習宮人，則天改爲習藝館，又改爲翰林內教坊，以事在禁中故也。」《新唐書・百官二・內侍省》「掖庭局」注云：「初，內文學館隸中書省，以儒學者一人爲學士，掌教宮人。武后如意元年，改曰習藝館，又改曰萬林內教坊，尋復舊。有內教博士十八人，經學五人，史、子、集綴文三人，楷書二人，莊老、太一、篆書、律令、吟詠、飛白書、算、棋各一人。開元末，館廢。以內教坊博士以下隸內侍省，中官爲之。」據文獻查詢，上述「翰林內教坊」實爲「內文學館教坊」，爲著「文」之事；而「萬林內教坊」即改成「雲韶府」的「內教坊」，則爲作「樂」之事。

　　劉玉才編選《陰法魯文選》中設「唐宋大曲之來源及其組織」，據此章節考證：「教坊中普通樂人，統謂之『音聲人』，其數已近及二千員。教坊自經玄宗整頓擴大，其影響所及，無論都城郡邑，幾皆有西域之音。代宗大曆十四年（779 年）五月，詔罷梨園伶使及冗員三百餘人，留者隸太常。至憲宗元和十四年（819 年），復置內教坊於延政里。宣宗大中初，太常樂工五千餘人，俗樂一千五百餘人；而宣宗每宴臣僚，自製新曲，所教女伶猶有數千人。故終唐之世，歷朝雖有治亂之不同，而教坊則始終保持盛況。」此書中隨之記載：

　　　　教坊是政府的俗樂機構，是爲封建統治階級享樂而設置的，但也是搜集民間音樂並安置、訓練樂工的地方，傳播音樂的地方。教坊曲可以說是當時最流行的，代表最高水平的樂曲。近人根據曲名

〔註22〕《資治通鑒》第 250 卷，中華書局，2005 年版，第 8117 頁。

和有關文獻進行考證估計在教坊曲中，西域樂曲或具有西域情調的樂曲約占十分之一強；即使說，有些樂曲更改了曲名，文獻缺如，已無痕跡可尋，充其量也不過占十分之二。其餘的，大多數是中原地區的民間樂曲和傳統樂曲。〔註23〕

關於描寫唐代「教坊」之詩詞歌賦，可謂汗牛充棟，收於《全唐詩》中即有成百上千首。從中賞讀可知「內教坊」與「外教坊」之梨園設施，在唐代宮廷和大明宮演藝組織中曾占有重要的地位。諸如唐代詩人王建《行宮詞》泱泱洒洒、生動形象描述：

蓬萊正殿壓金鼇，紅日初生碧海濤。閒著五門遙北望，柘黃新帕御床高。殿前傳點各依班，召對西來八詔蠻。上得青花龍尾道，側身偷覷正南山。龍煙日暖紫瞳瞳，宣政門當玉殿風。五刻閣前卿相出，下簾聲在半天中。新調白馬怕鞭聲，供奉騎來繞殿行。為報諸王侵早入，隔門催進打球名。對御難爭第一籌，殿前不打背身球。內人唱好龜茲急，天子鞘回過玉樓。新衫一樣殿頭黃，銀帶排方獺尾長。總把玉鞭騎御馬，綠鬃紅額麝香香。羅衫葉葉繡重重，金鳳銀鵝各一叢。每遍舞時分兩向，太平萬歲字當中。一時起立吹簫管，得寵人來滿殿迎。整頓衣裳皆著卻，舞頭當拍第三聲。琵琶先抹六么頭，小管丁寧側調愁。半夜美人雙唱起，一聲聲出鳳凰樓。春池日暖少風波，花裏牽船水上歌。遙索劍南新樣錦，東宮先釣得魚多。十三初學擘箜篌，弟子名中被點留。昨日教坊新進入，並房宮女與梳頭。紅蠻杆撥貼胸前，移坐當頭近御筵。用力獨彈金殿響，鳳凰飛下四條弦。欲迎天子看花去，下得金階卻悔行。恐見失恩人舊院，回來憶著五弦聲。往來舊院不堪修，近敕宣徽別起樓。聞有美人新進入，六宮未見一時愁。自誇歌舞勝諸人，恨未承恩出內頻。連夜宮中修別院，地衣簾額一時新。移來女樂部頭邊，新賜花檀木五弦。絚得紅羅手帕子，中心細畫一雙蟬。新晴草色綠溫暾，山雪初消漸出渾。今日踏青歸校晚，傳聲留著望春門。兩樓相換珠簾額，中尉明朝設內家。一樣金盤五千面，紅酥點出牡丹花。別敕教歌不出房，一聲一遍奏君王。再三博士留殘拍，索向宣徽作徹章。行中第一爭先舞，博士傍邊亦被欺。忽覺管絃偷破拍，急翻羅袖不教知。求守

〔註23〕劉玉才編選：《陰法魯文選》，北京大學出版社，2010年版，第194頁。

管絃聲款逐，側商調裏唱伊州。東風潑火雨新休，舁盡春泥掃雪溝。走馬犢車當御路，漢陽宮主進雞球。風簾水閣壓芙蓉，四面鈎欄在水中。內宴初秋入二更，殿前燈火一天明。中宮傳旨音聲散，諸院門開觸處行。玉蟬金雀三層插，翠髻高叢綠鬢虛。舞處春風吹落地，歸來別賜一頭梳。逢著五弦琴繡袋，宜春院裏按歌回。巡吹慢遍不相和，暗數看誰曲校多。明日梨花園裏見，先須逐得內家歌。黃金合裏盛紅雪，重結香羅四出花。殿前鋪設兩邊樓，寒食宮人步打球。一半走來爭跪拜，上棚先謝得頭籌。太儀前日暖房來，囑向朝陽乞藥栽。敕賜一窠紅躑躅，謝恩未了奏花開。禁寺紅樓內裏通，笙歌引駕夾城東。裏頭宮監堂前立，手把牙鞭竹彈弓。春風院院落花堆，金鎖生衣掣不開。更築歌臺起妝殿，明朝先進畫圖來。教遍宮娥唱遍詞，暗中頭白沒人知。樓中日日歌聲好，不問從初學阿誰。青樓小婦硏裙長，總被抄名入教坊。春設殿前多隊舞，朋頭各自請衣裳。玉簫改調箏移柱，催換紅羅繡舞筵。未戴柘枝花帽子，兩行宮監在簾前。金吾除夜進儺名，畫袴朱衣四隊行。院院燒燈如白日，沉香火底坐吹笙。

再如唐代詩人孟郊《教坊歌兒》云：「十歲小小兒，能歌得朝天。六十孤老人，能詩獨臨川。去年西京寺，眾伶集講筵。能嘶竹枝詞，供養繩床禪。能詩不如歌，悵望三百篇。」

唐代才女花蕊夫人《宮詞·梨園子弟》云：「夜夜月明花樹底，傍池長有按歌聲。御製新翻麴子成，六宮才唱未知名。太常奏備三千曲，樂府新調十二鍾。樓船百戲催宣賜，御輦今年不上池。西球場裏打球回，御宴先於苑內開。宣索教坊諸伎樂，傍池催喚入船來。管絃聲急滿龍池，宮女藏鈎夜宴時。盡日綺羅人度曲，管絃聲在半天中。旋炙銀笙先按拍，海棠花下合梁州。總是一人行幸處，徹宵聞奏管絃聲。」

根據有關史志資料與詩歌描述，我們得知鼎鼎大名「梨園」一詞，最早見於劉昫等著《舊唐書·中宗本紀》之行文：「（景龍）四年二月壬午，曲赦咸陽、始平，改始平爲金城縣。便幸長安令王光輔馬嵬北原莊。癸未，至自金城。庚戌，令中書門下供奉官五品已上、文武三品已上並諸學士等，自芳林門入，集於『梨園』球場，分朋拔河，帝與皇后、公主親往觀之。」唐·歐陽修等著《新唐書》、宋·司馬光著《資治通鑒》等史書沿襲「梨園」而作

文字記載。

據著名學者李尤白著《梨園考論》評述：「可以看出，梨園在唐中宗時已有，它只不過是皇家園林中與棗園、桃園一樣的一個遊樂玩賞的園子。到了唐玄宗李隆基時，才與樂舞戲曲藝術結下不解之緣。後來成為藝術組織和藝人的代名詞。據《新唐書·禮樂志》及《舊唐書·玄宗本紀》記載：『玄宗於聽政之暇，教太常樂工子弟三百人，為絲竹之戲，號為皇帝弟子』，又云『梨園弟子』，以置院近於禁苑之『梨園』。」〔註24〕

另據陝西師範大學高益榮教授在《梨園百戲》一書「梨園的由來」一章中考證：「由此可知，到唐玄宗時梨園的主要職責是訓練樂器演奏人員，與專司禮樂的太常寺和充任串演歌舞散樂的內、外教坊鼎足而三。梨園由一個單純的遊樂園子，變為樂舞伎子演習歌舞戲曲的場所。故後世逐將戲曲界習稱為『梨園』，戲曲演員稱為『梨園弟子』。」他在此書還進一步指出，居於古代長安有數處梨園遺址所在地：

> 關於唐代梨園的遺址在什麼位置，歷來說法眾多。清人汪汲在《事物會原》卷三十七「教坊梨園」條說：「今西安府臨潼縣驪山繡嶺下，即梨園地也。」還有一種說法是易俗社著名編劇范紫東在《樂學通論》中認為，梨園在今西安城東北大明宮東側，近三華里的午門村。還有一種說法認為梨園在長安縣西南「香積寺」附近，今黃良鄉立園村，這村過去叫「梨園村」。現在影響最大、基本受到學界認可的是李尤白先生的觀點：「唐代梨園的真正遺址，應在今西安城西北六華里許的未央區未央宮鄉大白楊村村西。」〔註25〕

繼爾，高益榮在《梨園百戲》中還進一步認證，認為唐代梨園應該出自長安近郊臨潼驪山華清宮：「不論唐代梨園遺址在何處，臨潼驪山下有梨園是無疑的。故清人汪汲的說法並非杜撰的。因為臨潼華清宮是唐代的帝王的離宮，尤其是唐玄宗李隆基非常喜歡此地。從他即位的第二年即開元二年（公元 714 年）到天寶十四年（755 年）40 多年內，先後遊幸華清宮約達 36 次。他每次住華清宮時都要領上他的愛妃和梨園弟子，緩歌漫舞，盡情歡樂。因此，在華清宮必然有梨園，前人的很多詩作都描繪了玄宗和貴妃在華清宮與眾梨園弟子，緩歌漫舞的情景。」

〔註24〕李尤白：《梨園考論》，陝西人民出版社，1995 年版，第 21 頁。
〔註25〕高益榮著：《梨園百戲》，陝西師範大學出版總社，2011 年版。

　　據詩文對照與文獻查閱，唐代主要梨園活動描述集中在白居易的《長恨歌》之中：「驪宮高處入青雲，仙樂隨風處處聞。緩歌漫舞凝絲竹，盡日君王看不足。」還有吳融的《華清宮》云：「漁陽烽火照函關，玉輦匆匆下此山。一曲霓裳聽不盡，至今遺恨水潺潺。」朱光庭《華清》云：「驪山春色今古同，盡入詩人感慨中。只徇霓裳一曲樂，不知天下樂無窮。」

　　再有元代詞人馬祖常詩歌《驪山》云：「玉女泉邊翠藻多，石池涵影媚宮娥。可憐繡嶺啼春鳥，猶是梨園弟子歌。」由這些古代詩歌可以看出，玄宗和貴妃以及他的梨園弟子，曾在長安臨潼「華清宮」排演了大量的歌舞劇，並穿史越代，影響了後世戲曲界。故此，唐玄宗成為為中國古典戲曲班社所奉拜的祖師「老郎神」，華清宮為唐代梨園宮廷樂舞之產地。

　　據楊蔭瀏先生在《中國古代音樂史稿》一書考述，洛陽亦有「梨園新院」，並認為與唐代長安梨園有著密切關聯：

> 　　唐代的梨園組織約有三個：其實主要的是宮廷中間的一個梨園。除此之外，西京有一個「太常梨園別教院」，是屬於洛陽的太常寺的；還有一個「梨園新院」，則是在洛陽，是屬於洛陽的太常寺的。宮廷中的梨園，包括男藝人三百人，女藝人幾百人。男藝人是從《坐部伎》子弟中選出來的。其教練地點，是在長安西北禁苑裏面的「梨園」。女藝人是從宮女中間選出來的，其教練地點，是在宜春北苑。〔註26〕

　　據吳釗、劉東升編著《中國音樂史略》對唐朝梨園藝人各種等級的具體考證：「宮中的宜春院樂工，全由唐玄宗親自指導，稱為『皇帝梨園弟子』，藝術水平最高。稍次，則是宮中的『內教坊』，其樂工有男有女，女樂工依色藝的高低分成不同的等級。最高的稱為『內人』，住在宮裏的『宜春院』，人數最少。她們每逢表演大型的，藝術性很高的歌舞時總站在舞隊首尾的重要位置上，所以有稱『前頭人』。其次則稱『宮人』，人數較多。再次稱為『擲彈家』，她們都是普通百姓家的姑娘，因容貌秀麗被強徵入宮為奴的。她們以彈奏琵琶、五弦、箜篌、箏等樂器擅名，歌舞則不精。」〔註27〕

　　實際上，唐朝梨園有一個從小到大，從民間到宮廷，自然漸次的演變過程。早在唐中宗（公元705～710年）時，梨園只不過是皇家禁苑中棗園、

〔註26〕楊蔭瀏著：《中國古代音樂史稿》，人民音樂出版社，1962年版，第235頁。
〔註27〕吳釗、劉東升編著：《中國音樂史略》，人民音樂出版社，1983年版，第108頁。

桑園、桃園、櫻桃園並存的「果木園」。果木園中設有離宮、別殿、酒亭、球場等，是供帝后、皇戚、貴臣宴飲的遊樂場所。後來經唐玄宗李隆基的大力倡導，梨園的性質起了變化，由單純的花園樹圃，逐漸成為唐代「梨園子弟」演習歌舞戲曲的梨園聖地，成為我國歷史上具有重要示範意義的第一座集音樂、舞蹈、戲曲為一體的綜合性「藝術學院」。李隆基自己擔任「梨園崖公」（或稱「崖公」），相當於現在的校長（或院長）。「崖公」以下有編輯和樂營將（又稱「魁伶」）兩套人馬。李隆基為梨園作過文藝創作，還擔任導演，甚至演員，經常指令當時的翰林學士或知名文人編撰節目。諸如詩人賀知章、李白等都曾為梨園編寫過文藝節目。李隆基、雷海青、公孫大娘等人均擔任過「樂營將」職務。他們不僅是才藝高超的著名藝人，又是誨人不倦的樂舞導師。

唐玄宗時期（公元 712～756 年），也就是「開元盛世」。唐朝封建經濟和文化迅速發展，達到了前所未有的高度。不僅造就了大批中外聞名的文學家和詩人，在舞蹈、音樂等藝術領域裏亦取得了傑出的成就。在中國樂舞戲曲史上佔有重要地位的「梨園」，則產生在唐代這塊充滿生機的傳統文化沃土之中。

翻閱史書典籍關於描寫唐代教坊、梨園的詩歌，不論在古代，還是現當代都異常繁盛，特採擷數首美妙詩句，如下所述：

竇常《還京月歌詞》云：「百戰初休十萬師，國人西望翠華時。家家勁唱昇平曲，帝幸梨園親製詞。」

花蕊夫人《宮詞》云：「重教按舞桃花下，只踏殘紅作地褥。侍女爭揮玉彈弓，金丸飛入亂花中。遇著唱名多不語，含羞走過御床前。梨園子弟簇池頭，小樂攜來候宴遊。苑中排比宴秋宵，絃管掙搉各自調。日晚閣門傳聖旨，明朝盡放紫宸朝。宮娥小小豔紅妝，唱得歌聲繞畫梁。緣是太妃新進入，座前頒賜小羅箱。」

武平一《幸梨園觀打球應制》云：「令節重遨遊，分鑣應彩球。駸驪回上苑，蹀躞繞通溝。影就紅塵沒，光隨赭汗流。嘗闌清景暮，歌舞樂時休。」

王昌齡《殿前曲二首》云：「貴人妝梳殿前催，香風吹入殿後來。仗引笙歌大宛馬，白蓮花發照池臺。胡部笙歌西殿頭，梨園弟子和涼州。新聲一段高樓月，聖主千秋樂未休。」

李祐《霓裳羽衣曲》詩云：「開元太平時，萬國賀豐歲。梨園進舊曲，玉

座流新製。鳳管迭參差，霞裳競搖曳。」

　　于鵠《贈碧玉》云：「新繡籠裙豆蔻花，路人笑上返金車。霓裳禁曲無人解，暗問梨園弟子家。」

　　白居易《梨園弟子》云：「白頭垂淚話梨園，五十年前雨露恩。莫問清華今日事，滿山紅葉鎖宮門。」

　　孟簡《酬施先輩》云：「襄陽才子得聲多，四海皆傳古鏡歌。樂府正聲三百首，梨園新入教青娥。」

　　方干《新安殷明府家樂方響》云：「葛溪鐵片梨園調，耳底丁東市六聲。彭澤主人憐妙樂，玉杯春暖許同傾。」

　　徐鉉《柳枝詞》云：「金馬辭臣賦小詩，梨園弟子唱新詞。君恩還似東風意，先入靈和蜀柳枝。長愛龍池二月時，參個金線弄春姿。假饒葉落枝空後，更有梨園笛中吹。」等等。

　　唐代著名詩人杜甫在觀賞「梨園弟子」絕妙樂舞之後，寫有《觀公孫大娘弟子舞劍器行》一詩，詠歎此位著名藝人公孫大娘的豪邁奔放舞姿：「如羿社九日落，矯如群帝驂龍翔。來如雷霆收震怒，罷如江海凝青光。」另外據傳說，唐代著名書法家張旭，自從看了公孫大娘的神奇劍器舞術，促使他的草書有了大幅度的長進。唐玄宗李隆基正是依靠這些傑出的演藝人才，造就了一大批優秀的表演與造型藝術作品，開創了唐代演藝事業的輝煌局面。

　　趙譚冰先生在《透過詩情話梨園》一文中，竭力敘述這位唐代「梨園始祖」李隆基的千秋偉業：

　　　　唐代梨園藝術之花，燦爛絢麗。唐玄宗李隆基多才多藝，創辦了梨園藝術團體，這是一個綜合性的詩歌、音樂、舞蹈、戲劇藝術學院。文藝事業達到高度繁榮發展的時候，有詩就會有曲，有曲就會編寫出舞蹈。據《唐書》記載。玄宗皇帝精曉音律，設立教坊以教俗樂，招募樂工數百人，親自教習，謂之梨園弟子。唐玄宗李隆基創立梨園，是我國戲劇界公認的戲劇始祖。從唐迄今，梨園弟子的歌聲舞姿，總是和詩人們的詩韻和樂曲融合在一起的，只要有打動人心的戲劇、舞蹈表演，就會有詩歌來讚頌。不論喜劇、悲劇莫不如此。

　　武復興先生在《梨園詩詞選・序》中不僅把古代樂舞藝人歸入「梨園子弟」，而且還將其影響擴展至現當代地方戲曲演出活動之中：

　　　　後世以唐玄宗為表演藝術家的鼻祖，並尊為「戲聖」或「老郎神」。而相沿將演出戲曲的劇院稱為「梨園」，將劇團演職人員稱為「梨園弟子」或「梨園行」等。古代「梨園藝術」並非專指戲劇一種表演形式。以唐代為例，諸如音樂、舞蹈、歌唱、假婦戲、排闥戲、傀儡戲、雜技、幻術、武術等所謂「百戲」，便都包括在「梨園藝術」之內。〔註28〕

　　在20世紀末，為了繼承祖國的輝煌文化遺產，深入研究我國唐代樂舞戲曲藝術，以建設社會主義的精神文明，豐富人民的文化生活。陝西省藝術研究所、西安市戲劇研究所等二十個單位共同發起成立「中華梨園學研究學會」。並聘請著名戲劇家曹禺擔任名譽會長，張庚、郭漢城、魚訊等擔任名譽副會長。國內外專家學者，一致認為：我國歷史上第一所由皇家主創的綜合性藝術學院，熔古代戲劇、音樂、歌舞於一爐的藝術大觀園「唐代梨園」，是唐代演藝文化的瑰寶。它為我國後世之戲曲、樂舞等藝術的發展與昌盛開了先河，在中國和世界藝術史上佔有光輝的一頁。我們在研究唐代大明宮演藝文化的同時，應該全力以赴借此東風將中華民族的梨園藝術發揚光大。

第四節　唐代大曲、歌舞、百戲與儺戲

　　在歷史上，華夏周邊諸國，特別是西北邊境地區的諸民族與各個國家，蜂擁而至，爭相向中原漢政府靠攏，並殷切拋出業已成熟的「胡地樂舞」、百戲、雜劇藝術之繡球。自此大量胡樂、胡舞、胡戲、胡詩，及其胡樂器與器樂曲大量引進入華，自然而然促成漢民族傳統樂舞詩文的解體與重組。於隋唐時期，所創立的「坐部伎」與「立部伎」之「燕樂」體系，以及「七部樂」、「九部樂」與「十部樂」輪番交替，其樂部的胡漢文化因素雜糅，形象生動地反映了當時音樂藝術界求新、求異思變現狀與動態。

　　據李萬鈞先生主編《中國古今戲劇史》一書，在論述唐代歌舞表演藝術時指出：

　　　　唐代是我國三大伎藝融合的第一個高潮。唐代社會穩定，經濟發達，文化氣象博大、樂觀，加上對外開放。西域音樂、舞蹈還有梵唄、俗講、變文，不斷被介紹進來。不僅充實了唐代歌舞、表演

〔註28〕李尤白主編：《梨園詩詞選》「序」，三秦出版社，1998年版。

伎藝節目，極大地促進了胡漢文化的交流，同時也激發了中原傳統伎藝的創新與發展。唐代帝王也雅好歌舞，設置教坊，製作歌曲。唐代歌舞、表演伎藝的繁榮，必然促進諸色伎藝的融合，以嶄新的面貌招徠觀眾。〔註29〕

　　唐朝時期是我國傳統樂舞、百戲、雜技、幻術等藝術形式最爲發達與齊備的歷史階段。安定的社會環境，人數甚眾的文學藝術家隊伍，是培育各種演藝文化經典的基本前提。各種筆記、散文作爲「無韻文體」中不可或缺的重要樣式，對於眞實、生動記載此段輝煌歷史時期的文藝現象立下了汗馬功勞。

　　唐代「筆記散文」著名者與著述諸如：張鷟撰《朝野僉載》、崔令欽撰《教坊記》、蘇鶚撰《杜陽雜編》、趙璘撰《因話錄》、段成式撰《酉陽雜俎》、胡震亨撰《唐音癸籤》等。其中張鷟撰《朝野僉載》，《新唐書·藝文志》雜傳記類著錄此書二十卷，當朝影響頗大。

　　據張鷟《朝野僉載》卷五記載：「太宗時，西國進一胡，善彈琵琶。作一曲，琵琶弦撥倍粗，上每不欲番人勝中國，乃置酒高會，使羅黑黑隔帷聽之，一遍而得。謂胡人曰：『此曲吾宮人能之。』取大琵琶，遂於帷下令黑黑彈之，不遺一字。胡人謂是宮女也，驚歎辭去。西國聞之，降者數十國。」此後啓示唐朝廷明確宣佈「升胡部於堂上」，並詔「道調、法曲與胡部新聲合作」，從而形成胡樂華化之新樂種，即「燕樂」。

　　趙璘撰《因話錄》六卷，凡一百三十三條，約三萬字。此書分宮、商、角、徵、羽五部，敘帝王、百官、藝伎典故、雜事等。朝野上下、官宦庶民趣聞雜事涉獵甚廣。文字淺近通俗，郭曖與昇平公主故事爲著名地方戲曲《打金枝》所本。

　　段成式撰《酉陽雜俎》，書名取義梁元帝「訪酉陽之逸典」語。分前、續集。前集二十卷三十篇，續集十卷六篇，凡一千二百八十八條，約二十萬字。此書參照張華《博物志》體例，按門類纂錄所輯秘府典籍、雜著、傳聞等，凡志怪、傳奇、雜錄、瑣聞、掌故、名物、考證等均雜彙於一編。

　　據《酉陽雜俎》卷四曰：「婆羅遮並服狗頭猴面，羅女無晝夜歌舞，八月十五日行像及透索爲戲。」此種生動活潑的「歌舞戲」場面曾形象地記載於新疆庫車蘇巴什古城出土，今藏於日本的「龜茲舍利盒樂舞圖」之中。其圖

有二十一人組成的胡人樂舞隊,頭戴各種野獸頭假面,奏樂擊鼓、載歌載舞。眾藝人在二位持旄者率領下行進表演,形象生動地再現著古代波斯胡樂、胡舞、胡戲之風采。

段安節《樂府雜錄・鼓架部》云:「代面,始自北齊。神武弟,有膽勇,善戰鬥。以其顏貌無威,每入陣著面具,後乃百戰百勝。戲者,衣紫腰金執鞭也。」

崔令欽《教坊記》云:「《踏謠娘》」「自號為郎中。嗜飲酗酒,每醉,輒毆其妻。妻銜悲訴於鄰里。時人弄之:丈夫著婦人衣,徐步入場,行歌。每一疊,旁人齊聲和之云:『踏搖和來,踏謠娘苦,和來。』以其且步且歌,故謂之踏搖;以其稱冤,故言苦;及其夫至,則作毆鬥之狀,以為笑樂。」

《舊書・音樂志》云:生於隋末河內的踏謠娘,屈嫁給「貌惡而嗜酒,常自號郎中。醉歸,必毆其妻。其妻美色善歌,為怨苦之辭。河朔演其聲,而被之絃管,因寫其夫之容。妻悲訴,每搖頓其身,故號『踏謠娘』。近代優人改其制度,非舊旨也。」

《樂府雜錄・鼓架部》稱其為《蘇中郎》謂:「後周士人蘇葩,嗜酒落魄,自號中郎;每有歌場,輒入獨舞。今為戲者,著緋、帶帽,面正赤,蓋狀其醉也。即有踏謠娘。」

據《教坊記》所記,唐代長安教坊「宜春院」為中國「梨園」之始。對樂舞伎所表演形式除「歌舞」外,亦慣用「戲」而稱之,如「樓下戲出隊」。「至戲日,上令宜春院人為首尾,撅彈家在行間,令學其舉手也。」「凡欲出戲,所司先進曲名。」「《大面》——出北齊……因為此戲,亦人歌曲。」

據《全唐文》卷三九六所收錄崔令欽撰《教坊記・序》,亦有「戲」之稱謂,「凡戲輒分兩朋,以判優劣,則人心競勇,謂之『熱戲』。於是詔寧王主蕃邸之樂以敵之。」另外此「序」亦追述梨園樂舞演繹之事:

> 晉氏兆亂,塗歌是作,終被諸管絃,載在樂府。呂光之破龜茲,得其樂,名稱多亦佛曲百餘成。我國家元元之允,未聞頌德,高宗乃命樂工白明達造道曲、道調。玄宗之在蕃邸,有散樂一部,戡定妖氛,頗藉其力。及膺大位,且羈縻之。常於九曲閱太常樂,卿姜晦,嬖人楚公皎之弟也,押樂以進。

據崔令欽著《教坊記》所述:「戲日,內伎出舞,教坊人惟得舞《伊州》、《五天》,重來疊去,不離此兩曲,餘盡讓內人也。《垂手羅》、《回波

樂》、《蘭陵王》、《春鶯囀》、《半社渠》、《借席》、《烏夜啼》之屬，謂之『軟舞』；《阿遼》、《柘枝》、《黃獐》、《拂菻》、《大渭州》、《達摩》之屬，謂之『健舞』」。

《教坊記》亦云：「宜春院亦有工拙，必擇尤者爲首尾。既引隊，眾所屬目，故須能者。」據上述「引小兒舞伎」與「引隊」，均指與「雜劇二者之漸相接近」的大曲或隊舞之表演藝術形式。

另據段安節著《樂府雜錄》「舞工」記載：「舞者，樂之容也……即有健舞、軟舞、字舞、花舞、馬舞。健舞曲有《棱大》、《阿連》、《柘枝》、《劍器》、《胡旋》、《胡騰》；軟舞曲有《涼州》、《綠腰》、《蘇和香》、《屈柘》、《團圓旋》、《甘州》。」

蘇鶚撰《杜陽雜編》稱「拍彈」或「拍袒」者，「於天子前，弄眼，作頭腦，連聲著詞，唱雜聲曲。須臾間，變態百數，不休」。《太平廣記》卷二〇四引「米嘉榮」云：「歌曲之妙，其來久矣。元和中，國樂有米嘉榮、何戡。近有陳不嫌，不嫌子意奴。一二十年來，終不聞善唱，盛以拍彈行於世。」又據《南部新書》載：「太和中，樂工尉遲璋，能囀喉爲新聲，京師屠沽傚之，呼爲『拍彈』。」從而證實，扮飾角色之樂舞戲表演者，如米嘉榮、何戡、尉遲璋等，均來自西域「昭武九姓」諸國。

《杜陽雜編》卷下云：宣宗創修安國寺，時逢「降誕日，於宮中結綵爲寺，賜升朝官以下錦袍。李可及嘗教百人作『四方菩薩蠻隊』。」由此可知當朝古代樂舞戲曲隊舞規模與陣容之龐大。

另據唐・胡震亨《唐音癸籤》對大唐宮廷、梨園樂器與樂曲敘述更爲詳細：

> 篳篥一名悲篥，以竹爲管，以節爲首，出於胡中。其聲悲，人亦稱爲「蘆管」。曲名見於唐。故實中者止此，其餘多與笛同。朱崖李相有家僮，薛陽陶，少精此藝。後爲小校，至咸通猶存，淮南李相蔚召試賞之，元、白及羅昭諫集中有其贈詩。篳篥曲：別離難，雨霖鈴曲，楊柳枝曲，新傾杯曲，道調，勒部羝曲。

唐・南卓撰《羯鼓錄》也列有 11 首胡漢交匯之宗教或世俗曲調，其曲名爲《九仙道曲》、《盧舍那仙曲》、《御製三元道曲》、《四天王》、《半闍麼那》、《失波羅辭見柞》、《草堂富羅》、《于闐燒香寶頭伽》、《菩薩阿羅地舞曲》、《阿陀彌大師曲》，等等。

另外還有一種明顯染有「胡文化」色彩的「食曲」，凡 33 曲，其曲名如次：《雲居曲》、《九巴鹿》、《阿彌羅眾僧曲》、《無量壽》、《真安曲》、《雲星曲》、《羅利兒》、《芥老雞》、《大燃燈》、《多羅頭尼摩訶鉢》、《婆娑阿彌陀》、《悉馱低》、《大統》、《蔓度大利香積》、《佛帝利》、《龜茲大武》、《僧個支婆羅樹》、《觀世音》、《居慶尼》、《真陀利》、《大興》、《永寧賢塔》、《恒河沙》、《江盤元始》、《具作》、《悉家牟尼》、《大乘》、《毗沙門》、《渴農之文德》、《菩薩縵利陀》、《聖主興》、《地婆拔羅伽》，等等。

唐·封演撰《封氏聞見記》，共十卷。前六卷記敘掌故，考證名物；七、八卷記古蹟，附以雜論；末二卷則專錄唐代士大夫逸事軼聞。清代《四庫全書總目提要》對此書高度評價，謂「唐人小說，多涉荒怪，此書獨語必徵實。」

自南北朝與隋唐時期，中原地區流行過許多樂舞詩戲，或融入人物與故事情節的歌舞戲作品，例如：《大面》或《蘭陵王》、《鉢頭》、《踏謠娘》或《蘇中郎》等。關於其真實歷史來源，以及藝術形式與流變等問題，一直是宮廷演藝活動與中國古典戲曲藝術起源爭論之熱點。

據《舊唐書·音樂志》云：「歌舞戲有《大面》、《撥頭》、《踏謠娘》。」實際上這些歌舞戲於北朝時期即有之。王國維先生在其名著《宋元戲曲考》中已明確指出：「戲曲者，謂以歌舞演故事也。」「自漢以後，則間演故事；而合歌舞以演一事者，實始於北齊。顧其事至簡，與其謂之戲，不若謂之舞之為當也。然後世戲劇之源，實自此始。」此書中所載歌舞戲《鉢頭》為「北齊時已有此戲，而《蘭陵王》、《踏謠娘》等戲，皆模仿而為之者歟」。〔註30〕故此，我們對北齊乃至北朝時期的歷史現狀，以及中國古代樂舞戲曲文化發展考察甚有必要。

魏晉南北朝時期是我國民族演藝文化大融合的歷史年代。自從三國被晉取代之後，西域與西北地區少數民族，如匈奴、羯、鮮卑、氐、羌等紛紛向中國內地遷徙。他們先後在北方各地建立了十餘個國家，歷史上稱之為「十六國」。其後北魏、北齊與北周相繼分割而總稱為「北朝」。

「北齊」由北魏臣高歡之子高洋於公元 550 年所創立。在北朝時期，許多西域少數民族樂舞與歌舞戲被輸入中原地區。在中國戲曲史上，具有重要意義的歌舞戲《大面》、《蘭陵王》、《鉢頭》等即在其中。

《大面》亦稱《代面》或《蘭陵王》。唐·崔令欽著《教坊記》云：「《大

〔註30〕 《王國維戲曲論文集》，中國戲劇出版社，1984 年版，第 8、9 頁。

面》出北齊。蘭陵王長恭，性膽勇而貌若婦人，自嫌不足以威敵，乃刻木爲假面，臨陣著之。因爲此戲，亦入歌曲。」另據《北齊書・蘭陵王傳》記載：「武士共歌謠之，爲《蘭陵王入陣曲》。」

　　《舊唐書・音樂志》與《樂府雜錄》亦有同類記載。不盡相同的則稱《大面》爲「代面」，稱蘭陵王高長恭爲「神武弟」。述其「才武而貌美」，「每入陣即著面具，後乃百戰百勝」。其中尤提到「嘗擊周師金墉城下，勇冠三軍，齊人壯之」。據考，此著名戰役爲北齊軍與北周軍「芒山之戰」，高長恭在激戰中佩戴面具，率 500 名騎兵前去增援，經反覆廝殺而獲大勝。爲紀念此壯舉，後人特編演「此舞，以傚其指揮擊刺之容，謂之《蘭陵王入陣曲》」。後搬至文藝舞臺之後，「戲者，衣紫腰金執鞭也。」另據《隋唐嘉話》載，「乃爲舞以傚其指麾擊刺之容」。由此可知舞者在此戲中持武器衝殺擊刺，以顯示蘭陵王戴假面之勇猛姿態。

　　南北朝與隋唐時期均流行過《大面》。據《全唐文》之《代國長公主碑》中記載，武則天觀「弄《蘭陵王》」之事。藝伎在表演前致語：「衛王入場，咒願神聖，神皇萬歲，孫子成行。」葉廷珪撰《海錄碎事・音樂部》亦載：宋朝「宮廷仍盛演此歌舞戲。北齊蘭陵王體身白皙，而美風姿，乃著假面以對敵，數立奇功。齊人作舞以傚之，號『代面舞』。由此可見，《蘭陵王入陣曲》與《秦王破陣樂》同爲歷代帝王崇奉神靈、弘揚「文治武功」之樂舞戲。

　　著名學者任半塘曾對此樂舞戲劇旁徵博引，爲《蘭陵王》勾勒出一幅生動感人的表演實景：

> 此劇演高長恭爲武將，衣紫袍，圍金帶，蒙大面具，作威猛之容，惟尚不妨歌唱。手執鞭，率從卒，在金墉城下，嗚咽叱咤，指揮擊刺，勇戰周師。而與從卒就《蘭陵王》曲，遞相倡和，歌成入陣曲。其聲情與面容，舞態相配合，奮昂雄壯。〔註31〕

　　依照任半塘先生綜上所述，《蘭陵王》表演之「演員除主及從卒外，尚有周師若干人登場」，並尋覓此「樂有笛、拍板、答臘鼓、兩杖鼓」之器樂伴奏場面。又據丁易先生之論斷：「北系樂府在北齊時，有合歌舞以演一事的歌曲，實爲後世戲劇之起源。」〔註32〕從上述各種資料推斷，《蘭陵王》

〔註31〕任半塘著：《唐戲弄》，上海古籍出版社，1984 年版，第 596 頁。
〔註32〕丁易：《中國詩歌音樂及戲劇之關係》，《戲劇崗位》第 2 卷第 2、3 合期。

爲古代西域與中原歌舞劇融合形式應確信無疑。

關於《蘭陵王》的眞實來歷，不外有四種觀點：一曰「印度說」，二曰「林邑說」，三曰「西域說」，四曰「本地說」。

持印度說與林邑說當舉日本人高楠順次與法國人勒維。他們曾合纂《法寶義林》一書，在「舞樂項」中將我國北齊《蘭陵王》與日本《羅陵王》視爲同一劇目。並認爲：「《羅陵王》：Ranrryoo 此語之原意，似爲《羅龍王》，此語可謂娑竭羅龍王之略語。因舞人於兩舞中，俱冠龍頭之面具，遂以混淆。此舞或傳尾張濱主自唐傳入日本，或傳佛哲自林邑輸入日本，余以爲後說較前說爲可據。蓋此舞實際之主題乃娑竭羅。」

據上述諸說有學者認爲《羅陵王》由《蘭陵王》所改編。爲日本仁明天皇承和二年（公元 835 年），由唐伶官尾張濱主渡海傳之，或者沙門佛哲從東南亞一帶輸入日本。並視《蘭陵王》主題爲表演娑竭羅龍王之事。

日本著名學者田邊尚雄在《中國音樂史》中對此予以證實，並進一步完善此觀點：

> 實際此舞非由中國傳來，實林邑僧佛哲所傳，爲「林邑八樂」之一。胡服而用印度式之假面，其音階亦爲印度之沙陀調也。此舞一稱《龍王》，即當於原名之《龍王》，由發音上誤爲《陵王》，至誤以爲《蘭陵王入陣曲》耳。戒日王所作《龍王之喜》之舞劇，當時盛爲流行。此爲林邑僧佛哲傳於日本者。〔註33〕

根據此說，方可確認《羅陵王》或《蘭陵王》由印度借道林邑傳入日本，並證實此歌舞戲與天竺戒日王編撰的《龍王之喜》，即梵劇《龍喜記》，相互有著密切的潛在聯繫。

追根溯源，此歌舞戲受胡樂影響本是情理之事。北齊建朝之後，歷代帝王均崇尙佛教並酷愛胡樂。齊文宣帝尤喜好「龜茲樂」，並親自爲其樂舞擊鼓伴奏。至齊成武帝與齊後主時，更是將《龜茲樂》、《西涼樂》列爲經常演出的文藝節目。並將諸多西域樂人，如曹妙達、安未弱、安馬駒等封官加爵，從而證實西域諸樂或直接或間接曾對《蘭陵王》之類歌舞戲產生影響。

《碧雞漫志》中謂《蘭陵王》，實爲「越調」。《唐書》稱之爲「伊越調」，認爲傳至日本則稱「壹越調」。此與西域樂人蘇祇婆所傳龜茲樂律「五旦七調」

〔註33〕（日）田邊尚雄著：《中國音樂史》，上海書店影印商務印書館，1939 年版，第 173、174 頁。

有關聯。日本林謙三推斷此樂調「怕是胡聲」。遂曰：「此樂調含有西域地理上之意義可知。」再對《羅陵王》之胡人假面與胡服比較分析。認定北齊歌舞戲《蘭陵王》實爲中原與西域戲劇文化結合之產物，當爲歷史之必然。

西域歌舞戲《缽頭》亦爲歷史文獻所充分證實。關於此胡戲之出處，中外專家學者意見較爲統一。不盡相同之處在於對其之稱謂之辨析，或曰《缽頭》、《撥頭》、《拔頭》；或曰《拔豆》、《祓頭》等。以及爲此引發出諸多關於此戲歷史地源之考證。

據《舊唐書・音樂志》記載：「《撥頭》出西域，胡人爲猛獸所噬，其子求獸殺之，爲此舞以象之也。」王國維先生認爲《撥頭》即《樂府雜錄》之「缽頭」，「此語之爲外國語之譯音，固不待言；且於國名、地名、人名三者中，必居其一焉。」另據《北史・西域傳》考證，《撥頭》可能是其中所載「三萬一千里」之外的「拔豆」，並認爲「此戲出於『拔豆國』，或由龜茲等國而人中國」。〔註34〕

據此條重要文獻資料所確認，文中所描述「胡人爲父報仇而斬殺猛獸」之歌舞戲《缽頭》，本出自古代西域。據王國維所考，此戲表達人物角色情感豐富，當胡人之子得知其父罹耗後，「披頭散髮，身穿素衣喪服，一邊啼哭，一邊詠唱」。以盡情抒發悲痛之情，從而將「殺獸報仇」之戲劇性場面推向高潮。

宋・曾慥《類說》引唐代段安節文之後，特注明此爲「八疊戲」，並標示戲者穿「喪衣」。明・薛朝選《天香樓外史志異》卷六云：「西域有胡人，爲猛獸所噬，其子求獸殺之。乃爲此舞以象獸而覓焉。」亦詳述其胡人覓獸作戲之過程，《缽頭》可謂原始戲劇之表演方式。

然而關於《缽頭》戲出自「拔豆國」，著名學者劉大白《中國戲劇起源之我觀》對此亦持相異觀點。他認爲《魏書・西域傳》屬於「拔豆國」，而「隋唐二書不載此國」。大約《撥頭》、《缽頭》和《拔豆》出於譯音的略有不同。而《唐書》所謂『出西域』，若指「此戲從拔豆國傳來，那麼《撥頭》傳入中國，或許還在拓跋魏時，而更早於《代面》。《代面》的產生，或許就受《撥頭》的影響」。〔註35〕此文亦指「拓跋魏」係指「北魏」，於公元386年建國，早於北齊160餘年。故敘《撥頭》影響《代面》（即歌舞戲《蘭陵王》），是符合歷史邏輯的。

〔註34〕《王國維戲曲論文集》，中國戲劇出版社，1984年版，第9頁。
〔註35〕劉大白：《中國戲劇起源之我觀》，《文學周報》第231期。

公元 439 年，北魏太武帝拓跋燾平定河西，曾借西域涼州，呂光攜入龜茲樂舞，並將《西涼樂》一起輸入京都平城（即今山西大同）。遂又將其攜入新都城洛陽，先後不僅開鑿了「雲岡石窟」與「龍門石窟」，還將西域與中原樂舞融會貫通合成「戎華兼採」之「洛陽舊樂」。逢此胡風正盛之時，西域《缽頭》樂舞戲自然順勢被引荐入中原地區。

另據任半塘先生《唐戲弄》借周貽白學說，而將漢代角抵戲《東海黃公》與北朝歌舞戲《缽頭》進行比較研究：「《缽頭》似乎和《東海黃公》爲一個故事的兩個段節。《東海黃公》爲具有情節的「角抵戲」，其結構是人虎相鬥，而人被虎噬。」而《缽頭》「其終場則亦爲人虎相鬥，不過相反地，虎爲人殺」。通過字裏行間所透露實爲兩種戲劇樣式。對此如果能深入研究下去，則是頗有意義與學術價值之事。它至少證實古代東、西方文化交流之頻繁，從而體現了世界古代戲劇「文化共生」之現象，以及中西樂舞、百戲的高度融合。實爲中華民族歌舞戲與戲曲藝術形成之催化劑。

歌舞戲《踏謠娘》在中國古代戲曲史上始終佔據重要位置，學術界有人認爲此戲爲地道的中原文化特產，爲優秀的漢風民間傳統戲曲藝術劇目。然而，近年來隨著中西文化交流史的深入研究，有人對此提出質疑，認爲《踏謠娘》實爲中原與西域戲劇藝術交流的文化產物。

據唐·崔令欽於《教坊記》中記載《踏謠娘》：「北齊有人姓蘇，鮑鼻，實不仕，而自號爲『郎中』，嗜飲酗酒。每醉輒毆其妻。妻銜悲，訴於鄰里。時人弄之，丈夫著婦人衣，徐步入場。行歌，每一疊，傍人齊聲和之云：『踏搖，和來！踏謠娘苦和來！』以其且步且歌，故謂之『踏搖』以其稱冤，故言『苦』，及其夫至，則作毆鬥之狀，以爲笑樂。今則婦人爲之，遂不呼『郎中』，但云『阿叔子』。調弄又加典庫，全失舊旨。或呼爲『談容娘』，又非。」據另一條文字記載：「蘇五奴妻張四娘，善歌舞，亦姿色，能弄《踏謠娘》。」二者如同出一轍。

由此可知，《踏謠娘》與《蘭陵王》一樣，亦出自北朝之北齊民間，爲鞭韃欺辱婦女的「夫權」思想而編排的類似《缽頭》的歌舞戲。開始由男演員扮飾旦角，後來改爲婦女自演，並添加一個「典庫」來配戲。後來爲附庸風雅而將「踏謠娘」音轉爲「談容娘」。據唐·常非月《詠談容娘》詩云：「舉手整花鈿，翻身舞錦筵。馬圍行處匝，人簇看場園。歌要齊聲和，情教細語傳。不知心大小，容得許多憐。」由此詩文可見此歌舞戲在隋唐朝野爲人

喜愛之程度。

　　另據《樂府雜錄》與《太平御覽》卷五七三所述，《踏謠娘》並非出自北齊，而「生於隋末」：「隋末河內有人，貌惡，而嗜酒，常自號『郎中』，醉歸，必毆其妻。妻美色，善歌，爲怨苦之辭。河朔演其曲，而被之管絃。因寫其夫妻容：妻悲訴，每搖頓其身，故號『踏謠娘』。近代優人頗改其制，殊非舊旨也。」

　　另據《樂府雜錄》記載，其歌舞戲時間應由北齊向後推延，其差異爲五十餘年。然醉夫毆妻，「怨苦之辭」與「妻悲訴」等基本戲劇情節則與前述一致。其表演「被之管絃」，較之「且步且歌」的「徒歌」顯然有所發展，其間雜以胡聲與胡風樂舞。如此相比較，兩戲傳承文化關係則不言而喻。

　　值得關注的爲《樂府雜錄》正文有一段《蘇中郎》的記載，常被後人混爲一談，認爲此與《踏謠娘》同爲一戲。即「鼓架部」曰「《蘇中郎》──後周士人蘇葩，嗜酒落魄，自號『中郎』，每有歌場，輒人獨舞。今爲戲者，著緋，戴帽。面正赤，蓋狀其醉也。」其「面正赤」有學者認爲戴「蘭陵王」般塗抹假面。《樂府雜錄・跋》亦云：「蘇葩，自號中郎，又別出《踏謠娘》，皆失考。」

　　據綜考，歌舞戲《蘇中郎》實出自「後周」（亦稱周）。周於公元 557 年爲宇文泰子宇文覺創立，後建都於長安。自滅北齊統一中國北方之後，周熱衷引進西域諸樂部。公元 568 年，周武帝宇文邕娶突厥阿史那公主爲后，並攜來龜茲樂隊與精通「五旦七調」之琵琶樂師蘇祇婆，促使中原胡樂大盛；遂此地樂舞戲爲之風氣大變，歌舞戲《踏謠娘》或《蘇中郎》不可避免地受其影響。

　　經上述文字資料比較研究，無論是歌舞戲《踏謠娘》，還是《蘇中郎》男士角，均爲「酗酒」、「貌惡」、「嗜酒落魄」的北方或西域漢了。其角色形象均呈醉態狀。唐・韋絢《劉賓客嘉話錄》視其爲「假面裝飾」，其文曰：「隋末有河間人，齙鼻，酗酒，自號『郎中』。每醉，必毆擊其妻。妻美，而善歌，每爲悲怨之聲，輒搖頓其身。好事者乃爲假面，以寫其狀。」

　　至於「面正赤，蓋狀其醉」蘇葩之戲曲妝扮，王國維先生於《古劇腳色考》之「餘說三・塗面考」中認爲：其「齙鼻」之「齙，面瘡也。蓋當時演此戲者，通作赤面」，爲「塗面」。另據南朝梁・宗懍在《荊楚歲時記》中記載，南北朝之風俗：每至逢年過節，「村民打細腰鼓，戴胡公頭，及作金剛、力士」。經相互比較其異同，此時輸入之西域「胡公頭」、「假面」很可能對蘇

葩之「赤面」產生過影響。如果再進一步亦可論,可視爲來自西方東漸的古希臘戲劇裝飾,與所崇拜酒神「狄俄倪索斯」的喜劇意識。確實與東方蘇中郎嗜酒醉歸的喜劇表演風格有著異曲同工之妙。

另如唐宋雜劇「弄參軍」與西域胡文化亦有染。《太平御覽·優倡門》引《趙書》云:「石勒參軍周延,爲館陶令,斷官絹數百疋,下獄,以八議宥之。後每大會,使俳優,著介幘,黃絹單衣。優問:『汝爲何官,在我輩中?』曰:『我本爲館陶令,』鬥數單衣,曰:『正坐取是。故入汝輩中。』以爲笑。」〔註36〕

再如古代名劇「樊噲排君難戲」,據《唐會要·諸樂》云:「時鹽州雄毅軍使孫德昭等殺劉季述,帝反正,乃製此曲以褒之。仍作《樊噲排君難戲》以樂焉。」其曲其樂顯然與胡風有密切聯繫。

相比上述古代歌舞戰,「潑寒胡戲」與西域胡戲有著更加直接姻緣關係。自南北朝時期,此種胡戲已傳入中土,主要流行於宮廷之中。《舊唐書·張說傳》云:「自則天末年,季冬爲潑寒胡戲,中宗嘗御樓以觀之。」《舊唐書·中宗本紀》亦云:景雲二年「十二月丁酉,令諸司長官向醴泉坊看潑胡王乞寒戲。」

唐玄宗時曾頒布《禁斷臘月乞寒敕》云:「敕:臘月乞寒,外蕃所出,漸積成俗,因循已久。至使乘肥衣輕,競矜胡服。闐城隘陌,深玷華風。自今已後,即宜禁斷。開元元年十二月七日。」〔註37〕此戲表面「禁斷」,實仍盛演於朝野上下。

據柏紅秀著《唐代宮廷音樂文藝研究》論證:「唐代胡樂頗盛,在唐代的音樂文化建構中,『胡樂入華』具有重要意義,但潑寒胡戲入華與流變的過程卻顯示了這樣一個事實:入華胡樂的『流變』才是其『入華』的眞正含義和歷史的本質意義所在。……無論在宮廷還是民間,入華之胡樂所以能夠生存流傳,必與華風、華俗、華藝相合相融。『潑寒胡戲』在唐代的被禁,『渾脫』與傳統劍舞的結合,『蘇摩遮』曲與華語不同形式歌辭的結合等,都顯示胡樂入華豐富了華樂的構成。而胡樂的最終歸宿乃在融入華樂系統,反之被『禁斷』。」〔註38〕

〔註36〕《太平御覽》第569卷,中華書局,1985年,第2572頁。
〔註37〕《唐大詔令集》第109卷,學林出版社,1992年版,第517頁。
〔註38〕柏紅秀著:《唐代宮廷音樂文藝研究》,南京大學出版社,2010年版,第243頁。

　　任半塘先生曾將「唐代演藝文化」分爲八類：「聲詩、長短句、大曲、變文、戲弄、酒令著詞、雅樂歌辭、琴曲歌辭。」又將「唐代戲弄」分爲「歌舞戲」、「科白戲」、「全能戲」三類，並將樂舞、雜技中分爲七類：1、角抵，2、球技，3、拔河，4、競渡，5、竿技，6、筋斗，7、繩伎等。

　　依循此方法分類：柏紅秀在《唐代宮廷音樂文藝研究》「唐代宮廷音樂的樂種」一章中，又將唐代宮廷音樂細分爲：

　　　　清樂、四方樂（四夷樂）、雅樂、燕樂、凱樂、俗樂、散樂。另
　　有歌舞戲：（一）大面、（二）撥頭，（三）踏謠娘，（四）窟儡子，（五）
　　合生，（六）義陽主，（七）弄參軍，（八）弄假官戲，（九）弄假婦
　　人，（十）弄癡，（十一）弄孔子，（十二）戲三教，（十三）樊噲排
　　君難戲。

　　在唐代所盛行的宮廷百戲、雜技活動中，關於描寫「馬戲」、「馬毬」的古典詩歌很多。對此擷取鑒賞，可大爲開拓人們對唐代大明宮演藝的文化視野。

　　諸如古代文獻記載，唐代「球技」有兩種，一是馬上持棒擊毬，即「馬球」。一是騎驢擊毬，則稱爲「驢鞠」。二者統稱之爲「擊鞠」。《舊唐書·中宗》記載：唐代宮廷多處設有球場，如「梨園」中便專設之「自芳林門入集於梨園球場。」《新唐書·穆宗本紀》云：「辛卯，擊鞠於麟德殿」。《新唐書·敬宗本紀》云：「丁未，擊鞠於中和殿。戊申，擊鞠於飛龍院」。

　　唐·閻寬《溫湯御球賦》曰：「伊蹴鞠之戲者，蓋用兵之技也。武由是存，義不可捨，頃徒習於禁中，今將示於天下。廣場惟新，掃除克淨，平望若砥，下看猶鏡競。」〔註39〕《封氏聞見記·打球》云：「今樂人又有蹋球之事，戲彩畫木球高一二丈，妓女登榻球轉而行。縈回去來，無不如意，古蹋球之遺事也。」〔註40〕

　　唐·王邕《內人蹋球賦》云：「球不離足，足不離球。弄金盤而神仙欲下，舞寶劍則夷狄來投。」〔註41〕《樂府雜錄·俳優》：「舞有骨鹿舞、胡旋舞，俱於小圓球子上舞。縱橫騰踏，兩足終不離於球子上，其妙如此也。」〔註42〕

〔註39〕　《全唐文》第 375 卷，上海古籍出版社，1995 年版，第 1686 頁。
〔註40〕　《封氏聞見記》第 6 卷，《中華野史·唐朝卷》，泰山出版社，2000 年版，第314 頁。
〔註41〕　《全唐文》第 356 卷，上海古籍出版社，1995 年版，第 1600 頁。
〔註42〕　《樂府雜錄》，《中國古典戲曲論著集成》（一），中國戲劇出版社，1980 年版，第 49 頁。

當代著名學者歐陽予倩先編《全唐詩中的樂舞資料》〔註43〕一書，其中收錄了許多描述球技演藝詩歌，採擷如下，可供賞析：

劉禹錫《拋毬樂詞》云：「五彩繡團圓，登君玳瑁筵。最宜紅燭下，偏稱落花前。上客如先起，應須贈一船。春早見花枝，朝朝恨發遲。及看花落後，卻憶未開時。幸有拋球樂，一杯君莫辭。」

皇甫松《拋毬樂》云：「紅撥一聲飄，輕球墜越綃。帶翻金孔雀，香滿繡蜂腰。少少拋分數，花枝正索饒。金蹙花球小，真珠繡帶垂。幾回衝蠟燭，千度入春懷。上客終須醉，觥杯自亂排。」

李謹言《水殿拋球曲》云：「侍宴黃昏曉未休，玉階夜色月如流。朝來自覺承恩最，笑倩傍人認繡球。堪恨隋家幾帝王，舞裀揉盡繡鴛鴦。如今重到拋球處，不是金爐舊日香。」

崔湜《幸梨園亭觀打毬應制》云：「年光陌上發，香輦禁中游。草綠鴛鴦殿，花明翡翠樓。寶杯承露酌，仙管雜風流。今日陪歡豫，皇恩不可酬。」

沈佺期《幸梨園亭觀打球應制》云：「今春芳苑遊，接武上瓊樓。宛轉縈香騎，飄颻拂畫球。俯身迎未落，回轡逐傍流。只為看花鳥，時時誤失籌。」

張建封《酬韓校書愈打毬歌》云：「僕本修文持筆者，今來帥領紅旌下。不能無事習蛇矛，閒就平場學使馬。軍中伎癢驍智材，競馳駿逸隨我來。護軍對引相向去，風呼月旋朋先開。俯身仰擊復傍擊，難於古人左右射。齊觀百步透短門，誰羨養由遙破的。儒生疑我新發狂，武夫愛我生雄光。杖移繫底拂尾後，星從月下流中場。人不約，心自一，馬不鞭，蹄自疾。凡情莫辨捷中能，拙目翻驚巧時失。韓生訝我為斯藝，勸我徐驅作安計。不知戎事竟何成，且愧吾人一言惠。」

花蕊夫人《宮詞》云：「西毬場裏打毬回，御宴先於苑內開。宣索教坊諸伎樂，傍池催喚入船來。」

劉言史《觀繩伎》云：「泰陵遺樂何最珍，彩繩冉冉天僊人。廣場寒食風日好，百夫伐鼓錦臂新。銀畫青綃抹雲發，高處綺羅香更切。重肩接立三四層，著屐背行仍應節。兩邊丸劍漸相迎，側身交步何輕盈。閃然欲落卻收得，萬人肉上寒毛生。危機險勢無不有，倒掛纖腰學垂柳。下來一一芙蓉姿，粉

〔註43〕根據清康熙四十六年（1707）內府寫刻本十二函一百二十冊摘錄編排。另據歐陽予倩主編：《全唐詩中的樂舞資料》，人民音樂出版社，1958年版。

薄鈿稀態轉奇。坐中還有沾巾者，曾見先皇初教時。」

　　楊巨源《觀打毬有作》云：「親掃毬場如砥平，龍驤驟馬曉光晴。」張建封《酬韓校書愈打毬歌》：「齊觀百步透短門，誰羨養由遙破的。」等等。

　　另據《宋史・禮志二四》載：「以承旨二人守門，衛士二人持小紅旗唱籌，御龍官錦繡衣持哥舒棒，周衛毬場。」清・陳維崧《木蘭花慢・壽虞山張以韜四十》詞云：「俠骨毬場酒舍，閒身茶竈漁船。」由上述古代詩文所知：此種樂舞遊戲技藝原爲軍中毬場，亦作屯兵、習武、集結之用，遂使古代進行擊毬遊樂之場地，成爲唐代演藝文化的不可或缺的組成部份。

　　李肇《唐國史補》卷中文曰：「憲宗問趙相宗儒曰，『人言卿在荊州，毬場草生，何也？』」綜上諸詩詞文賦所述，再結合相關文獻可知。唐人「毬戲」頗講究章法，計有「馬毬」及「步毬」二種；步打足踢之毬戲，乃我春秋戰國以來所固有，曰「蹴鞠」，曰「蹋鞠」，或曰「打毬」。「馬毬」乃騎馬杖擊者，爲唐太宗時自西域傳來，名「波羅毬」（Polo）。如封演《聞見錄》卷六曰：謂太宗「令習」，可見其爲初傳來者。

　　唐・杜環《經行記》謂拔汗那國「有波羅林，林下有毬場。」波羅乃植物；拔汗那爲 Ferghana 譯音。《隋書》卷八三「西域傳・曹國」條謂有「金破羅闊丈有五尺，高下相稱。」

　　據諸文所述，其「毬」爲圓形，木製，外裹以皮，塗朱紅，或施彩繪；或謂原乃編毛爲團而成者，此則由字形而加以推測。其「毬杖」，長數尺，飾文采，端作彎月形；有善製杖者，索金酬。打者必須騎馬，馬貴善走，故對馬之選擇與訓習，亦最注目。又有騎驢者，則多爲女子，稱「小打」，以別於「大打」，即男子而騎馬者。其「毬場」雖偶亦有在大街上行之者，但多在特設之毬場，場地須平滑而寬大；藩鎮築者有文曰：「長安君臣之場，壍築尤巧，或灑油料爲之。」

　　近人羅香林先生著《唐代波羅毬戲考》一書，認爲「打毬」可分二隊，各有「朋頭」，亦曰「毬頭」，衣飾特殊；其規則頗似今之足球，以進門爲勝。另據「宋史禮」考：「志謂門高丈餘」，「東京夢華錄」謂約高三丈，且有網；進門一次則得一籌，插毬門二旁之旗上。旗共二十四，每得籌，必唱好，亦曰唱籌；得籌者下馬稱謝，得三籌即爲勝利。毬門亦曰「窠」；場之四周有人視察毬是否出場；唐宋帝王作此遊戲時，必奏胡琴，普通人民遊戲時，未聞有樂。詳見《宋史》卷一二一〈禮志〉二四，「打毬條」。其記帝擊

毬運行情形。

據唐人筆記《封氏聞見記》卷六記載,「波羅球戲傳入大唐」之史實揭示:「太宗常御安福門」,謂侍臣曰:「聞西蕃人好爲打球,比亦令習,會一度觀之。昨升仙樓有群蕃街里打球,欲令朕見。此蕃疑朕愛此,聘爲之。以此思量,『帝王舉動豈宜容易,朕已焚此球以自誡』。景雲中,吐蕃遣迎金城公主,中宗於梨園亭子賜觀打球,吐蕃贊咄奏言:『臣部曲有善球者,請與漢敵。』上令杖內試之,決數都,吐蕃皆勝。時玄宗爲臨淄王,中宗又令與嗣虢王邑、駙馬楊慎交、武秀等四人敵吐蕃十人。玄宗東西驅突,風回電激,所向無前,吐蕃功不獲施。」

另據文載:「學士沈佺期、武平一皆獻詩。開元、天寶中,玄宗數御樓觀打球爲事。能者左縈右拂,盤旋宛轉,殊可觀。然馬或奔逸,時至傷斃。永泰中,蘇門山人劉鋼於鄴下上書於刑部尚書薛公云:『打球一則損人,二則損馬,爲樂之方甚眾,何必乘茲至危,以嗒刻之歡邪?』薛公悅其言,圖綱之言置與座右,命掌記陸長源爲讚美之。然打球乃軍中常戲,雖不能廢,時復爲耳。」

根據西方學者卡特著《中國印刷術及其西傳》一書記載,可略知「波羅球戰」此種類遊戲實來自古代中亞、西亞娛樂與競技活動,後東漸唐朝之重要史實:

> 波羅球戲起源於波斯,由波斯西傳入歐洲,東傳至中國及印度等地。唐太宗時便出現打球,其後如玄宗、穆宗、敬宗、宣宗、僖宗皆好打球。唐人詩詞中亦有詠及。〔註44〕

另需格外關注,古代「擊毬」娛樂活動與中原儺樂、儺戲、儺舞接納有所聯繫,此亦爲唐代演藝文化不可或缺的重要組成部份。

源於「巫文化」中此種宗教性祭典樂舞之儺樂、儺戲與儺舞,每年秋冬季節實施於驅除癘疫惡鬼之儀式,以祈求一年平安吉祥及全國性「大儺」時所演練。

「儺祭」在周代宮廷中,每年規定要舉行三次,稱作「國儺」,由周王室和諸侯代表國家舉行。儺舞表演時,由 120 名 10 歲以上,12 歲以下的少年身著黑衣服、紅頭巾、手執鞀鼓,扮作「侲子」;另有 12 人披獸皮,戴毛角,扮

〔註44〕張星烺編注:《中西交通史料彙編》,引卡特(T. F. Carter)《中國印刷術及其西傳》,第 1076 頁。

作「十二獸」。領隊的「方相氏」，頭戴四隻眼的金色面具，身披熊皮，一手執戈，一手舉盾。儺首率領大隊人馬擊鼓吹號，邊歌邊舞，到宮室的各種角落去驅除想像中的惡鬼，使亡者得到安寧。儺舞粗獷強悍，面具猙獰恐怖。

　　古代儺舞最早在殷墟卜辭中已有記載，名為「寇」，至周改名為「儺」。據說是因為儺祭時口中要發出「儺——儺——」的呼喊聲。儺舞在周代的宮廷樂舞中佔有一定的地位，與「舞雩」同屬於中士一級的樂官負責。春秋戰國以後，儺舞開始在徐楚地域民間流傳，並逐漸發展成娛樂性舞蹈。後在秦漢隋唐宮廷與民間中，巫儺樂舞一直很盛隆。

　　據《新唐書・禮樂志・軍禮・大儺之禮》記載：「大儺之禮：選人年十二以上……分詣諸城門，出郭而止。」另外又曰：「儺者將出……乃舉牲並酒鍖於坎。」《新唐書・百官志》云：「鼓吹署令……大儺帥鼓角以助侲子之唱。」「太卜署令……季冬帥侲子堂增大儺，天子六隊，太子二隊；方相氏右執戈，左執盾而導之，唱十二神名，以逐惡鬼。儺者出，磔雄雞於宮門、城門。」《通典・禮九十三・大儺》亦指出：大儺之禮前一日，「所司奏聞：……退其內，寺伯導引出順天門外。」

　　著名學者曲六乙、錢茀先生著《東方儺文化概論》一書中考據唐代儺文化：「大唐開元禮關於宮儺的規定太卜署令帥侲子進行堂贈大儺，是宮廷大儺之外，專為天子另外設立的晚唐儺制。昭宗乾寧年間（公元894～898年）位居朝議大夫、國子司業的段安節在《樂府雜錄・驅儺》中寫道：用方相四人，戴冠及面具——以五十人唱，色事宜下，鼓一下，鉦以千下。」並力圖將其演藝活動復演推廣天下：

> 「閱儺」是官民共享的文化節日，百官及其家屬乃至百姓都可進去觀看。晚唐詩人王建《宮詞》一詩，補充了段文節的記載；「金吾除夜進儺名……沉香水底坐吹笙」。《南部新書》記載：當眾獻演有50人大合唱的《五方獅子》。左軍和教坊（宮廷內教坊）曾用公文的形式，以備皇上出行隨從的名義，向太常寺借「五方獅子」。太常寺卿崔邠知道這是藉口，便要左軍和教坊的官員們在「閱儺」時，一起到太常寺來觀看。〔註45〕

　　至宋元時期，中原宮廷中的「儺舞」與此宗教舞蹈內容方面發生很大變

〔註45〕　曲六乙、錢茀著：《東方儺文化概論》，山西教育出版社，2006年版，第283頁。

化，人物角色已沒有了方相氏、十二獸、侲子，而出現了將軍、門神、判官、鍾馗、小妹、土地、竈神之類。儺舞雖還存有驅鬼逐疫的內容，但主要趨於宗教文化娛樂。然而，無論是儺祭、儺儀，還是儺舞歷史，都很悠久，均爲中國傳統文化與唐宋宮廷宗教樂舞戲曲藝術中一份珍貴的文化遺產。

第五章　唐代宮廷文藝的發展與傳播

　　唐代宮廷文學藝術在歷史上甚爲發達與完善，不僅在國內廣泛傳播，在周邊國家與東西方許多民族地區都產生很大影響。據遼寧博物館研究員武斌著《中華文化海外傳播史》中記載：

> 盛唐文化的輝煌是一種世界性的輝煌。在當時的世界文化格局中，唐朝是疆域廣大、威力遠被的最強盛、最繁榮的帝國。當時的中華文化是朝氣蓬勃、氣象萬千的最發達、最先進的文化。繁盛的唐代文化，不僅以其博大精深而給當時的中國人以文化滋養，而且光被四表，廣泛傳播於周邊地區，建立起地理上以中國本土爲中心，文化上以中華文化爲軸心的東亞文化秩序和中華文化圈。

　　另外他還指出，唐代宮廷文藝「還遠播於中亞、西亞地區，促進了那裏的文化發展，進而與歐洲和非洲建立起直接的文化聯繫。盛唐文化不僅是中華文化發展到那個時代的最高成就，而且是世界文化在那個時代的最高成就。」〔註1〕再有據專家考證，大唐是一個勇於接納外來文化藝術的朝代，此時期的演藝文化均打著中西方文學藝術交流及明顯的世界文化印記。

第一節　唐代宮廷音樂與西域、波斯樂舞

　　隋代宮廷音樂的重要組成部份如上所述諸如：七部樂、九部樂、十部樂，均爲唐代宮廷大曲的藝術精華，以及大唐與西域、波斯、南詔、高麗等各國異族樂舞藝術交流的文化碩果。

〔註1〕武斌著：《中華文化海外傳播史》，陝西人民出版社，1998年版，第371頁。

　　隋朝「七部樂」，爲文帝開皇年間（公元 581～600 年）所形成。計有：「國伎」（即西涼樂），「清商伎」，「高麗伎」，「天竺伎」，「安國伎」，「龜茲伎」，「文康伎」（又稱「禮畢樂」）。其中清商、文康二部，得自江南，實爲中原傳統音樂。西涼、龜茲二部，得自西北胡地，爲少數民族傳統音樂。高麗、天竺、安國樂三部，爲周邊鄰國的傳統音樂。隋朝九部樂，爲煬帝大業年間（605～618 年）所定。除原有七部樂之外，後又加入康國樂、疏勒樂二部。由於歷史上各部樂伎源流另有外來樂器若干，而風格各異，故而所使用樂器多有不同。諸如「清商樂」多爲中原傳統樂器，即編鍾、編磬、箏、筑、箜篌、琵琶、瑟、擊琴、簫、箎、笛、方響、節鼓等，共十五種。「禮畢樂」部分源自晉太尉庾亮之家樂，所用樂器爲：笙、笛、簫、箎、鈴、槃鞞、腰鼓等七種三套。諸部樂奏畢，始奏之，故稱「禮畢樂」。此樂部至唐太宗時廢棄不用。

　　「西涼樂」所用有：彈箏、臥箜篌，笙、簫、腰鼓、齊鼓等共十九種。其中還設有編鍾、編磬，可知曾受中原音樂之影響。故又稱爲「秦漢伎」或「國伎」。「龜茲樂」所用，除有彈箏、豎箜篌、琵琶、橫笛、笙、簫、觱篥等管絃樂器之外，打擊樂器頗多。有答臘鼓、毛員鼓、都曇鼓、侯提鼓、雞婁鼓、腰鼓等，共計十五種。「疏勒樂」所用樂器，與此大致相同。

　　「天竺樂」所用，有銅鼓、都曇鼓、毛員鼓、觱篥、橫笛、鳳首箜篌、五弦、銅鈸等共九種。「高麗樂」所用，有彈箏、蛇皮琵琶、義嘴笛、葫蘆笙、桃皮觱篥、小觱篥等，共計十四種。隋九部樂，傳至唐代初期，仍沿用之，後增爲「十部樂」。

　　根據有關歷史文獻所知，隋朝「七部樂」與「九部樂」中，除了「清商」、「國伎」、「禮畢」、「文康」四部樂之外，另外還有「西涼」、「龜茲」、「疏勒」、「康國」、「安國」、「天竺」、「高麗」共七部樂。計「東胡部」與「西胡部」音樂在其間佔有大部分額，其中西胡樂較之東胡樂部比例更勝一籌。而至唐朝，中原傳統音樂只剩餘「清商樂」一部，再除去一南一北兩部東胡樂部「扶南樂」與「高麗樂」，西胡樂部則占一大半，共計六部。而波斯境內「安國樂」與「康國樂」尤占有佔舉足輕重的地位。若再與西域「龜茲樂」、「疏勒樂」互爲照應，當爲隋、唐代諸樂部之半壁河山。

　　如果根據西域、波斯諸樂部最初傳入中原時期所排列，依次爲《天竺樂》（公元 346～353 年）、《龜茲樂》（384 年）、《西涼樂》（386 年）、《安國樂》

（436 年）、《疏勒樂》（436 年）、《高昌樂》（約 520 年）、《康國樂》（585 年）。後來，其樂部中的《天竺樂》自隋滅即亡，《高昌樂》爲最後合成融匯於唐朝「十部樂」之中。

　　相比之下，最初只有深受波斯、印度胡樂影響的《龜茲樂》與《西涼樂》曾在中原漢地大出風頭。此可在《舊唐書·音樂志》記載中獲知：「自周、隋以來，管絃雜曲將數百曲，多用『西涼樂』；鼓舞曲多用『龜茲樂』，其曲度皆時俗所知也。」然而到了唐宋時期，貫穿隋唐樂部始終的《安國樂》與後來者居上的《康國樂》，以及「昭武九姓」所屬其它樂部與胡風樂舞，更是潛移默化，對中原地區樂舞戲藝術產生長遠而持久的影響。

　　著名音樂史學家楊蔭瀏在《中國古代音樂史稿》一書中，曾以圖文表格形式，清晰地顯示了包括波斯樂在內的西域諸樂輸入中原朝廷之歷史過程，以及生動形象地勾勒出「燕樂」與隋唐諸樂部逐步演變匯合之時空流程：

> 　　開始的《燕樂》是帶有對統治者頌揚的内容的一種樂舞；最後的《禮畢》或《燕後》是民間帶著假面具表演的一種歌舞戲，被用爲多部樂的結束節目的。在作爲主體的中間的多部中，《清商》是漢族的民間音樂；《西涼樂》是西北接近漢族地區的少數民族的音樂；《高昌樂》、《龜茲樂》、《疏勒樂》是更向西北的少數民族的音樂；康國是在中國邊區流動的一個民族；《安國樂》、《天竺樂》、《扶南樂》、《高麗樂》都是外國音樂。除了《扶南樂》以外，這些雖然大部份在第四、第五世紀時，已流行於中原地區。但把它們集中在一起，進一步加以重視，給與《九部》、《十部》等總的名稱，則是在隋、唐政治上統一的時期。〔註2〕

　　被譽爲東方諸樂之首的「龜茲樂」，實爲中國古代西北少數民族傳統經典音樂。晉朝時，呂光據涼州，滅龜茲國（今新疆庫車一帶），遂得其樂。北魏滅西涼，該樂部遂傳入中原。其後，又有曹婆羅門所擅龜茲樂曲，祖孫相傳。曹僧奴、曹妙達先後以此顯名，盛於北齊。而北周武帝與突厥君主聯姻，又得蘇祇婆所涉「龜茲胡樂」。至隋代，遂形成龜茲樂三大派系：一爲「西國龜茲」，二爲「齊朝龜茲」，三爲「土龜茲」。隋文帝創立「七部樂」，煬帝立「九部樂」，皆爲其樂部之一。唐代之「九部樂」、「十部樂」，亦皆有之。

〔註 2〕楊蔭瀏著：《中國古代音樂史稿》（上冊），人民音樂出版社，1980 年版，第 215 頁。

《龜茲樂》該樂部有樂工二十人，所用樂器有：豎箜篌、琵琶、五弦、笙、橫笛、簫、觱篥、毛員鼓、都曇鼓、答臘鼓、羯鼓、銅鈸等十五種。所奏傳統樂曲，有《善善摩尼》、《婆伽兒》、《小天》、《疏勒鹽》等。隋煬帝時，又曾用其樂部曲調造「新曲」，曲目諸如：《萬歲樂》、《藏鈎樂》、《七夕相逢樂》、《投壺樂》、《舞席同心髻》、《玉女行觴》等。其樂調「掩抑摧藏，哀音斷絕」，且「辭極淫綺」。

後來，唐代「燕樂」改爲坐、立二部伎，其樂部仍很盛行。如「坐部伎」所奏六曲之中，即有《長壽樂》、《天授樂》、《鳥歌萬壽樂》、《破陣樂》等四部，多歸「龜茲樂曲」。而原來龜茲、西涼、高昌、天竺、高麗、安國、康國諸部樂，皆歸入「胡部」，並以「龜茲樂爲諸胡部樂之首」。至宋代「教坊」，下設四部樂，即有「龜茲」一部。所奏樂曲，皆爲「雙調」，有《宇宙清》、《感皇恩》等樂曲。所用樂器，已較唐代爲少，僅有觱篥、笛、羯鼓、腰鼓、楷鼓、雞婁鼓、鞉鼓、拍板等。宋代以後，其樂漸衰。

唐朝十部樂之「疏勒樂」，亦爲中國西部古代少數民族傳統音樂，其產地在今新疆境內。北魏太武帝伐河西，於太延年間（公元 435～440 年），將其樂與龜茲樂、安國樂共同引入中原。至隋代，煬帝大業中（605～617 年）收入「九部樂」之中，唐代沿用之。後爲「十部樂」之一部。其樂工十二人，身著白衣，紅腰帶，紅皮靴。所用樂器，有豎箜篌、琵琶、橫笛、觱篥、羯鼓、雞婁鼓、提鼓等十種。所奏「樂曲」，有《黃帝鹽》、《白鴿鹽》、《神雀鹽》、《疏勒鹽》、《歸國鹽》等「解曲」；「舞曲」有《遠服》，以及「歌曲」有《亢利死讓樂》，等等。

「高麗樂」，爲沿海地區古代朝鮮族傳統音樂。北魏太武帝於太延初年（435～440 年）平北燕，獲高麗樂伎，此樂遂傳入中原。至隋代之「七部樂」、「九部樂」，唐代之「九部樂」、「十部樂」，皆爲其中之樂部。隋代所用樂器，有彈箏、琵琶、五弦、臥箜篌、笙、簫、笛、小觱篥、桃皮觱篥、腰鼓、齊鼓、擔鼓等十四種，樂工二十八人。皆戴鳥羽紫羅帽，穿大袖黃衫，繫紫羅帶。又有舞者四人，舞時立在球上，旋轉如風。唐代其樂器，又增有竈箏、鳳首箜篌、豎箜篌、龜頭鼓、大觱篥等多種。李勣東征高麗，又得其「傀儡伎」及樂曲《夷賓曲》，以此進上，仍入於「高麗伎」之樂部。

「天竺樂」，爲古代南亞印度音樂的一個重要分支流派。晉代張重華占涼州稱王時，該樂派始經過翻譯，傳入中國。至隋代，爲「七部樂」、「九部樂」

之一部。唐代沿用之。有樂工十二人，所用樂器爲銅鼓、羯鼓、毛員鼓、都曇鼓、觱篥、橫笛、琵琶、五弦、鳳首箜篌、銅鈸等。所奏樂曲，多爲佛教音樂。有《沙石疆》、《普光佛曲》、《如來藏佛曲》、《藥師琉璃光佛曲》、《寶花步佛曲》等。又有舞者二人，梳辮，披朝霞袈裟，穿麻鞋。演奏舞曲有《大朝天》、《小朝天》，皆爲「商調」。

　　「西涼樂」，爲中國古代西北地區極具代表性的傳統音樂流派。始於十六國時，呂光據涼州，將其中原傳統音樂與西域少數民族之「龜茲樂」相融合，形成新的民族音樂風範，亦稱爲「秦漢伎」。北魏太武帝平河西得之，復傳入中原，始稱「西涼樂」。因置於都城洛陽，又稱「洛陽舊樂」。北魏、北周交替之際，改稱「國伎」。隋立國，仍之。隋文帝定七部樂，將其列爲「諸樂部之首」，極受宮廷重視。

　　唐代定制十部樂，仍爲其中一部。復稱「西涼伎」或「西涼樂」。有樂工二十七人，所用樂器有：編鍾、編磬、琵琶、五弦、豎箜篌、臥箜篌、箏、筑、笙、簫、竽、豎笛、橫吹、大、小觱篥，以及腰鼓、齊鼓、簷鼓、銅鈸等。所奏樂曲，有《楊澤新聲》、《神白馬》、《永世樂》、《萬世豐》、《于闐佛曲》等。最著名者爲《涼州曲》及《新涼州曲》，皆入「婆陀調」。其樂舞有兩種，即「白舞」與「方舞」。西涼樂流派，流傳於世的河西管絃「雜曲」有數百首，多一半都是西涼樂調。自北魏至唐代，五百年間，盛極一時。

　　另如西域「安國樂」，據《隋書・音樂志》云：「安國歌曲有《附薩單時》，舞曲有《末奚》，解曲有《居和祇》。樂器有箜篌、琵琶、五弦、笛、簫、箏篥、雙箏篥、正鼓、和鼓、銅鼓鈸等十種爲一部，工十二人。」另據《唐音癸籤》云：「安國樂，後魏通西域得之，唐至十部伎。樂器十色，工十二人。歌曲有《附薩單時》，舞曲有《末奚》，解曲有《居和祇》。」《通典》亦云：「後魏平馮氏，通西域，得其伎。隋唐以備燕樂。歌曲有《附莖》、《單時歌棲》，解曲有《居恒》。樂器有箜篌、五弦琵琶、笛、簫、雙箏篥、正鼓、和鼓、銅鼓、歌簫、小觱篥、桃皮觱篥、腰鼓、齊鼓、簷鼓等十四種，工十八人。」

　　儘管上述文獻時空記載有差異與誤訛，但經查對校戡，大部份爲相統一的演藝史事，給後人提供了如下重要信息：

　　其一，中亞地區《安國樂》輸入中原地區之契機爲公元 5 世紀初，北魏太武帝拓跋燾西行平定河西涼州，兼收西域諸國樂部與樂舞，其中尤以「安國樂」爲甚。

　　其二，此次所得西域胡樂器類別眾多而齊全，既有各種打擊樂、吹奏樂；還有各種彈撥樂器，其中如「琵琶」、「箜篌」、「篳篥」均為波斯樂部代表性樂器。特別是「篳篥」類中不僅有單管「大篳篥」，還有「雙篳篥」、「小觱篥」與「桃皮觱篥」等。可謂胡樂「篳篥」之大全。為其它西域樂部「龜茲樂」僅有「篳篥」一種所望塵莫及。

　　其三，為中原宮廷輸入獨具特色的「歌曲」、「舞曲」與「解曲」，從而促使隋唐樂舞大曲結構的形成，對此有重要貢獻的當數中亞地區獨具特色的「康國樂」。

　　據《隋書・音樂志》記載：「康國，起自周代帝娉北狄為后，得其所獲西戎伎。因其聲，歌曲有《戢殿》、《農和正》；舞曲有《賀蘭缽鼻始》、《末奚波地》、《農惠缽鼻始》、《前拔地惠地》等四曲。樂器有笛、正鼓、銅鈸等四種為一部，工七人。」《通典》亦云：「樂用笛、鼓二、正鼓一、小鼓一、和鼓一、銅鼓二。」另據《文獻通考》云：「自周閔帝娉北狄女為后，獲西戎伎樂也，隋唐以備燕樂部。歌曲有《二殿農和去》，舞曲有《賀蘭缽鼻始》、《末奚波地農慧》、《惠缽鼻始》、《前拔地慧地》等四曲，樂用長笛、正鼓、和鼓、銅鈸等四種。」對此，《唐音癸籤》卷十四亦云其樂舞藝術貢獻：

　　　　康國樂，起自周代得其樂，唐仍隋列十部伎。樂器四色，工七
　　　人，歌曲有《戢殿農正》，舞曲有《賀蘭缽鼻始》、《末奚波地》、《農
　　　慧缽鼻始》、《前拔地慧地》等四曲。其舞急轉如風，俗謂之《胡
　　　旋》。

　　根據上述各種文獻所顯示，乃至與前述歷史資料相比照，波斯屬國之「康國樂」輸入中原地區當為公元 6 世紀中葉之事。為北周孝閔帝宇文覺迎娶北狄女所得，始稱「西戎伎樂」。與此同時，此樂部所獲歌曲一種、舞曲四種，以及長笛與各種打擊樂器。還有甚為流行代表性樂舞《胡旋》。據《樂府雜錄》記載：「《胡旋舞》居一小圓球上舞，縱橫騰挪，兩足終不離球上，其妙如此。」唐代著名詩人白居易為其《胡旋女》一詩出注：「天寶末，康居國獻之」。其名詩對其樂舞描述頗為生動與形象：

　　　　胡旋女、胡旋女，心應弦、手應鼓。
　　　　弦鼓一聲雙袖舉，回雪飄飄轉蓬舞。
　　　　左旋右轉不知疲，千匝萬周無已時。
　　　　人間物類無可比，奔車輪緩旋風遲。

　　眾所周知，「安國樂」、「康國樂」、「天竺樂」中所擁有的「銅鈸」，爲中外諸國共享之樂器，是中國民間樂舞與地方戲曲最普遍演奏的打擊樂器。據楊蔭瀏先生著《中國古代音樂稿》高度認知，以及馮文慈主編《中外音樂交流史》中考證：「銅鈸」本源於波斯帝國境內亞非洲交界處，後經中亞、南亞輸入東方諸國乃至中國內地：「銅鈸，據考證，源於西亞、北非一帶，隨『天竺樂』傳入中國。今中國民族民間音樂常用的各種形制的鑔，即由西域銅鈸發展而來。銅鈸也是一種廣泛傳播的樂器，除『天竺樂』、『安國樂』外，在『康國樂』、『龜茲樂』、『西涼樂』、『扶南樂』中也使用。」〔註3〕

　　雖然自西域波斯諸國樂部輸入中國腹地之各種「歌曲」、「舞曲」，以及合成的古典「歌舞曲」，在華夏諸地自古有之，然而人們對其重要之「解」，知之甚少，對與「解曲」彙爲一體的大型樂舞結構形式始初甚感新奇。此種西域胡樂形式的輸入，無疑是對較爲外在、鬆散與缺乏敘事功能傳統歌舞表演藝術，以及其整合性較弱的中華民族傳統娛樂形式是一種天然的補償。

　　「西域樂舞」的大量輸入是唐代宮廷藝壇、民間娛樂界的新生事物。宋・沈括撰《夢溪筆談》論及此種樂部指出：「自唐天寶十三載，始詔法曲與胡部合奏，自此樂奏全失古法。以先王之樂爲『雅樂』，前世新聲爲『清樂』，今胡部者爲『燕樂』。」可見此時傳統「雅樂」日益衰退，清樂亦喪失原有地位，燕樂則取而代之成爲樂壇主流。從中可知，燕樂當年是中國音樂史上又一個高峰，於唐開元、天寶年間，西域胡樂大行的局面達到極盛。

　　任半塘先生在《唐聲詩》一書指出：「開元後，胡部新樂益彰，華夏舊聲已紐。」《舊唐書・音樂志》亦載：「自開元以來，歌者雜用胡夷里巷之曲。」《新唐書・輿服志》也記載：「開元來，太常樂尚胡曲。」西域樂舞不僅在宮廷樂曲中升入「坐部伎」，而且「流行樂府，侵漬人心」，滲入朝野里巷，其社會影響已「不可復浣滌矣」。

　　唐初在隋七部樂、九部樂的基礎之上，加以發展完備，遂形成更爲完備的「十部樂」。即爲：燕樂、清樂、西涼樂、龜茲樂、安國樂、疏勒樂、高昌樂、康國樂、天竺樂、高麗樂。其中除燕樂、清樂、高麗樂之外，其餘全是西域胡樂。此外，設於「樂署」而未列入「十部樂」之外，西域樂部還有鮮爲人知的「于闐樂」、「悅般樂」和「伊州樂」，等等。

　　盛唐當朝不僅宮廷樂選用西域樂，民間也極爲喜愛西域樂舞。諸如來自

〔註 3〕馮文慈主編：《中外音樂交流史》，湖南教育出版社，1998 年版，第 66 頁。

康國諸樂舞：急轉如風的「胡旋舞」；獲自石國，敏捷激躍的「胡騰舞」；源於恒羅斯，輕柔似仙的「柘枝舞」；始自康國，經龜茲傳入，盡情狂歡的「乞寒舞」；由西域輸入，歡樂喜慶的「獅子舞」；表演上山打虎復仇的「缽頭舞」等等，林林總總，不可勝述。

多姿多彩的西域樂功酬華夏，無疑極大地促進了漢地皇家貴戚和庶民百姓同喜共悅的娛樂活動。天寶末年，長安等地人人爭學「胡旋舞」，成為一時風尚。白居易有詩云：「天寶季年時欲變，臣妾人人學圜轉。中有太真外祿山，二人最道能胡旋。」

唐朝舉國上下喜好胡風樂舞，致使率兵出征的將軍和執節使臣凱旋歸京，除了帶來奇珍異寶之外，還以攜回或演習西域樂舞為幸事。唐代名將封常清奉命西征，在西域「輪臺」學會胡地樂舞，加工後稱之為「輪臺舞」。自班師回京後，他所倡導的「輪臺舞」便在長安流行，一時傳為佳話。此胡地樂舞後隨「遣唐使」又遠播東瀛，深受日本貴族庶民喜愛而保留至今。

唐代宮廷禮宴活動，西域樂器演奏更是受到狂熱推崇。唐玄宗時出現「太常四部樂」，即「胡部」、「龜茲部」、「大鼓部」、「鼓笛部」。各部樂器計有胡部：箏、箜篌、五弦、琵琶、笙、笛、篳篥、拍板、方響、銅鈸；龜茲部：羯鼓、腰鼓、雞婁鼓、笛、篳篥、簫、拍板、方響、銅鈸；大鼓部：大鼓；鼓笛部：笛、杖鼓、拍鼓。西域輸入的樂器在四部樂中亦占有異常重要地位，來自西域的樂師更是深受廣大市民歡迎。

唐代載入史籍的著名西域音樂家很多，諸如：龜茲音樂家白明達、疏勒琵琶高手裴神符等幾十位樂壇名人。此外還有眾多西域樂工、舞伎、歌手在宮廷教坊、梨園供職。據文載，「凡樂人，音聲人，太常雜戶子弟，隸太常及鼓吹署。皆番上，總號音聲人，至數萬人。」至於遠涉中原，流落民間者人數更多。相比之下，西域音樂家影響最大者是來自龜茲世家的「蘇祗婆」。他精音律，善彈琵琶，並將龜茲樂部中的「五旦七調」及其樂理體系傳授至中原，從而直接推動華夏音樂變革和唐代燕樂二十八調形成。此外如著名作曲家白明達曾任掌管樂舞的官職「樂正」，創作與演奏許多名曲。可見西域樂舞人才在歷史上，確為中原文藝的發展做出了重大貢獻。

西域樂舞的盛行，內因是其自身具備不可小視的藝術魅力，外因則是唐朝統治者的愛好和大力提倡。唐太宗以恢宏開明的風度，引入崇尚胡樂。使得西域各國紛紛朝貢，競相贈獻樂師、胡伎。唐高宗曾命白明達創作具有濃

鬱西域風格的樂舞《春鶯囀》。唐玄宗練習打西域羯鼓，敲壞的鼓槌就有四櫃子。楊貴妃、安祿山、武廷秀善愛《胡旋舞》，引導整個長安城庶民紛紛傚仿。龜茲樂曲在宮廷還作爲打球競賽勝者的獎品，名重朝野。王建《宮調》云：「對御難爭第一等，殿前不打背身球。內人唱好龜茲急，天子鞦回過玉樓。」此爲唐代宮廷開啓胡漢風氣之先聲。

關於唐朝時期，宮廷演藝界與周邊國家與地區樂舞、戲劇的文化交流歷史場景，於《新唐書・禮樂志》中有諸多文字予以展現：

> 周、隋與北齊、陳接壤，故歌舞雜有四方之樂。至唐，東夷樂有高麗、百濟，北狄有鮮卑、吐谷渾、部落稽，南蠻有扶南、天竺、南詔、驃國，西戎有高昌、龜茲、疏勒、康國、安國。凡十四國之樂，而八國之伎，列於十部樂。

> 中宗時，百濟樂工人亡散，岐王爲太常卿，復奏置之，然音伎多闕。舞者二人，紫大袖裙襦、章甫冠、衣履。樂有箏、笛、桃皮觱篥、箜篌、歌而已。

> 北狄樂皆馬上之聲，自漢後以爲鼓吹，亦軍中樂，馬上奏之，故隸「鼓吹署」。後魏樂府初有《北歌》，亦曰《眞人歌》。都代時，命宮人朝夕歌之。周、隋始與西涼樂雜奏。至唐存者五十三章，而名可解者六章而已：一曰《慕容可汗》，二曰《吐谷渾》，三曰《部落稽》，四曰《鉅鹿公主》，五曰《白淨王》，六曰《太子企喻》也。其餘辭多可汗之稱，蓋燕、魏之際「鮮卑歌」也。

大唐王朝擁有樂部，除了胡樂，染有西域色彩的「鼓吹樂」與幻術奇伎其樂曲有所不同。唐貞觀中，并州將軍侯貴昌，「世傳《北歌》，詔隸太樂。然譯者不能通，歲久不可辨矣。金吾所掌有大角」，即曹魏之「《簸邏回》，以備鼓吹」。「南蠻、北狄俗斷髮，故舞者以繩圍首約髮。有新聲自河西至者，號胡音，龜茲散樂皆爲之少息。扶南樂，舞者二人，以朝霞爲衣，赤皮鞋。」另如「『天竺伎』能自斷手足，刺腸胃，高宗惡其驚俗，詔不令入中國。睿宗時，婆羅門國獻人倒行以足舞，仰植銛刀，俯身就鋒，歷臉下，復植於背。觱篥者立腹上，終曲而不傷。又伏伸其手，二人躡之，迴旋百轉。」

再如唐開元初，其樂曲猶與「四夷樂」同列共舉。「貞元中，南詔異牟尋遣使詣劍南西川節度使韋皋，言欲獻夷中歌曲，且令驃國進樂。皋乃作《南詔奉聖樂》，用黃鐘之均，舞六成，工六十四人，贊引二人。序曲二十八疊，

執羽而舞『南詔奉聖樂』字。曲將終，雷鼓作於四隅，舞者皆拜。金聲作而起，執羽稽首，以象朝覲。每拜跪，節以鉦鼓。」又為「五均」：「一曰黃鐘，宮之宮；二曰太蔟，商之宮；三曰姑洗，角之宮；四曰林鍾，徵之宮；五曰南呂，羽之宮。其文義繁雜，不足復紀。德宗閱於麟德殿，以授太常工人。自是殿庭宴則立奏，宮中則坐奏。」另據載，「十七年，驃國王雍羌遣弟悉利移、城主舒難陀獻其國樂，至成都。韋皋復譜次其聲，又圖其舞容、樂器以獻。凡工器二十有二，其音八：金、貝、絲、竹、匏、革、牙、角，大抵皆夷狄之器。其聲曲不隸於有司，故無足採云。」

我們從歷史文化語言學角度來審視唐代樂舞演藝文化，從中亦可尋覓到諸多少數民族音樂歌舞藝術成分。諸如人們對「解」的理解，此術語相當於後世敘事體文學、講唱文學或詩歌唱詞中的「章」。宋·郭茂倩《樂府詩集》卷二六《相和歌辭》「小序」曰：「凡諸調歌詞，並以一章為一解。」《古今樂錄》曰：「傖歌以一句為一解，中國以一章為一解。」《古今樂錄》所引王僧虔之語，其「解」在「相和大曲」中應是「先詩而後聲」，即由文學詩歌轉入藝術歌樂，以「解」使之「音盡於曲」。

若從古代表演藝術角度來審視，其「解」是歌曲或樂曲結尾的擴充部份。在結構長、大而分段較多的邊疆少數民族音樂之中，慣常於完整的段落之後作為結尾，因而在一定條件下帶有快速「間奏」之性質。據前所述，《羯鼓錄》引徵李琬提議，在演奏《耶婆邑雞》之後，用《屈柘急遍》作「解」，以達到預期的藝術效果。一般來說，樂工在用同一首曲調配合多節歌詞，作多次反覆吟唱歌曲之時，或在反覆演奏的器樂曲調之中。每反覆一次，就在其後用一次「解」。

宋·陳暘《樂書》卷一六四云：「凡樂，以聲徐者為本聲，疾者為解。自古奏樂，曲終更無他變。」元·吳萊在論證「樂府主聲」時所云：「解者何？樂之將徹，聲必疾，猶今所謂闋也。」即所謂的「文武之道、一張一弛」。由此可見，其胡樂「解」的理論與實踐自輸入中原，確實給唐宋元明時期中國傳統樂舞與戲曲表演帶來新的活力。

隨著時代遷換，「解」遂發展為「解曲」，乃至「大曲」時，其樂舞詞曲逐步得以擴充，並且結構更為嚴謹宏大。解曲常用於多段歌曲與樂曲的結束部份，採用快速受變曲調形成獨立的尾聲。諸如：波斯樂舞胡曲《柘枝》中所用的「渾脫解」。關於「渾脫」其辭令曾出現在《唐會要》：「比見坊邑相率為渾

脫隊，駿馬胡服，名曰蘇莫遮」，或稱「潑寒胡戲」。但是也有學者提出不同說法如下：

> 有人說它是一種「烏羊皮帽」；也有說大概是波斯語 KUNDA
> （口袋）的對音，或蒙古語「酒囊」的意思，有的說可能是「牛皮
> 船」。這些說法有一定的道理。在舉行「潑胡乞寒」戲時，要用油囊
> 盛水互相潑灑。所以張說詩云：「油囊取得天河水，將添上壽萬年
> 杯」。後來「渾脫」的含義變了，成為舞曲的名字，和「劍器」融合。
> 陳暘《樂書》記載：「劍器入渾脫，為犯聲之始。」可見音樂上把兩
> 個樂曲混合起來，在當時是個創造。〔註4〕

另據宋‧陳暘《樂書》卷一八九云：「唐天后末年，劍氣入渾脫，始為犯聲。劍氣宮調，渾脫為角調。」文中「犯聲」即「犯調」，亦指異宮相犯所形成的「旋宮」，或同宮異調之「轉調」。因「渾脫」的融入，使「劍器渾脫」出現不同程度的變音。自融入《渾脫》解曲之後，則引起速度與節奏上更加豐富的變化，使得歌舞音樂與戲曲聲腔越發悅耳動聽。

然而隨著唐代樂舞戲的不斷發展與胡樂的逐步華化，在「西域胡部樂舞」基礎上，朝野演藝界將「十部樂」改造為民族風格甚濃的「立部伎」與「坐部伎」，使之綜合性音樂歌舞重新組合。其「立部伎」因運而分為八部：（一）《安樂》、（二）《太平樂》、（三）《破陣樂》、（四）《慶善樂》、（五）《大定樂》、（六）《上元樂》、（七）《聖壽樂》、（八）《光聖樂》；其「坐部伎」分為六部：（一）《燕樂》（內含 1.《景雲樂》、2.《慶善樂》、3.《破陣樂》、4.《承天樂》）（二）《長壽樂》，（三）《天授樂》，（四）《鳥歌萬歲樂》，（五）《龍池樂》，（六）《小破陣樂》。

為了維護大唐政權的穩固與禮樂律制的尊嚴，雖然上述各樂部表面名稱由胡樂轉換為中原漢樂，但是其樂器形式與樂舞內容卻仍屬「胡部新聲」藝術範疇。諸如《舊唐書‧音樂志》記載：「立部伎」「自《破陣樂》以下，皆雷大鼓，雜以龜茲之樂，聲震百里，動蕩山谷；《大定樂》加金鉦；惟《慶善樂》獨用西涼樂。最為閒雅。」而「坐部伎」「自《長壽樂》以下，皆用《龜茲樂》。自周、隋以來，管絃雜曲將數百曲，多用《西涼樂》，鼓舞曲多用《龜茲樂》。」《新唐書‧禮樂志》亦云：「倍四本屬清樂，形類雅音，而曲出於胡部」。《舊唐書‧音樂志》則曰：「太常卿引雅樂每色數十人，自南魚貫而行，

〔註4〕歐陽予倩主編：《唐代舞蹈》，上海文藝出版社，1980年版，第153頁。

列於樓下。鼓笛，雞婁充庭考擊，太常立部伎、坐部伎。依點鼓舞，間以胡夷之伎。」值得慶幸與慰藉的是，當時的大唐「海納百川，廣徵博探」，並不守舊鎖國，而有志在倡導並形成多民族的國家的同時，使之胡漢音樂雜糅融合勢在必行。

論及音樂與舞俑，隋唐時演藝界幾乎爲西域樂舞藝術所充塞，實爲獨特的歷史文化現象。據考證，「康國樂」爲中亞撒馬爾罕音樂；「安國樂」爲西亞不花剌音樂；據唐書「龜茲樂」作「邱茲」、「屈茲」音樂；《大唐西域記》作「屈支」，爲新疆庫車一帶之胡樂；吐魯番地區音樂稱其爲「高昌樂」；喀什噶爾附近之音部「疏勒樂」，皆爲西域系音樂，且帶有伊斯蘭文化情調。唐高祖尤嗜胡樂，故龜茲人白明達、不花剌人安叱奴，皆以樂顯其名。此前後，胡人以音樂名家，爲宮廷重用者，不可數計；舉例言之如：米嘉榮、米和郎父子，米國人；米禾稼、米萬槌，雖姓米但爲曹國人，與曹保、曹善才、曹剛等同國籍；康崑崙、康迺，係康國人；安萬全、安轡新，爲不花剌人。中唐詩人元稹詠嘆當時長安、洛陽胡化之濃厚，有詩曰：「伎進胡音務胡樂」；又《琵琶詩》曰：「學語胡兒撼玉玲，甘州破裏最星星。」王建則有詩曰：「洛陽家家學胡樂」；白居易有《聽曹鋼琵琶》詩曰：「撥撥弦弦意不同，胡啼番語兩玲瓏」。

西域傳入中原諸多異國樂舞，可見唐・段安節《樂府雜錄》舞工條，曰：「舞者樂之容也。古之能者不可勝記。即有健舞、軟舞、字舞、花舞。」「蘇幕遮」出於撒馬爾罕，又稱「乞寒」或「潑寒」。「乞寒」首見於《北周書》卷七，載大象元年（579 年）十二月甲子：「又縱胡人乞寒，用水澆祆爲戲樂。」《舊唐書》卷七，中宗神龍元年（705 年）十一月己酉：「令諸司長官向醴泉坊，看潑胡王乞寒戲。」由此可見其演藝形式爲北周百餘年間以來，長安居民寒日必行其胡風遊戲，以供中宗攜百官與民同享共樂。

據《舊唐書・太宗本紀》曰：「常命戶奴數十百人專習伎樂，學胡人椎髻剪綵爲舞衣、橦尋、跳劍、晝夜不絕。其時天竺所來幻人，遠過漢代黎軒。」在玄宗以後，胡樂百戲皆大盛，時分時合不時舉行。唐時風行之西域百戲，計有拔河、打球、燈戲、水嬉、瞋面戲、衝狹戲、透劍鬥戲、蹴鞠戲、踏毯戲、藏挾伎、雜旋伎、弄槍伎、蹴瓶伎、拗腰伎，等等。經考證辨析，其伎樂戲劇大多來自西域與中亞、西亞諸國。

葛承雍先生著有《唐韻胡音與外來文明》一書，他在其中對中國古代樂

舞戲曲裏諸多西域人物形象進行細微考證。諸如《崔鶯鶯與唐蒲州粟特移民蹤跡》一文，對元雜劇《西廂記》女主人公的「胡家身份」的認知甚有典型意義與學術價值：

> 鶯鶯的眞實出身與身份是什麼呢？陳寅恪先生推測，她出身於粟特入華後的「酒家胡」。她本人是蒲州酒家胡的麗人，即「胡姬」。在唐代胡漢相融的社會生活中，酒家胡與胡姬是屢見詩文詠歎的粟特人流寓生活方式。「當時的『酒家胡』們在民間坊市開設酒店，社交既廣又雜。爲了與各種酒肆競爭，他們必須使出深身解數招攬顧客，甚至以胡姬的異域歌舞與美貌展示給中原漢人。儘管酒家胡名不見經傳，但開設酒店的胡人多讓胡姬擔任女招待，這對唐代文人墨客、年輕士子吸引很大，紛紛將胡姬寫入詩歌。」如李白《前有樽酒行》，《白鼻騧》，《少年行》，《送裴十八圖南歸嵩山》，賀朝《贈酒店胡姬》，章孝標《少年行》，王維《過崔駙馬山池》，楊巨源《胡姬詞》，施肩吾《戲贈鄭申府》。〔註5〕

另據此書作者文字睿智發現：「特別值得注意的是，元稹也熟悉酒家胡，他寫《贈崔元儒》詩云：『殷勤夏□阮元瑜，二十年前舊飲徒。最愛輕欺杏園客，也曾辜負酒家胡。些些風景間猶在，事事癲狂老漸無。今日頭盤三兩擲，翠俄潛笑白髭鬚。』元稹不僅熟悉酒家胡，而且對盛唐以來胡人生活非常瞭解。如他寫的《胡旋女》、《西涼伎》、《琵琶歌》等都細膩深入、栩栩如生。另根據他的《法曲》、《崔徽歌》所考述，還有在「《法曲》中感歎：『自從胡騎起煙塵，毛氎腥膻滿咸洛。女爲胡服學胡妝，伎進胡音務胡樂。火鳳聲沈多咽絕，春鶯囀罷長蕭索。胡音胡騎與胡妝，五十年來競紛泊。』儘管他把崔鶯鶯打扮成大家閨秀、高門千金，但描繪胡旋女『妙學香鶯百般囀』仍透露出鶯鶯原型的痕跡。」

再有經葛承雍先生考證：「胡姬與吳姬作爲唐宋時代下層社會的平民女性，表現出南北不同文化的流風餘韻。胡姬大膽粗放，但不豔俗；吳姬俊雅細膩，但不柔弱。如果胡姬作爲外來的西域女性非常引人矚目，那麼吳姬作爲水鄉的女子，則喚起了世人的聯想關注。唐宋文人與胡姬、吳姬的互動，以清新明快的尙俗寫實手法表現胡姬、吳姬，提供了許多史書沒有記載的南北方獨特情藝生活和社會生活。」另外他還指出：「與漢族閨閣婦女相比，帶

〔註 5〕葛承雍著：《唐韻胡音與外來文明》，中華書局，2005 年版，第 55 頁。

有濃烈異域他邦風采的『胡姬』更使唐朝詩人著意尚奇，以胡姬的風姿各異展現自己創作的新穎別致和傳奇經歷，契合他們寫作時追求新鮮的情感。不管是憐香惜玉還是知音關懷，不管是寄託期望還是讚美謳歌，或是藏有膽色或是戲諷調笑，都以自己審美感情去塑造人物。」〔註6〕

上海古籍出版社編訂出版的《歷代筆記小說大觀・唐五代筆記小說大觀》收錄了 32 部唐代野史筆記，亦可窺視大唐朝胡漢演文化交相輝映之大勢。在此其中採擷出與異域音樂相關的大量史料諸如：張鷟《朝野僉載》、劉餗《隋唐嘉話》、柳宗元《龍城錄》、李肇《國史補》、劉肅《大唐新語》、牛僧孺《玄怪錄》、李復言《續玄怪錄》、李德裕《次柳氏舊聞》、谷神子《博異志》、李玫《纂異記》、袁郊《甘澤謠》、段成式《酉陽雜俎》、韋絢《劉賓客嘉話錄》、趙璘《因話錄》、佚名《大唐傳載》、李冗《獨異志》、鄭處誨《明皇雜錄》、張讀《宣室志》、裴鉶《傳奇》、李綽《尚書故實》、皇甫枚《三水小牘》、李濬《松窗雜錄》、鄭綮《開天傳信記》、孟棨《本事詩》、范攄《雲溪友議》、高彥休《唐闕史》、蘇鶚《杜陽雜編》、孫棨《北里志》、闕名《玉泉子》、張固《幽閒鼓吹》、康駢《劇談錄》《東觀奏記》、封演《封氏聞見記》、姚汝能《安祿山事跡》，等等。這些珍貴文獻所載諸多與外國外族文化交流的史實尤值得人們所關注。

葛承雍先生在《唐韻胡音與外來文明》一書《前言》「聆聽唐韻胡音，感悟外域來風」中不甚感慨地讚譽大唐文化：「胡漢之間，無論是官府工匠，還是民間技人，創作製造時往往要以當時人們的喜愛傾向爲標準，體現本民族的風貌和驕傲，顯現自己的文化靈魂和信念。不同文明之間留下的對話、交流、融會，往往是促進文明發展的直接動力。博大疏闊的唐文化不是很傳統的漢民族韻味，泱泱唐韻中攙雜著縷縷胡音。融匯了許多異域文化的淵源，吸納了諸多外來文化的因子。在中國歷史長河中惟有唐文化最具有這種外來的胡風野性，多元濃烈、磅礡奔放。有西方學者說過，胡人是動物性格、草原文化，漢人是植物性格、農業文化。」〔註7〕

第二節　唐代大明宮演藝文化與文學

翻閱中華歷代文明史，唐代文學包括當朝詩歌、散文、小說、講唱文學、

〔註6〕葛承雍著：《唐韻胡音與外來文明》，中華書局，2005 年版，第 80 頁。
〔註7〕葛承雍著：《唐韻胡音與外來文明》「前言」，中華書局，2005 年版。

戲曲等門類；另外還有變文、寶卷、邊塞詩、曲子詞等文體。唐代長安大明宮演藝文學，則是上述古典文藝形式的綜合體。在此種龐大、特殊的古代宮廷文學之中，「詩詞歌賦」則是最有代表性的文學樣式。

　　據左漢林博士在《唐代音樂制度與文學的關係》一文中對唐代音樂與文學詳加論述：

> 唐代音樂制度對唐代文學產生了很大影響，太常寺的郊廟歌詞創作促進了唐代七言律詩的定型與成熟，獻樂活動促進了唐詩的創作和廣泛傳播，采詩制度與元白的新樂府創作關係密切，梨園的「采詩入樂」制度也對唐詩創作產生了一定影響。特別值得注意的是，唐代教坊曲的興盛和流行，對詞體的最終確立起到了重要作用。在唐代的音樂制度中，太常寺是國家正式的禮樂管理機構，梨園和教坊是直接服務於皇帝和宮廷的高級別的樂舞演出機構。太常寺管理雅樂，梨園管理法曲，教坊管理歌舞俗樂。太常寺、梨園、教坊分工不同，又緊密聯繫。唐代音樂制度對前代制度既有繼承又多有創新；唐人採用打破華夷、兼容並蓄的態度，接受和吸收了大量外來音樂；政治和社會變遷對朝廷音樂制度有巨大影響。唐代音樂制度對唐代文學影響很大，太常寺的郊廟歌詞創作，促進了唐代七言律詩的定型與成熟，獻樂活動促進了唐詩的創作和廣泛傳播。采詩制度與元白的新樂府創作關係密切，梨園的采詩入樂制度也對唐詩創作產生了一定影響。特別值得注意的是，唐代教坊曲的興盛和流行，對詞體的最終確立起到了重要作用。〔註8〕

　　唐代詩歌作為唐代文學的代表性文體，題材廣泛，數量巨大，風格多樣，是中國歷史上任何一個朝代都無法比擬的。據《全唐詩》統計，唐文壇遺留下來的詩歌近五萬首，詩人多達二千三百多位。不僅數量超出以前歷代遺詩總和的兩三倍，而且還湧現出了大量詩歌藝術創作天才。除了李白、杜甫這兩位歷史上罕見的偉大詩人之外，其他如陳子昂、孟浩然、王維、高適、岑參、王昌齡、韋應物、元稹、白居易、韓愈、孟郊、柳宗元、李賀、杜牧、李商隱，等等。無一不是開宗立派、獨闢蹊徑，具有獨創風格的大家名士。有特色、有影響的這些詩人及其質量極高、感人肺腑、膾炙人口的藝術精品，共同鑄造了唐代詩壇爭奇鬥豔、百花競放的奇偉景觀。唐人在詩歌方面的成

〔註8〕左漢林：《唐代音樂制度與文學的關係》，《文學評論》，2010 年第 3 期。

就，可謂空前絕後，後人難以企及。

唐代詩人有不少描寫唐代大明宮的名詩佳作流傳於世。諸如唐代官員、詩人賈至。字幼鄰，洛陽（今屬河南）人。累任校書郎，單父尉，起居舍人，一度升至中書舍人，後調職汝州刺史，接著貶官岳州司馬。代宗寶應元年（762年）復職中書舍人，後官至右散騎常侍。賈至能文能武，工於古詩。他著有文集三十卷，《全唐詩》裏收集其詩一卷，共計 46 首。他有一首《早朝大明宮呈兩省僚友》，即為描寫長安此座皇宮的名篇。此詩描寫百官朝賀的宏大場面寫得如此感人：

> 銀燭朝天紫陌長，禁城春色曉蒼蒼。千條弱柳垂青瑣，百囀流鶯滿建章。劍佩聲隨玉墀步，衣冠身惹御爐香。共沐恩波鳳池上，朝朝染翰侍君王。

詩中敘寫：銀燭閃閃照亮了皇宮裏漫長的紫陌，禁宮中春色蒼蒼。上千棵柳樹在道旁亭亭而立，宮門外弱柳垂下的枝條拂動著門上的浮雕，黃鶯隨意盤旋，婉轉的叫聲迴旋在建章宮上。文武官員身上的佩劍和佩玉發出輕響，臣子們魚貫著走上大殿去，衣冠上沾染了御香爐裏散發出的香氣。早朝開始的那一刻，受到皇帝的恩寵而站在鳳凰池上的臣子們，按部就班協助君王治理國家。在賈至的詩句文筆之下，皇宮豪華的氣派，以及百官上早朝時嚴肅隆重的場面昭然若揭。他用「紫陌」形容「甬道」，此為宮門上的一種裝飾，代指「宮門」，建章殿是漢代的宮殿，這裡因為避諱而代指唐朝的宮殿；大臣受皇恩而得以站立於鳳凰池上。此詩的描述有著重要的歷史見證作用。

賈至寫的此首《早朝大明宮》，當時頗為人注目，眾多文壇名人都紛紛予以讚譽。著名詩人杜甫、岑參、王維都曾作詩相和。如王維推出宏偉壯闊為人所贊的《和賈至舍人早朝大明宮之作》名詩云：

> 絳幘雞人報曉籌，尚衣方進翠雲裘。九天閶闔開宮殿，萬國衣冠拜冕旒。日色才臨仙掌動，香煙欲傍袞龍浮。朝罷須裁五色詔，佩聲歸到鳳池頭。

《和賈至舍人早朝大明宮之作》其詩作，是唐代大詩人王維創作的一首描寫朝拜莊嚴華貴非常出名的唱和詩詞。他的這首和作，利用細節描寫和場景渲染，寫出了大明宮早朝時莊嚴華貴的氣氛，別具藝術特色。全詩描寫了早朝前、早朝中、早朝後三個層次，描繪了大明宮早朝的氛圍與皇帝的威儀。這首和詩不和韻，只和其意，用語堂皇，造句偉麗，格調和諧而蘊藉。

　　此首詩的開頭，詩人選擇了「報曉」和「進翠雲裘」兩個細節，顯示出宮廷中莊嚴、肅穆的特點，給早朝製造特有氣氛。古代宮中，於天將亮時，有頭戴紅巾的衛士，於「朱雀門」外高聲喊叫，以警百官，稱為「雞人」。「曉籌」即更籌，是夜間計時的竹簽。這裡以「雞人」送「曉籌」報曉，突出了宮中的「肅靜」。專門掌管皇帝衣服的侍從打理，其「翠雲裘」是繡有彩飾的皮衣。「進」字前著一「方」字，表現宮中官員各遵職守，朝儀有條不紊。

　　詩詞中間四句正面寫早朝。詩人以概括敘述和具體描寫，表現場面的宏偉莊嚴和帝王的尊貴。層層疊疊的宮殿大門如「九重天門」，迤邐展開，深邃偉麗；萬國的使節拜倒於「丹墀」，朝見天子，威武莊嚴。以「九天閶闔」喻天子住處，如椽巨筆勾勒「早朝」氣勢非凡的背景。「宮殿」即題中的大明宮，唐代亦稱「蓬萊宮」，因宮後蓬萊池得名，是皇帝接受朝見的聖地。「萬國衣冠拜冕旒」，標誌大唐鼎盛的氣象。「冕旒」本是皇帝戴的帽子，此代指皇帝。在「萬國衣冠」之後著一個「拜」字，利用數量上眾與寡、位置上卑尊的對比，突出了大唐帝國的威儀，生動地反映了當朝真實的歷史背景。其中的神來之筆「九天閶闔開宮殿，萬國衣冠拜冕旒」，成為後世描繪大明宮及唐代皇宮的最富標誌性的文辭。

　　此詩作中的「香煙」對照賈至詩中的「衣冠身惹御爐香」。其詩以沾沐皇恩為意，故以「身惹御爐香」為榮；王維詩則以帝王之尊為內容，故有「欲傍」或依附之意。此詩作者通過「仙掌擋日」、「香煙繚繞」營造出一種大唐皇室特有的雍容華貴之氛圍。

　　此詩結尾兩名句，又對應賈至的「共沐恩波鳳池裏，朝朝染翰侍君王」。賈至時任中書舍人，其職責是給皇帝起草詔書文件，所以說「朝朝染翰侍君王」，歸結到中書舍人的職責。人們通過王維的和詩「朝罷須裁五色詔」可聽到美妙「佩聲」；以身上佩帶的飾物發出的聲音，傳送「歸到鳳池頭」，產生具體生動的朝拜效果。

　　唐代「宴樂詩風」頗為盛行，使之許多詩歌都可以入樂與吟唱。開元末年，受薦被選入宮為「宜春院內人」。宮廷娛樂集會，觀者喧鬧，無法聽清「百戲」之音。則由許和子出樓歌唱，聽眾被她的美聲震駭，「至是廣場寂寂，若無一人」。用以和唱之詩，唐代叫「曲子詞」，就是今世的「歌詞」。所謂「開元以來，歌者雜用胡夷、里巷之曲」，里巷民間俚曲之小調如《漁歌子》、《望江南》等；「胡夷之曲」如《蘇幕遮》、《菩薩蠻》等。樂工歌伎在傳唱過程中

不斷加工豐富，使「胡漢新詞」在情調上初步具備獨有特徵。

實際上，唐代「近體詩」都是用來合樂歌唱的。當時的歌，因記音不便，曲已失傳，但歌詞大都保留下來。如劉禹錫的《瀟湘神》云：「斑竹枝，斑竹枝，淚痕點點寄相思。楚客欲聽瑤瑟怨，瀟湘深夜月明時。」又如李白流傳至今的《憶秦娥》云：「簫聲咽，秦娥夢斷秦樓月。秦樓月，年年柳色。霸陵傷別，樂遊原上清秋絕。音塵絕，西風殘照，漢家陵闕。」另如劉禹錫詩作《聽舊宮中樂人穆氏唱歌》云：「休唱貞元供奉曲」；孟簡詩《酬施先輩》云：「襄陽才子得聲多，四海皆傳古鏡歌。樂府正三百首，梨園新人教青娥。」

李龜年是開元初年的著名樂工，常在貴族豪門歌唱。唐玄宗時，李龜年、李彭年、李鶴年兄弟三人都是家喻戶曉的文藝天才。李彭年善舞，李龜年、李鶴年則善歌。李龜年還擅吹篳篥，擅奏羯鼓，亦長於作曲等。李端詩《贈李龜年》云：「青春事漢主，白首入秦城。遍識才人字，多知舊曲名。風流隨故事，語笑合新聲。獨有垂楊樹，偏傷日暮情。」

另外，在民間還雪藏許多有藝伎的音樂歌舞人才，如著名詩人韓愈在《聽穎師彈琴》詩歌如此抒寫：

> 昵昵兒女語，恩怨相爾汝。劃然變軒昂，勇士赴敵場。浮雲柳絮無根蒂，天地闊遠隨飛揚。喧啾百鳥群，忽見孤鳳凰。躋攀分寸不可上，失勢一落千丈強。嗟餘有兩耳，未省聽絲篁。自聞穎師彈，起坐在一旁。推手遽止之，濕衣淚滂滂。穎師爾誠能，無以冰炭置我腸！

此詩作一開頭即緊扣「聽彈琴」以展現音樂境界。前兩句寫琴聲細柔宛轉，彷彿小兒女切切私語，談情說怨。三、四句寫琴聲驟變昂揚，有如勇士衝鋒陷陣，殺聲震宇。五、六句寫琴聲又由剛轉柔，呈起伏迴蕩之姿。此時，天朗氣清，風和日麗，遠處浮動著幾片白雲。近處搖曳著幾絲柳絮，飄浮不定，若有若無，難於捉摸，逗人情思。七、八句形容在一片和聲泛音中主調高揚，恰似百鳥喧啾聲中忽有鳳凰朗吟。九、十句摹寫聲調由高滑低，戛然而止，就像攀登險峰，再也無法升高之時突然失足跌落谷底。以上十句，連用貼切生動的比喻，把飄忽多變的樂聲，轉化為繪神繪色的視覺形象，並且準確地表現了穎師演奏琴藝，顯現其樂曲的蘊藉情境。

詩人韓愈在作品中運用不同比喻時，還善於配合相適應的語音，更強化了摹聲傳情的效果。例如前兩句比以兒女之情，十個字除「相」字外，沒有

開口呼，語音輕柔細碎，與兒女私語的情境契合。三、四句擬以英雄氣概，以開口呼「劃」字領起，用洪聲韻「昂」、「揚」作韻腳，中間也多用高亢的語音，恰切地傳達出昂揚奮進的情境。以下八句寫詩人聽琴的感受，既對複雜多變的琴聲起側面烘託作用。同時又含蓄地傳達了作者特殊情感共鳴，加強了全詩的抒情性。聽琴而「起坐在一旁」──忽而站起，忽而坐下，又忽而站起，顧不得對「一旁」彈琴者有無干擾；僅五個字，便以形傳神，通過聽琴者情感波濤的劇烈變化，烘託了琴聲的波瀾迭起、變態百出。寫琴聲由高滑低而用「躋攀分寸不得上，失勢一落千丈強」的比喻，且不得已「推手遽止之」，不讓穎師再彈下去。其反應是「濕衣淚滂滂」，表明正是這種情境觸發了冰炭斷腸之身世之感。

再如著名詩人李賀在《李憑箜篌引》一詩，出神入化描繪了李憑高超的箜篌演藝技法：

> 吳絲蜀桐張高秋，空山凝雲頹不流。江娥啼竹素女愁，李憑中
> 國彈箜篌。崑山玉碎鳳凰叫，芙蓉泣露香蘭笑。十二門前融冷光，
> 二十三絲動紫皇。女媧煉石補天處，石破天驚逗秋雨。夢入神山教
> 神嫗，老魚跳波瘦蛟舞。吳質不眠倚桂樹，露腳斜飛濕寒兔。

此首詩的最大特點是想像奇特、形象鮮明，充滿神奇的浪漫主義色彩。詩人李賀竭力將自己對於箜篌聲的抽象感覺、感情與思想，借助於聯想轉化成具體的物象，使之可聞可觀可感。詩歌沒有對李憑的技藝作直接的評判，也沒有直接描述詩人的自我感受，只是對於樂聲，及其美妙效果進行細緻摹繪。然而縱觀全篇，又無處不寄託詩人的深切情思，曲折而又明晰地表達了詩人對樂曲表現的獨特感受。這就使外在的物象和內在的情思融為一體，構成悅目賞心的藝術境界。李賀這首詩在眾多的描寫音樂的唐詩中脫穎而出，獲得廣人讀者的摯愛。人們將李賀這首詩與白居易的《琵琶行》、韓愈的《聽穎師彈琴》並列為三大「摹寫聲音之至文」。

但是相比較，李賀這首詩與白居易、韓愈的詩有所不同。白居易的《琵琶行》、韓愈的《聽穎師彈琴》主要通過比喻、象聲等手法，力圖描繪出音樂的形象。如「大絃嘈嘈如急雨，小絃切切如私語」，「大珠小珠落玉盤」；「昵昵兒女語，恩怨相爾汝」，「喧啾百鳥群，忽見孤鳳凰」等均為典範。李賀在詩中雖然也用了「崑山玉碎鳳凰叫，芙蓉泣露香蘭笑」兩句來描寫李憑彈箜篌的音樂形象，但感知他主要不是使用描寫的手法精雕細刻音樂形象，而是

著重描繪音樂給人的感受，寫音樂驚心動魄的藝術魅力。在描繪李憑箜篌彈奏的樂聲給人們的感受，描繪樂聲藝術效果時，詩人李賀沒有按一般的思維軌跡去敘述；而是馳騁揮洒大膽的幻想和豐富的聯想，從而形成神奇變幻、令人應接不暇的詩畫境界。

如上所知，唐代演藝文化由宮廷與民間藝人共同創製。唐朝提倡音樂與詩歌的緊密結合，凡寫詩作詞都希望能譜曲入樂及吟唱。此據著名學者朱謙之著《中國音樂文學史》「唐代詩歌」一專章，特別指出與強調：

> 因為唐代歌唱的都是「詩」，所以《全唐詩附錄》很直截告訴我們說：「唐人樂府原用律絕等詩，雜和聲歌之。」唐代是新舊音樂交換接續的時代，一方面結束樂府體，一方面開闢詞曲體。唯唐代本身也自有一種代表時代的音樂文學，就是那可以播於樂章歌曲的「絕句」了。〔註9〕

魯迅先生曾在《現今的新文學的概觀》一文中，精闢分析唐代詩歌盛行的文學現象時指出：「各種文學，都是應環境而產生的。」唐代是一個詩歌文化如日中天的鼎盛時代，因而也為唐代文學的繁榮創造了適宜的條件。經濟的繁榮為唐代文學的發展奠定了堅實的物質基礎，政治的穩定則為唐代文學的繁榮與發展提供了良好的環境。自由、活躍、寬鬆的思想文化土壤，更是唐代文學形成繁盛局面的必要前提。

受唐代詩歌影響，在此基礎之上產生的宋元雜劇與曲藝，同樣追求音樂與文學的完滿結合。據程芸著《世味的詩劇：中國戲劇發展史》一書，談到「說唱藝術與戲曲藝術的創生」時明確地指出：

> 隋唐時期，由於廣泛地吸納了各民族音樂的特點，大曲愈加成熟，成為一種受到普遍歡迎的表演藝術。……唐宋以後長篇說唱藝術的勃興，顯然有助於戲曲文化最終的瓜熟蒂落。另一方面，說唱藝術往往又為戲曲唱腔的形成與穩定，提供了重要音樂基礎。以大曲、鼓子詞、諸宮調為例，它們既為後來的元雜劇提供了豐富的文學素材，也影響了元雜劇的基音樂體制——曲牌連綴體的產生於發展。〔註10〕

〔註 9〕 朱謙之著：《中國音樂文學史》，上海人民出版社，2006 年版，第 186 頁。
〔註10〕 程芸著：《世味的詩劇：中國戲劇發展史》，湖南人民出版社，2002 年版，第 19 頁。

　　唐代在歷代王朝表演藝術成果繼承和革新基礎上，進行了大量實踐與成功的總結，從而促成了前所未有的演藝文化繁榮局面的出現。無數歷史事實證明，任何一個時代的文學要向前發展，都必須將前朝所達到的終點作爲繼續發展的起點。唐代文學的繁榮，無疑也受到此客觀規律的制約。唐代是一個詩歌非常鼎盛的時代，正是自秦漢到隋唐這一漫長的歷史階段，尤其是先唐詩歌創作經驗的不斷積纍，最終造就了「唐詩」的成熟和高潮。前輩詩人的創作、探索和積纍，爲唐詩的成熟與繁榮準備了必要的主客觀條件。

　　唐・元稹在《唐故工部員外郎杜君墓誌銘》一文中，舉凡例證，曾對唐代詩歌藝術進行很好的概括：「蓋所謂上薄風、騷，下該沈、宋，古傍蘇、李，氣奪曹、劉，掩顏、謝之孤高，雜徐、庾之流麗，盡得古今之體勢，而兼人人之所獨專矣。」依此證明，唐人正是在充分繼承前賢成果的基礎之上，又根據當朝文藝實際經驗，以作新的創造與革新，才將其詩歌文體推向「前無古人，後無來者」的文化高峰。

　　同樣，若沒有「六朝駢文」和古代散文寫作經驗的豐富積纍，以及長期研究與探索，也不可能有唐代文學的巨大發展。正如清・劉熙載在《藝概》卷一所云：「韓文起八代之衰，實集八代之成。蓋惟善用古者能變古，以無所不包，故能無所不掃也。」我們從韓愈對「駢體文」的褒貶揚棄可見一斑。唐代作爲封建社會的鼎盛時代，既爲文學的繼承創造了適宜的條件，亦造就出了一大批能夠擔負革新任務的傑出人才，從而把唐代文學的發展推上新的歷史階段。

　　臺灣學者劉月珠撰著《唐人音樂詩研究》一書，作者明晰地論證唐代音樂詩文繁榮興盛的原因，她認爲體現在以下四方面：「其一、重胡輕雅樂的刺激；其二、君主的愛好與提倡；其三、成立音樂專責單位，諸如1、太樂署、2、鼓吹署、3、教坊、4、梨園等四大部門。其四、音樂觀的多元取向。」

　　劉月珠還在此書「唐樂興盛之歷史考察」一章中，特別指出西域胡樂詩文，對唐代文學發展所作出的貢獻：

　　　　唐代音樂特質，是由於帶有濃鬱的世俗性，再加以官方大規模的支撐，因此是以「大曲」的形式知名的。它是一個和歌舞再加上器樂爲一體的大篇樂章。……西域傳入中原的歌舞樂曲及器樂，更成爲唐代音樂的主流（如箜篌、琵琶、笛、笳），點綴出絢麗多彩的社會風貌。對於當前的君主能夠不介意胡樂，並展開雙手歡迎。聆

聽胡樂以抒發感受，並對胡人樂師表達出誠摯崇高的讚美。唐納胡樂，接受胡樂，這都是產生燦爛富麗的鼓舞力量。可見，唐樂能全面性發展，其民間音樂的基礎與外來音樂影響背景是相當強大的。〔註11〕

　　通過上述「音樂文學與詩歌」的密切關係與相互轉換的審視，可真實地反映出歷代宮廷活動中所顯示的重要作用與功能。我們還可以閱讀中國當代著名哲學家、哲學史家、東方學家、文化學家、宗教學家的一系列相關著述予以證實。如著名學者朱謙之著《中國音樂文學史》一書中發表的高見：「要懂得文學與音樂的關係，須先懂得音樂、文學與情感的共通的關係。我們知道一切藝術都是情感的表現，尤其以詩歌、音樂、跳舞，都是屬於聽官，是『直接表情』的，和雕刻、繪畫、建築，屬於視官而為『間接表情』者，自然深淺不大相同。我可以說音樂、詩歌之泉流，就是『真情之流』的最高潮。」他還聯繫日本學者讚譽唐代音樂與詩歌為例證：「雖然唐代的音樂，在中國沒有流傳下來，但因為有一種很妙的理由，直到現在『管絃合奏』流傳在日本。前幾年日本音樂家田邊尚雄說到唐代的音樂，簡直是把當時各文明國的音樂併合而造成的。……唐代是新音樂全盛的時代，故才有新的歌詩發現。」〔註12〕

　　臺灣學者劉月珠著文亦指出：「音樂詩歌所具有的內涵，就是指詩人內在思想感情的表露，對襯著音樂上的聲音，借助音響發揮人民內在的主觀意識，用詩歌形式顯露而出。因此聽任何樂器所傳達的聲音，不必局限於高低起伏的音響，但終究還是歸之於聲響傳達後，所吐露之內涵與主題。這似乎就是音樂詩歌表現的終極目的。」〔註13〕

　　從唐代詩歌過渡至散文方面來審視，唐代文學領袖韓愈、柳宗元為首發起的「變駢為散」的古文運動，即為適應當時社會發展的需求而為。他們在繼承前代「文論」的基礎上，提出了「文道結合」的整套古文理論，並得到李觀、樊宗師、李漢、李翱、沈亞之、孫樵等名家的積極響應。進而形成的聲勢浩大的「唐代古文運動」，開創了我國古典散文理論發展的新時代。

〔註11〕劉月珠著：《唐人音樂詩研究——以箜篌琵琶笛笳為主》，臺灣秀威信息科技股份有限公司，2007年版，第47頁。

〔註12〕朱謙之著：《中國音樂文學史》，上海人民出版社，2006年版，第179頁。

〔註13〕劉月珠著：《唐人音樂詩研究——以箜篌琵琶笛笳為主》，臺灣秀威信息科技股份有限公司，2007年版，第227頁。

　　這些有才華的唐代文人，在大量實踐過程之中，撰寫出眾多有高度思想與藝術價值的雜文、寓言、人物傳記、山水遊記一類的散文精品，完成了華夏文風和文學語言的革新，創立了一種自然質樸、暢達明朗、精粹凝練、不拘格式的新型古文。唐代的古文運動不但使散文的抒情、描寫、敘事、議論功能得到拓展，而且還爲後世散文的發展奠定了體制與指明了方向。

　　接著我們還需再審視唐代小說創作與理論發展。在當朝繁榮的文學百花園中，「傳奇小說」曾散發出誘人的芬芳，令學界興奮與關注。魯迅先生在《中國小說史略》中精彩點撥：「小說亦如詩，至唐代而一變。」唐代傳奇與六朝志怪小說及其志人小說相比較，確實發生了根本性的變化。在敘事內容上，從志怪主要記述鬼神怪異之事，逐步轉向描寫社會現實生活；在表現藝術上，由六朝志怪的「粗陳梗概」與志人的「略語軼事」，提升發展到有曲折、完整的故事情節，以及生動、具體的細節，描寫個性鮮明的人物形象。諸如《李娃傳》、《鶯鶯傳》、《枕中記》、《南柯太守傳》、《長恨歌傳》、《紅線傳》、《虯髯客傳》等，都是廣爲傳誦的優秀小說作品。唐傳奇的出現，不僅標誌著中國小說進入了成熟文體的階段，還與唐詩一樣被譽爲「一代之奇」而長久影響後世文壇。

　　另外，唐代文壇還出現了一些爲前代未曾有的新興文學樣式。諸如「變文」是唐代新出現的一種通俗講唱文學樣式，爲後世說唱文學的源頭；另外如「詞」雖萌發於南北朝與隋代，但到唐代時才得以廣泛傳播，並出現了眾多的民間「曲子詞」和文人詞作。獨樹一幟的變文與詞的產生與廣泛流傳，既使唐代文學呈現出百花競放、爭豔鬥麗的繁榮景象，也爲五代、宋、元、明文學的發展開闢了新的途徑。

　　人們在掩卷賞讀唐代「帝幸梨園親製詞」，「明皇度曲多新態」等古代詩句時，從中得知皇帝親自爲梨園創製的詩文節目；「渤海歸人將集去，梨園弟子請詞來」是說請詩人詞客填詞賦詩；「選詞能唱《望夫歌》」，是說梨園弟子自己選詞演唱；「小筆香箋善賦詩」，是說梨園弟子中也有能賦詩填詞的人。古代所用的樂譜，原本爲「將筆篝來抄譜」，「一紙展開非舊譜」、「盡是書中寄曲來」等。這些詩句都說明在唐代不僅宮廷內梨園弟子們互抄樂譜，而且詩人學士們也利用詩文往來交相傳遞。

　　在現當代，唐詩、宋詞與講唱文學已演變成新的「梨園文學」。竭力倡導弘揚唐代演藝文化傳統的李尤白先生主編的《梨園詩詞選》，生動活潑地揭示

了梨園復活的喜人面貌，他在其書「前言」中，還熱情謳歌唐代「梨園學」的藝術價值：

> 中華民族燦爛的古代文明之花，至封建社會鼎盛時期的唐代，結出了豐碩的藝術之果——「梨園」。天寶年間的「安史之亂」，雖然一度摧毀了梨園藝術事業，但是由於眾多的梨園弟子，從長安流落到全國各地。正是「忽如一夜春風來，千樹萬樹梨花開」，梨園藝術也就從宮廷流向民間，灑滿中華大地，融入歷史長河。於是，「梨園」、「梨園界」、「梨園世家」、「梨園弟子」、「梨園英烈」、「梨園會館」等，就成為包括歌唱、音樂、舞蹈、曲藝、雜技、戲曲等各種藝術表演人員和團體的代名詞。「梨園學」是中華梨園文藝學的簡稱。它包括梨園文學與梨園藝術兩大部份。梨園文學包括梨園劇本、梨園詩詞、梨園諺語、梨園對聯等；梨園藝術包括歌唱、音樂、舞蹈、戲曲、曲藝、雜技等，在唐代還包括體育競技如拔河、打球等。梨園藝術包括歌唱、音樂、舞蹈、戲曲、曲藝、雜技等各種表演藝術。而且不論哪種藝術的演奏人員，就連日本、韓國、朝鮮、越南及廣大華僑中的藝人，都承認自己是「梨園弟子」，都以做一名「梨園弟子」為無上光榮。〔註14〕

我們從李尤白先生在此書精選的與唐代演藝文化有關的歷代詩詞，來認識唐代文學與梨園藝術的深厚歷史淵源，以及「梨園學」獨特的審美學術價值。滿懷虔誠之心採擷欣賞下述古今「梨園」詩詞：

朱敦儒《鷓鴣天》詞云：「唱得梨園絕代聲，前朝惟數李夫人。自從驚破霓裳後，楚奏吳歌扇裏新。秦嶂雁，越溪砧，西風北客兩飄零。尊前忽聽當時曲，側帽停杯淚滿巾。」

韓元吉《好事近·汴京賜宴聞教坊有感》詞云：「凝碧舊池頭，一聽管絃淒切。多少梨園聲在，總不堪華髮。杏花無處迎春愁，也傍野煙發。惟有御溝聲斷，似知人嗚咽。」

吳激《春從天上來》詞云：「會寧府遇老姬，善鼓瑟，自言梨園舊籍，因感而賦此。海角飄零，歎漢苑秦宮。墜露飛螢，夢裏天上，金屋銀屏。歌吹竟舉青冥，問當時遺譜，有絕藝，鼓瑟湘靈。促哀彈，似林鶯嚦嚦，山溜泠泠。梨園太平樂府，醉幾度春風，鬢變星星。舞破中國，塵飛滄海，飛

〔註14〕李尤白主編：《梨園詩詞選》「前言」，三秦出版社，1998年版。

雪萬里龍庭。寫胡笳幽怨，人憔悴，不似丹青。酒微醒。涼一窗涼月，燈火青熒。」

移刺霖《驪山》詩云：「山下驚飛烈火灰，山頭猶弄紫金杯。夢回未奏梨園曲，臥聽風吟阿濫堆。」

馬祖常《驪山》詩云：「玉女泉邊翠藻多，石池涵影媚宮娥。可憐繡嶺啼春鳥，猶是梨園子弟歌。」

鍾嗣成《弔鄭德輝》詞云：「乾坤膏馥潤肌膚，錦繡文章滿肺腑。筆端寫出驚人句，斜翻騰今是古。詞壇老將輸伏，翰林風月，梨園樂府，端的是曾下工夫。」

賈仲明《挽馬致遠詞》詞云：「萬花叢裏馬神仙，百世集中說致遠，四方海內皆談羨。戰文場曲狀元，姓名香貫滿梨園。漢宮秋、青衫淚、戚夫人、孟浩然，共廋白關老齊肩。」

賈仲明《挽關漢卿詞》詩云：「珠璣語唾自然流，金玉詞源即便有。玲瓏肺腑天生就，風月情忕慣熟。姓名香四大神物，驅梨園領袖，總編修帥首，撚雜劇班頭。」

徐禎卿《古宮詞》詩云：「興慶池頭漏未闌，梨園子弟曲將殘。花前更奏涼州伎，無那西宮月色寒。」

潘之恒《觀劇·贈王文冰》詩云：「掌中曾憶漢宮人，飛向雕梁號玉真。不是然犀龍女窟，定須換醒洛川神。停雲釀雪意何如，一曲梁州盡破除。片片易沈星欲墜，神光冉冉照庭虛。翹翠盤龍結束成，登場送態轉輕盈。」

湯顯祖《拂舞詞》詩云：「玉壺清管向西鄰，紅袖斜飛雨拂塵。醉裏踏歌春欲遍，風光長屬太平人。」

袁宏道《迎春歌》詩云：「梨園舊樂三千部，蘇州新譜十三腔。假面胡頭跳如虎，窄衫繡褲槌大鼓。金蟒纏身神鬼妝，白衣合掌觀音舞。」

吳偉業《王郎曲》詩云：「時世工彈白翎雀，婆羅門舞龜茲樂。梨園子弟愛傳頭，諸事王郎教絃索。」

顧春《燭影搖紅·聽梨園太監陳進朝彈琴》詞云：「雪意沉沉，北風冷觸庭前竹。白頭阿監抱琴來，未語眉先蹙。彈遍瑤池舊曲，韻泠泠水流雲瀑。人間天上，四十年，傷心慘目，尚記當初。梨園無數名花簇，笙歌飄渺碧雲間，享盡神仙福。太息而今老僕，受君恩，沾些微祿。不堪回首，暮景蕭條，窮途歌哭。」

賦豔詞人《梨園竹枝詞》詞云：「學戲，自從樂籍掛芳銜，雛鳳新聲總不凡。為問教坊何所尚，部居第一是青衫。出臺，一聲唱綵門簾開，小鳳誰家新出臺。喉似貫珠人似玉，芳名有客費疑猜。唱戲，鬢眉巾幗耦無猜，妝罷登臺試一回。離合悲歡渾未解，也從就裏演將來。」

陳佩忍《滬上喜晤汪笑儂伶隱賦贈一首》詩云：「豪士胸襟才子淚，一齊收拾管絃中。狂來飲酒吾儒事，人醉能教我獨醒。演到傷時悲慘劇，舞臺一哭當新亭。」《滬上喜晤汪笑儂伶隱賦贈一首》詩云：「豪士胸襟才子淚，一齊收拾管絃中。狂來飲酒吾儒事，人醉能教我獨醒。演到傷時悲慘劇，舞臺一哭當新亭。」

劉成愚《洪憲紀事詩》詩云：「檀索高歌眾樂停，昇平遺星發星星。無端補演魚龍戲，笑煞前朝柳敬亭。訾言國賊撰成篇，教譜梨園敞壽筵。忘卻袁家天子事，龍袍傳賞李龜年。」

汪笑儂《照片自題》詩云：「手挽頹風大改良，靡香曼調變洋洋。化身千萬償如願，一處歌臺一老汪。」

柳得恭《圓明園扮戲》詩云：「督撫分明結綵錢，中堂祝壽萬斯年。一旬演出西廂記，完了昇平寶筏筵。」

菅晉帥《影戲行》詩云：「紙障籠燭光輝邃，有物森立含百媚。鬼邪人邪人莫識，疑看豔妝凝珠翠。誰家妖童美風姿，定從烏衣巷邊至。雙去雙來皆應節，舞袖蹁躚輕蝶翅。漢帝招魂恨無言，任郎顧影如有意。妙技暗寫世上情，造物不知指端秘。須臾弄罷寂四筵，乾闥婆城更何地。觀者悵然惜更闌，一笑製詩傳相示。君不見，漢事唐業無蹤跡，人間今古幾影戲。」

齊白石《寄梅蘭芳》詩云：「西風颼颼嫋荒煙，正是京華秋暮天。今日相逢聞此曲，他年君是李龜年。」

于右任《題百花卷子為梅蘭芳送行》詩云：「春動萬花忙，梅花天下香。送君攜國藝，同渡太平洋。」

范紫東《為漢二黃題詞・秋菊紅葉鳥》詩云：「木落秋高景色寒，菊花開放到長安。多情最是風流色，獨向枝頭弄管絃。」

邵力子《易俗社五十週年頌》詩云：「易俗名傳鼎革先，滿腔孤憤譜朱弦。梨園白髮人猶健，獨領風騷五十年。回首長安數度過，當年擊節聽奏歌。仙韶法曲獨盈耳，忘卻餘生鬢早皤。百花璀璨肇喜辰，藝苑推陳又出新。不唱伊涼歌祖國，舞衫歌扇總生春。」

魯迅《贈日本歌人·辛未殘月送升屋治三郎兄東歸》詩云：「春江好景依然存，遠國征人此際行。莫向遙天望歌舞，西遊演了是封神。」

郁達夫《觀鄭奕奏演秦香蓮》詩云：「不待題詩費評章，藝人才學自芬芳。鄭生應解香蓮苦，連日因她嘔斷腸。薄情夫君輕拋棄，累爾開封萬里行。苦借琵琶訴身世，滿腔怨恨釀悲聲。」

景梅九《秦中雜詠》詩云：「梨園小部亦擅場，歌舞教成勝女郎。忽憶阿環生日樂，樽前曲奏荔枝香。」

李木庵《延安新竹枝詞》詩云：「一群歌詠協宮商，曲譜新聲樂未央。話到國仇同敵愾，大家來唱打東洋。聞道桃園晚會開，霓裳仙子月中來。人間亦有健身術，抱著腰鼓舞一回。三八節來婦女狂，奏歌演劇一時忙。登臺更獻好身手，姐任提聲妹化妝。春節秧歌鬧及時，舊瓶新酒妙能知。實邊禦侮大家事，遊戲中含戰鬥姿。」

郭沫若《觀歷史名劇梁紅玉》詩云：「擂鼓傳紅玉，登場美綺琴。千秋同敵愾，一樣感人心。」

葉聖陶《成都雜詩·觀川劇》詩云：「構思善寓情於景，時出詼諧餘味深。我語定知非武斷，應推川劇富詩心。川劇多源悉融化，自成風格衍流長。能承舊藝開新境，喜見青年竟吐芳。」

我們從武復興為《梨園詩詞選》撰寫的「序」中論述中，亦可感知唐代詩文、演藝文化與梨園文學、藝術在古今文壇所產生的深遠影響巨大兼容力：

> 後世以唐玄宗為表演藝術家的鼻祖，並尊為「戲聖」或「老郎神」。而相沿江演出戲曲的劇院稱為「梨園」，將劇團演職人員稱為「梨園弟子」或「梨園行」等。古代「梨園藝術」並非專指戲劇一種表演形式。以唐代為例，諸如音樂、舞蹈、歌唱、假婦戲、排闥戲、傀儡戲、雜技、幻術、武術等所謂「百戲」，便都包括在「梨園藝術」之內。〔註15〕

「往事如烟，古史可鑒」。歷代珍藏與流傳的「梨園詩詞」和古今傳統音樂舞蹈戲曲藝術一樣，都是中華民族的演藝文化瑰寶。正因為有著獨特的民族藝術性，亦更具有廣泛的國際性；不僅在中華詩歌發展史上是令人驕傲的光輝篇章，而且在世界詩歌發展史上也具有相應的崇高地位。

〔註15〕李尤白主編：《梨園詩詞選》「序」，三秦出版社，1998年版。

　　隨著各朝各代的變遷與文化的更迭，自周秦漢唐以後又經歷了許多朝代，但是「言必稱大唐」的文化信條則始終縈繞於人們的話題之中。吟誦唐代大明宮的詩文與演藝文化，同樣是中華民族文學藝術界仿傚的經典。當我們認真翻閱與「梨園」相關的詩文作品，仍能體察到從天寶、開元盛世傳承下來的精彩音樂、舞蹈、戲曲、曲藝等演藝文化之遺風。

　　無容置疑，在中國歷史上，唐代演藝文化與大明宮宮廷表演藝術是最為豐富、勃興的文藝典範。她不僅長遠地影響著中國後世朝野樂舞、戲曲、曲藝宏大的文藝體系，也同樣對周邊的國家與地區的傳統文學藝術樣式產生不可限量的推動作用。

第三節　唐代演藝文化在東亞地區的傳播

　　中國與東亞地區，即東北亞、東南亞諸國一衣帶水、隔海相望，歷來文化交流頻繁。尤其在唐代，大明宮樂舞雜戲藝術向外傳播，影響深遠。中國與東亞諸國在歷史上共同創造獨具特色的東方傳統演藝文化，在全世界有目共睹。據著名學者馮文慈主編的《中外音樂交流史》一書中，濃筆重彩地披露了許多關於東亞諸國演藝界受唐代樂舞戲曲藝術影響的文字記載：

　　　　中國古代歷史文獻對於瞭解和鄰國的音樂文化交流方面，有著十分重要的意義。高句麗、百濟、新羅都很重視吸收中國漢族的先進文化，特別是在唐代。在唐太宗當政的七世紀中葉，高句麗、百濟、新羅相繼派遣貴族子弟到唐朝入國學。在朝鮮半島的「三國時代」，高句麗、百濟、新羅分別發展了燦爛的古代音樂文化，既有統一的民族特色，又有各自的特點。在新羅統一的 200 餘年間（668～935 年），音樂文化的發展得到有利條件的推動。除歌曲的繁榮外，主要的樂器是玄琴、伽倻琴、琵琶，各種笛、鼓等。〔註16〕

　　隋唐時期的「七部樂」、「九部樂」、「十部樂」均包容東北亞「高麗樂」在其內，此為中國與朝鮮半島文化交流的歷史見證。高麗樂是當時大唐宮廷樂部中獨特的一部東方樂部，由此可以說明其水平高度和重要地位。此外在《舊唐書》與《新唐書》中還記述，高麗樂也容有《胡旋舞》。據考亦源自康國，經中原地區傳入此地。

〔註16〕馮文慈主編：《中外音樂交流史》，湖南教育出版社，1998 年版，第 95 頁。

在《新唐書‧禮樂志十二》記述「四方樂」時，於「東夷樂」專項下亦提及「高麗樂」。筆者著《中西戲劇文化交流史》一書中，亦涉獵中國唐代演藝文化影響古代朝鮮和日本的歷史事實：

> 作爲唐樂與西域樂舞傳入日本的一座藝術橋樑──「高麗樂」，在日本史書上經常與唐樂相提並論。據《三代實錄》載：「清和天皇貞觀五年（公元 863 年）五月十二日，於神泉苑修御靈會，命雅樂寮伶人作樂，以常近侍兒童及良家稚子爲舞人。大唐高麗更出而舞，新伎散樂，競盡其能。」至平安末期，滕原明衡《新猿樂記》記述，日本所傳「侏儒舞、田樂、傀儡師、唐述、品玉、輪鼓、八玉、獨相撲、獨雙六」等，多爲借道朝鮮而輸入的唐代散樂或西域歌舞戲。〔註17〕

唐代初年，高祖廣泛吸收域外樂舞，曾將隋煬帝確定的「九部伎」擴充爲「十部伎」，其中就有「高麗樂」，即高句麗部諸樂舞。公元八世紀初葉，唐玄宗在原來「教坊」基礎上擴大其規模，創設了中國古代最早的皇家樂舞學院「梨園」，自任總管兼教習，「弟子達千人」之眾。唐朝皇帝此種愛好樂舞的行爲激發起民眾的熱情。一時間，舉國喜好樂舞，盛況空前。再加上唐王朝在文化藝術方面採取「兼收並蓄」的開放政策，對國內少數民族音樂和域外各國樂舞，廣泛吸收和發揚。入唐以來，與古代朝鮮國的文化交流尤爲頻繁。如此促使唐樂迅速傳揚海內外。

隋唐時期，高句麗與中國加強文化交往，其國人漢文水平亦不斷提高。據《舊唐書‧高句麗傳》記載：「俗愛書籍，至於衡門廝養之家，各於街衢造大屋，謂之扃堂。子弟未婚之前，晝夜於此讀書，習射，其書有……《玉篇》、《字統》、《字林》，又有《文選》，尤愛重之。」另據《三國史記》卷八《新羅本紀》載：「神文王六年（686 年），遣使入唐，奏請札記並文章，則天令所司，寫吉凶要禮。並於《文館詞林》採其詞涉規誡者，勒成五十卷，賜之。」從中人們可知，韓國先民仰慕大唐先進文化，大力獎掖本國有貢獻者，由此加快和提升了文人參與加強綜合國力的步伐。

到了宋代，中國傳統音樂、舞蹈、戲曲的傳播更加廣泛，當時傳至高麗的唐代宮廷樂舞，經過朝鮮民族的吸收，被一代又一代流傳下來，成爲當朝正統雅樂系統。當時輸入朝鮮半島的「燕樂」之「大曲」，均收錄於《高麗史

〔註17〕李強著：《中西戲劇文化交流史》，人民音樂出版社，2002 年版，第 724 頁。

樂志》「唐樂」之中，流傳至今，顯示了高麗接受唐宋詞樂之歷史與規模。

出現於高麗時期（公元 918～1392 年）的古代朝鮮「假面劇」與「木偶戲」，也與大唐傳統文化有密切關聯。如「處容劇」，明顯受唐宋時期「儺戲」與「傀儡戲」之影響。古代朝鮮《文獻通考》亦稱，該國木偶戲爲大唐總章元年（668 年）「傀儡並越調夷賓曲，李勣破高麗所進也」。

唐代時期的朝鮮半島，其「儺禮」行事更加華化，且「宮儺」和民間的「鄉儺」各自分開，表現出更大的進展。從文獻記載來看，對韓國儺禮有直接影響者，首當其衝爲唐朝輸入的「儺禮」。唐朝的儺禮此時已經和「驅儺儀式」淡漠直接關係，而形成一種盛大的演戲形式。在晚唐羅隱的《市儺》一文談及：「儺之爲名，著於時令矣。自宮禁，至於下理，皆得以逐災邪而驅疫病。故都會惡少年，則以是時鳥獸其形容，皮革其面目，丐乞於市肆間。」《全唐文》亦載，「儺禮」在朝鮮半島民間之影響盛行。

自古迄今，朝鮮半島朝野上下，曾流行的一種古代「打令」與現當代「唱劇」，其中遺存著濃重的唐代演藝文化因素。翁敏華教授在日本東京「藝術劇場」曾有其觀賞經歷。她看到韓國「盤索里藝人」金素姬與朴綠珠的《春香傳》演唱，並以生動文筆描述其演出場景：

> 舞臺底幕是一排書畫屏風，除此別無他物。演出開始了，演唱者手持扇子或手絹，在太鼓聲的伴和下，一邊表演一邊歌唱。只見那鼓手一手持棍，另一手什麼也不拿。在太鼓的兩面忽重忽輕，忽急促忽舒緩。加之配合著歌詞的內容、歌曲的節奏，嘴裏不失時機地發出一兩下「咿呀」「哼哈」之聲。與歌者配合得極爲默契，相得益彰。

另外她在《從韓國「唱劇」看中韓古代演藝文化的交流》一文中亦發現，韓國的「半索利」與「唱劇」因古代還存有唐宋稱謂「打令」；並且其演唱曲目如《朴打令》、《華容道打令》、《卞強釗打令》、《假神仙打令》等均綴有「打令」字樣。故此深加追尋，竟然考察其文體與原本起源於中國唐宋「歌令講唱」，有著密切的淵源關係：「成形於朝鮮朝的『半索利』——唱劇，曾大量地汲取過中國文化，特別是唐宋文化的養分，其中唐代文化的養分是經過宋、高麗朝兩度消化以後，再爲唱劇所吸收。」另外經她確認：「唐宋間歌令講唱，包括大曲（曲破）、文人詞、轉踏、鼓子詞等，都曾對朝鮮半島當時的演藝界發生過影響。這對後世集大成而確立的韓國國劇『唱劇』的形成，不會不發

生作用。」〔註18〕

　　經筆者查閱考據，朝鮮半島流行的唱劇古名確實有「打令」或稱「打詠」之說，這是古代韓國說唱臺本的一種傳統藝術表現技法。其代表性劇本之一《春香傳》早在成型前即與「打詠」有關。

　　據古書記載，李朝末年純祖時期文人趙在三（1801～1834 年）於《松南雜識》中認爲「春陽傳說」與《春香傳》內容有一定源流關係：「南原府史與李道令眄童妓春陽，後爲李道令守節。新史卓宗立殺之。好事者哀之，演其義爲打詠，以雪春陽之冤，彰春陽之節云。」由此可見有關「春陽」或「春香」的「打令」先於《春香傳》唱劇而存在。

　　追根溯源，「打令」一詞原爲中國古代的一種民間音樂遊藝術語。早在唐代，文人雅士中流行諸種「行酒令」，吟誦以佐酒宴。其中最爲樂舞詩化的即爲「拋打令」。「拋打令」通常也簡稱爲「拋令」或「打令」。至宋代，「打令」一詞已不再局限於行「酒令」，而具有更爲廣泛的表演藝術意義，即謂曲令可用作「打令曲」，或「優伶家猶用手打令」等。至此，「打令」已含有「打拍」、「合曲」的音樂歌舞意味。

　　在古代韓國，「盤索里」有許多外綴「打令」之稱的演藝形式與作品，很值得回味與深入研究。諸如《水宮歌》，亦稱《兔子打令》；《卞岡鎖歌》，亦稱《卞強釗打令》；《裴俾長歌》，亦稱《裴俾將打令》；另外還有《江陵梅花打令》、《雍固打令》、《公雞打令》、《武叔打令》、《朴打令》、《假神仙打令》、《橫負打令》、《雉打令》等等，林林總總，不一而足。

　　由「打令」派生出唐宋時期的「歌令講唱」，主要以「鼓板」伴奏，或添加一兩件弦樂類；或說唱愛情故事，或爲歷史戰爭故事，這與韓國的「打令」性質較爲相似。高麗朝時曾從宋代朝廷輸入「拋球樂」等教坊樂歌舞演出，正是唐代酒令「拋打令」中最常用的曲目。後來與宋歌令講唱一樣，具有了以佐酒宴的表演性質。這對後世集東亞傳統演藝文化之大成者的韓國、朝鮮，以及中國東北地區朝鮮族「唱劇」不能說沒有產生影響。

　　相比朝鮮、韓國演藝文化歷史，古代日本在傳統文化與樂舞戲曲方面受唐代影響更大。日本島國與中國一衣帶水、唇齒相依。在歷史上，特別是隋唐時期，該島國深受華夏傳統宗教與世俗文化影響。所存世樂舞戲劇亦走了

〔註18〕翁敏華《從韓國「唱劇」看中韓古代演藝文化的交流》，《戲劇藝術》1993 年，
　　　　第 4 期。

一條與中國相仿的道路，尤其是歌舞伎藝術表演形式，還有傳統「能樂」與「狂言」。

追溯歷史，隋唐時期是中日兩國文化交流的活躍時期。尤值得重視的是隋文帝開皇二十年（600 年），當朝社會發生的文化大事。此時期日本首次派遣入隋使節，聖德王太子獲知中國佛教興盛，從而決定遣使以求佛經聖法。於 607 年，小野妹子特率領數十名留學僧入華，此舉當時具有劃時代的意義。翌年，隋朝裴世清使團回訪日本九洲，由此開闢了兩國宗教文化互訪與你來我往之道路。入唐以後，自貞觀四年，舒明天皇二年（630 年），日本始派第一批遣唐使，至到唐乾寧元年，宇多天皇寬平六年（894 年）為止，日本先後派出 19 次遣唐使。唐朝宮廷相應安排若干次儀式迎送日本使者的「迎入唐使使」與「送唐客使」。

時逢當朝，日方組織的每次遣唐使團人員，其配備都在五六百人之上。其中，尤以第十三批人數眾多，達 651 人之盛。使團人員組成有大使、副使、判官、錄事「四官」；另外還有「眾多隨行人員，如史生、醫師、陰陽師、畫師、樂師、音聲長、譯語」等。再有「留學生、留學僧、請益生和還學生」等。日本遣唐使團集中了當時日本外交、學術、科技、工藝、音樂、美術、航海等方面的優秀人才，以保證最大限度完成外交文化使命，以吸收先進文學、藝術和提高航海的成功率。我們饒有興趣地注意到在「遣唐使」人員組成，其中的「留學僧」與「畫師」、「樂師」「音聲長」等，對後世佛教禪宗演藝文化輸入「東瀛」，起到至關重要的作用。

在《東亞三國古代關係史》一書中，該作者專設有一節「遣唐僧與中日佛教的交流」，特地記錄日本小野妹子朝見隋煬帝時的一段陳述：「聞海西菩薩天子重興佛法，故遣朝拜。兼沙門數十人，來學佛法。」又提到隋唐時期，如「道昭」、「智通」、「智達」、「最澄」、「空海」、「圓仁」、「圓珍」、「金剛三昧」、「真如法親王」等日本留學僧使者，曾前往中國五臺山、天台山等名山古剎，以及長安青龍寺、大興寺與福州、廣州、揚州、洛陽諸佛寺求法。其中出類拔萃，貢獻最大的日本五位佛僧如下所述：

在日本留唐學僧中，有 5 位成就顯赫者，曾先後獲得「大師」的稱號。他們分別是「傳教大師」最澄、「弘法大師」空海、「慈覺大師」圓仁、「傳燈大師」圓載和「智證大師」圓珍。其中圓載死於回國途中，其它 4 人回國後都成為一代宗師。他們為中日佛教的交

流和日本佛教的發展作出了重要貢獻。

在諸多「遣唐留學僧」之中，尤爲虔誠與激進的是「尊者金剛三昧」。他在大唐唐玄奘事跡的鼓舞下，不遠萬里借道華夏中原與西域，又勇敢遠涉印度遠道求法。更富有傳奇與悲壯色彩的是，已年愈 65 歲的日本陽成天皇太子高岳親王，因崇尙佛教而出家爲僧，法號爲「眞如」。公元 864 年，他飄洋過海，抵達大唐首都長安，拜師「青龍寺」法全高僧。後終得求法正果。

據日本東洋音樂學會會長岸邊成雄在《宋元雜劇和能——其社會環境的比較》一文中指出：受隋唐佛教音樂文化的影響，日本「猿樂座從一開始便在寺廟神社的保護和武家階級的援助下成長起來的。」〔註 19〕對此，日本著名學者山根銀二著《日本的音樂》一書，亦對中日宗教音樂歌舞戲交流持相同觀點：

> 梵音 200，錫杖 200 人，唄 10 人，散華 10 人。看了這記錄，可知那時候已經有一部份佛教音樂輸入日本。但佛教音樂的眞正深入，對日本給予巨大的影響，是後來在日本聲明產生後才開始的。
> 〔註 20〕

另據韓國著名學者李杜鉉著《韓國演劇史》一書考證，由朝鮮半島所輸入日本的伎樂戲劇之源流與稱謂：

> 「伎樂」一詞，常見之於佛教經典，其含義是供奉菩薩的歌舞。……傳至日本後，日本人驚異不已，迷上了這種歌舞伎樂，名之爲伎樂。以之爲娛樂的一種形式，使它成了固有名詞。〔註 21〕

據中國著名學者常任俠在《唐代傳入日本的音樂舞蹈》一文中介紹：「當時，傳入日本的曲目有《秦王破陣樂》、《萬歲樂》、《太平樂》、《春鶯囀》、《傾杯樂》、《團亂旋》、《劍器》、《夜半樂》、《何滿子》、《六胡州》、《如意娘》、《武媚娘》、《泛龍舟》等一百多種。其中《蘭陵王》、《撥頭》、《蘇中郎》、《萬歲樂》等樂舞傳入日本後，久傳不衰，至今仍存。」〔註 22〕

日本自大和朝以後，特別是奈良時代，日本開始注重吸收華夏傳統演藝

〔註 19〕（日）岸邊成雄著：《宋元雜劇和能——其社會環境的比較》，《能》第一卷九月號、十月號，昭和二十二年。

〔註 20〕（日）山根銀二著：《日本的音樂》，人民音樂出版社，1961 年版，第 17 頁。

〔註 21〕（韓）李杜鉉著：《韓國演劇史》，中國戲劇出版社，2005 年版，第 18 頁。

〔註 22〕《說文月刊》第四卷合訂本，轉引自耿占軍、楊文秀著：《漢唐長安的月舞與百戲》，西安出版社，2007 年版，第 281 頁。

文化。曾屢派大批遣唐使、留學生來中國。公元 630～894 年期間,「遣唐使」
到達唐朝使團人員包括大使、副使、留學生、留學僧及隨員等,一次人數往
往多至數百人。從而有力地促進了中日人民的友好,以及華夏與大和民族之
間傳統文學、音樂、舞蹈、戲劇、工藝美術等文化藝術的交流。

在日本遣唐使中,對音聲長、音聲生、譯語、畫師、史生等職位,挑選
甚爲嚴格。據《續日本後紀》卷五記載:「河內國人遣唐音聲長外從五位下良
枝宿禰清上,遣唐畫師雅樂答笙師同姓朝生。」關於「音聲長」、「音聲生」
的文化身份與職能,據日本學者森克己在《遣唐使》一書中認知,是與「外
國音樂」有關的「樂師」,爲「在唐朝禮見、會見、朝賀、辭拜等場合列隊奏
樂所用的隨行者。」另據青木和夫著《日本的歷史》一書介紹:「音聲長和音
聲生」是「遣唐泛海途中,爲了在划船時充當船頭領唱船工號子,或是在出
航或入航時以音樂壯聲威所用。」

中國音樂史學家吳釗、劉東升著有《中國音樂史略》,在此書中,他們詳
細對遣唐使中「音樂名手」或學習音樂的「留學生」進行如下具體詮釋:

> 從唐貞觀四年(公元 630 年)至唐開成三年(公元 838 年),日
> 本派的遣唐使團,總數在十三次以上。這些使團都附有一定數量的
> 音聲長和音聲生(《延喜式》卷三十)。音聲長是爲在唐朝宮廷中朝
> 賀、拜辭時演奏日本音樂而來的日本音樂名手。音聲生是專來學習
> 我國音樂的留學生。〔註 23〕

著名音樂史學家張前著有《中日音樂交流史》一書,他對中外專家學者
的一些學術觀點進行綜合性分析:「音聲長和音聲生都是和音樂有密切關係的
人員」,並明晰指出:「這兩種角色實際上是在執行兩方面的任務:一是遣唐
使團在唐朝進行朝拜、禮見和辭行等禮儀活動時演奏日本音樂;另一項任務
則是來唐學習唐朝音樂和歌舞,掌握演唱和演奏技藝。」〔註 24〕

日本遣唐使團的音樂使者在歷史上功不可沒,可供考證爲中日樂舞藝術
交流做出諸多貢獻的文化名人。如:吉備眞備、藤原貞敏、永忠、大戶清上、
良岑長松、良枝清上、尾張濱主,等等。其中如第七次隨遣唐使團赴中國
的吉備眞備,他於唐開元五年(717 年)至天平七年(735 年),在唐朝逗留
18 年之久。據《續日本紀》第十二卷記載:吉備眞備歸國時曾「獻《唐禮》

〔註 23〕 吳釗、劉東升編著:《中國音樂史略》,人民音樂出版社,1983 年版,第 129 頁。
〔註 24〕 張前著:《中日音樂交流史》,人民音樂出版社,1999 年版,第 11 頁。

一百三十卷、《太衍曆經》一卷、《太衍曆立成》十二卷、測影鐵尺一枚、銅律管一部、鐵如方響寫律聲管十二條、《樂書要錄》十卷。」其中所獻《樂書要錄》爲唐代重要的音律學著作。此大作自傳入日本後，曾對該國音律的調整與確立起到很大促進作用。

日本平安朝時的琵琶演奏家藤原貞敏，第十二次隨遣唐使團抵大唐王朝。此據《日本三代實錄》卷十四「清河天皇貞觀九年（867 年）十月十日存文」記載：「貞敏者，刑部卿從三位繼彥之第六子也，少耽愛音樂，好學鼓琴，尤善彈琵琶。承和二年爲美作椽，兼遣唐使準判官，五年到大唐，達上都。逢能彈琵琶者劉二郎，……劉二郎贈譜數十卷。……臨別，劉二郎設祖筵，贈紫檀紫藤琵琶各一面。」另據平安中期（公元十世紀中葉）留存的《伏見宮本琵琶譜》卷末記載，有藤原貞敏所傳《琵琶諸調子品》一部，此爲大唐傳入日本最早的「古代琵琶譜」之一，具有重大的歷史文化價值。

據日本平凡社《音樂大事典》「琵琶」辭條記載：「藤原貞敏曾從唐朝學習多種調弦法，依此制定了風香調、返風香調、黃鐘調、清調四調爲中心的日本雅樂琵琶譜」。並在大唐揚州「開元寺隨琵琶名人廉承武（或劉二郎）學習《流泉》、《啄木》、《楊眞藻》等秘曲」，現仍留傳於日本民間藝壇。

據《日本後紀・元亨釋書》記載，隨第十次遣唐使團赴唐的光仁朝至恒武朝僧侶永忠事蹟：「涉獵經論，解音律……遺表獻上從唐帶回的《律呂旋宮圖》、《日月圖》各二卷，律管十二枚、塤二枚。」隨之第十二次遣唐使團赴唐的平安朝著名作曲家大戶清上，他曾「傳入琵琶曲、笛曲」與「笙曲」（《體源抄》）。此據吉川英史著《日本音樂的歷史》記載：「大戶清上是作曲最多的人。從《清上樂》開始，《承和樂》、《一團嬌》、《海清樂》、《拾翠樂》、《應天樂》、《感秋樂》、《左撲樂》等，相傳都是大戶清上所作。」

日本平安朝演奏古琴的名師良岑長松，清和朝吹笛名師良枝清上，曾由唐返日後，均帶回一批珍貴的中國古典樂曲。平安朝時嫺熟音樂歌舞與理論的尾張濱主，在大唐學習樂舞與笛藝歸國之後，曾將《陵王》樂舞「沙陀調」改編爲「安摩亂聲」在宮廷表演，取悅於孝謙天皇（749～757 年）。《舞樂圖說》對此記載：「仁明帝亦善音律，遣伶官尾張濱主入唐，探求樂曲的奧秘，歸來後斯道更趨微妙。上下皆學，清和、光孝、醍醐、村上歷朝愈益盛行。」承和年間（834～848 年）大嘗會之際，已愈百歲的尾張濱主曾當眾演奏《河南浦》、《應殿樂》、《拾翠樂》等樂曲。據《續日本後紀》記載，「於龍尾道上，

舞和風長壽樂，觀者以千數。」

日本《群書類叢》卷 341 記載：尾張濱主寫有日本保存至今最早的音樂論著之一《五重記》。此書中全面記述了「演奏音樂的四苦八難，七體（大曲、中曲、小曲、中弦、喘吠、曳累、連詞），三差（中大曲、中小曲、中吠），以及論述音樂修業的五階段。」溯其源流，實為「唐大曲」與日本「雅樂」有機融合的藝術結晶體。

中國唐朝時期，為加強中日文化交流，亦有華夏器樂家隨船赴日，傳授大唐樂舞，以及樂器演奏法之史實。最負盛名的如皇甫東朝父女與袁晉卿東訪。於日本天平八年（736 年），皇甫東朝帶著女兒皇甫升女隨聖武朝遣唐使團歸國赴日，父女倆多年卓有成效地從事演奏與傳授音樂活動。此據《續日本紀》文載：「癸卯……皇甫東朝、皇甫升女並從五位下，以舍利之會奏唐樂也。」又據文載，皇甫東朝因傳授唐樂功績昭著而被任命為「雅樂員外助」。

森克己據《遣唐使》一書記載，作為大學音博士而負盛名的袁晉卿，於天平寶字五年（761 年）抵日。對此，《續日本紀》亦載：「寶龜九年（778 年）唐寅，玄藩頭從五位上袁晉卿飭姓。晉卿唐人也。天平七年（735 年）隨我朝使歸朝，時年十八九，學得《文選》、《爾雅》音。為大學音博士，於後歷大學頭安房守。」另見此書出注：「音博士二人，執掌教授發音職務，初見於紀持統五年（696 年）九月條續守言與薩弘恪二人，皆為唐人。袁晉卿也為唐人，擔當教授唐語標準發音的職務。」由此可知，袁晉卿不僅演奏與傳播唐樂，還兼有教授漢語華音之神聖任務。

諸如上述，正是中日音樂歌舞藝人頻繁的文化交流，方有力促進了日本仿唐樂府制度，設立起隸屬於宮廷的管理樂人活動的音樂機構，即「雅樂僚」、「內教坊」與「吹奏部」。也正是在此基礎上，才形成與繁衍出名目繁雜、豐富多彩的《雅樂》與《舞樂》藝術體系。

根據中國舞蹈史學家董錫玖、金千秋合著的《中華樂舞文化與日本交流傳播簡史》，她們詳盡地論述了日本全面接納唐朝漢文化和宮廷燕樂的重要史實：

> 唐代在我國文化史上是一個登峰造極的時代。強盛、文明、開放的氣勢，使得唐帝國在文化發展與建設上，具有一種容納四方、吞吐八荒的恢宏氣度。唐代歌舞藝術彙南北為一爐，集中內外於一

體，異彩紛呈、交相輝映。這時於偏於海域一角的日本來說，其強大的文化吸引力可想而知。當時的日本上層貴族崇尚唐風，衣食住行均以唐朝爲楷模。身著唐服以示華貴，能用漢語談吐，漢字書寫被視爲學識淵博。以住唐式建築爲豪華奢侈，能懂唐朝樂舞則被認爲情趣高雅。所以，唐代宮廷燕樂幾乎全部被搬到日本，在日本宮廷上流社會廣爲流傳。〔註25〕

　　從現存的日本史籍《信西古樂圖》、《舞樂圖》與《大日本史》三部圖書中所繪著的圖文審視，人們方可得知中日古代樂舞戲藝術交流歷史之盛況。諸如《信西古樂圖》在日本國亦稱作《唐舞繪》、《唐舞圖》、《唐舞之繪樣》等，這是一部以唐樂舞爲主並繪有散樂、雜技、百戲的古圖長卷。此圖始由日本禪信大僧正（1400～1467 年）三條宮書御室繪製，後花國帝（1419～1470年）親書舞名及引注。圖中標明名稱的樂舞圖有 18 幅，未標單人形象圖 9 幅，擬獸舞圖 4 幅，雜技百戲圖 14 幅。另有樂器及演奏者圖 14 幀，分別爲腰鼓、揩鼓、羯鼓、篳篥、奚婁、簫、箏、橫笛、五弦、尺八、琵琶、蘆笙、箜篌、方磬，等等。其書繪製筆法嫻熟流暢，人物線條簡潔生動，衣冠飾物與樂舞器具清晰，爲研究古代華夏傳統藝術東漸的珍貴資料。

　　自公元 607 年，日本聖德太子派遣小野妹子爲首的文化使團入華，此爲遣隋、遣唐使之始。後隨中日兩國之間樂舞、戲曲文化交流日益頻繁。受大唐百戲、散樂、雜劇影響的日本「能樂」、「狂言」、「歌舞伎」由此得以長足發展。包括樂舞、大曲、幻術、雜技、傀儡戲等文片節目綜合形成的華夏「百戲」或「散樂」。自唐代傳入日本後，於平安時代（9～12 世紀）逐漸發展形成「大和猿樂」與「近江猿樂」；於鐮倉時代（12～14 世紀）演變爲「田樂」與「延年」；室時幕府時代（14～17 世紀）又發展爲「能樂」，遂形成戲劇性頗強的日本「歌舞伎」。

　　據史載，日本朝野所存中國唐代樂舞、散樂、雜戲圖集《信西古樂圖》，共收錄大唐樂舞戲古圖 34 組。依次爲坐奏樂器幅、按摩、皇帝破陣樂、蘇合香、秦王破陣樂、打球樂、柳花苑、採親老、返鼻胡童、弄槍、胡飲酒，放鷹樂、案弓字、拔頭、還城樂、蘇莫遮、蘇芳菲、新羅樂、羅陵王、林邑樂、新羅樂、入壺舞、猿樂通金輪、飲刀子舞、四人重立、柳格倒立、神娃登繩、弄劍、三童重立、柳肩倒立，弄玉、臥劍上舞、人馬腹舞、信臚，等等。樂

〔註25〕資華筠主編：《影響世界的中國樂舞》，文化藝術出版社，2003 年版，第 71 頁。

伎所持樂器有腰鼓、揩鼓、羯鼓、篳篥、雞婁鼓、簫、箏、橫笛、五弦、尺八、琵琶、簫笙、箜篌、方響，等等。

　　日本著名學者河竹繁俊著《日本演劇史概論》一書專設「隋唐文化和日本」一章，其中記錄：「隋唐的使節訪問日本，通過他們攝取的中國文化，對我國的政治、社會、文學、藝術各方面的發展產生了難以估量的影響。這些影響無論是有形、還是無形，都是巨大而深遠的，尤其是精神文化方面的影響。」他還指出：「舞樂是繼伎樂之後，傳來的大陸歌舞和固有歌舞的某些部份糅和而成，伴著雅樂起舞，因此也包含在廣義的雅樂中。中國本來的雅樂爲孔廟祭祀之樂，意爲『正雅之樂』。傳入日本後用於宮廷宴會稱『燕樂』，這在中國被稱爲『俗樂』，所以唐朝正統雅樂並未傳入日本。現在雅樂爲區別起見，神樂歌、久米歌、東遊、倭舞等有歌有舞的稱爲『歌舞』。唐樂、高麗樂等有舞、有音樂的稱爲『舞樂』」。〔註26〕

　　日本傳統樂舞與唐代演藝文化之間的關係，據著名學者唐月梅在《日本戲劇史》一書「從中國傳入伎樂舞樂散樂」一章中，作如下宏闊論述：

> 　　在大量引進以大陸舞樂等的情勢下，早於大寶元年（701 年）制定的《大寶令》規定在治部省下成立了「雅樂寮」，於翌年施行。掌管宮廷音樂舞蹈，並以教坊樂舞爲主。這大概也是受到我國設置樂府、教坊、内教坊一類宮廷樂舞教坊所的影響，而加以模仿所設置……成立「雅樂寮」這樣大規模的組織，成爲當時日本藝能運動的巨大推動力。總之，傳入以中國爲主的大陸伎樂、舞樂、散樂等，與本土原始歌舞、神樂結合，促進古代日本藝能的迅速形成和發展。〔註27〕

　　上海音樂學院趙維平教授著《中國古代音樂文化東流日本的研究》一書對此考證：「如果說從 5 世紀開始日本主要是通過朝鮮半島來吸收中國大陸音樂的話，那麼到飛鳥時代的晚期和奈良初期，即 8 世紀初，日本的國力一度得到了增強。形成了高度集權的大國，這時幾乎開始全面引進中國的音樂文化。除上述提到的伎樂、踏歌、女樂等樂種外，文武天皇大寶 2 年（702 年）在宮廷的宴會中公開、正式地演奏了中國的樂曲《五帝太平樂》。這一時期的日本史料還顯示，樂曲中還有《番假崇》、《破陣樂》、《傾杯樂》、《三臺》、《崇

〔註26〕　（日）河竹繁俊著：《日本演劇史概論》，文化藝術出版社，2002 年版，第 23 頁。
〔註27〕　唐月梅著：《日本戲劇史》，北京大學出版社，2008 年版，第 20 頁。

明樂》、《渾脫》《皇帝破陣樂》等大量樂曲。而這些音樂在唐宮廷的燕樂，以及民間俗樂中都是較爲流行的樂曲。」〔註28〕

　　中國社會科學院方廣錩研究員主編《中國佛教文化大觀》一書，他開宗明義指出：「古代中國的政治、經濟、文化相對地比較發達，中日兩國的交流多呈中國文化向日本輸入的趨勢。古代日本文化的形成、典章制度的建立，探其源頭，無一不受中國、朝鮮、印度文化薰陶，尤以受中國影響最大。故日本學者有中國文化爲『日本文化之母』之說。」〔註29〕其中，日本「浮世繪」尤忠實地記載了中日宗教與世俗演藝文化交流的史實。

　　唐朝繼承了由隋宮廷沿留下來的「雅、俗、胡」三樂鼎足的格局，並對其表演形式進一步的展示。唐代「十部伎」的成立及其最初演繹，預示著大唐音樂文化進入了一個嶄新的階段，唐朝演藝文化遂迎來了一個全盛時期。按其歷史現實，除唐代十部伎以外，還有許多沒有被列入伎樂之內的諸國多民族樂部，尚待學人識別。僅在隋、唐「音樂志」中出現的「外來樂」諸部便可羅列如下：東夷：「百濟」、「新羅」、「倭國」；南蠻：「林邑」（現越南中部）、「扶南」（現柬埔寨）、「驃國」（現緬甸），等等。其中「百濟」、「新羅」屬於朝鮮半島、「倭國」則指日本島國。

　　據趙維平教授著《中國古代音樂文化東流日本的研究》特別指出：在以佛教文化爲載體的大唐演藝活動傳播之中，對日本平安中後期「聲樂體裁」產生巨大的影響，與佛教音樂有著直接關係的體裁是「聲明」。「此聲明至少在 8 世紀初從中國傳入日本，曾出現過各種不同的演唱形態，但到 8 世紀上半葉（養老 4 年，720 年）得到了統一，以唐僧道榮及日本學問僧勝曉等的唱法爲規範。這是日本歷史上最古老的聲明形式。」與印度、中國佛教有關的「聲明」，在日本的傳播主要是通過日本僧人空海與最澄攜入，他們於 9 世紀初渡大唐佛界學習，回國後各自在和歌山的高野山與京都的比睿山建立「眞言」和「天台」兩大佛學宗派。這就是後來日本聲明的兩大流派──「眞言聲明」和「天台聲明」。據此趙維平在書中對日本當朝「聲明」所作如下深入的討論：

　　　　發生於印度經中國大陸的聲明以梵贊、漢贊的形式進入日本，

〔註28〕趙維平著：《中國古代音樂文化東流日本的研究》，上海音樂學院出版社，2004年版，第 39 頁。

〔註29〕方廣錩主編：《中國佛教文化大觀》，北京大學出版社，2001 年版，第 586 頁。

後來這種引進的聲明經日本音樂文化接納層的過濾，衍變爲日本式的和贊。9 世紀中葉前後是和贊眞正展開之時，平安朝的慈覺大師創作的《舍利讚歎》是日本式和贊的開端，而慈覺得高第惠心僧都以前述的源信以大量優秀的和贊曲，爲日本聲明打下了一個良好的基礎。「聲明」，它的日文發音爲 sy omyo，是源於印度婆羅門教的一種經文發聲的學問。公元一世紀前後佛教傳入中國時，聲明也隨之進入中國。作爲一種聲樂體裁，聲明大約在七八世紀，隨同佛教東傳日本，平安時期以後聲明得到迅速發展，成爲一門成熟的宗教藝術。由於隋唐時期日本輸入大陸文化是以佛教爲載體，因此當佛教一起傳入日本後，便受到了極大的重視。天平勝寶 4 年（752年）4 月 9 日在奈良的「東大寺」舉行了大佛開光供養會。其間除舉行盛大的舞樂外，還進行了大規模的聲明演唱。對此《東大寺要錄》卷 2 中記載有：梵音二百人，維那一人，錫杖二百人、唄十人、散花十人……聲明的演唱內容和人數，顯示出當時聲明的規模。〔註30〕

趙維平教授對此還進一步考證：「聲明最初於公元一世紀前後隨佛教傳入中國，逐步爲中國所接受。在唐以前，史籍中曾出現過像康僧會、帛法橋、雲遷、僧弁等稱爲經師的『聲明』專門家。佛教中諸多的法式也得到制訂，並盛行著一系列的大型法會活動。」據考，「日本聲明」種類繁多，從大的方面可以分爲以下兩類：「1、『本聲明』，指的是法會中佛教聲樂的廣義聲明，以及與其相當的狹義和式聲明。其代表曲目爲在日本所作的伽陀類，以及日語類的贊、讚歎。2、本聲明以外的稱爲『雜聲明』，即以法會中的音樂來表達到佛教供養目的的樣式化聲樂曲。如法要曲、贊（梵語贊、漢語贊）等類。」另外特別指出，「雜聲明主要是說明教義以及圍繞教義進行具體議論的詞章，以及對其配置的旋律音樂，如祭文、表白、教化、講式、議論類的體裁。」〔註31〕

再有值得提出與研究的重要史料：在日本欽明天皇時（540～571 年），有兩則文獻明確地記載了此地與佛學有關的「伎樂」來自中國「吳地」這一歷

〔註30〕趙維平著：《中國古代音樂文化東流日本的研究》，上海音樂學院出版社，2004年版，第 48 頁。

〔註31〕趙維平著：《中國古代音樂文化東流日本的研究》，上海音樂學院出版社，2004年版，第 95 頁。

史事實。即其一：來自現中國江浙一帶的智聰入朝帶入日本一具伎樂舞具。僧人智聰以傳授佛教爲目的，將此伎樂傳入了日本。當時的記錄中寫有「伎樂調度一具」，沒有提及伎樂在日本的教習與演出內容，但是可以斷定至少在上述提及的公元 612 年（推古天皇 20 年夏 5 月），有記載表明「百濟人味摩之」在華夏吳國習得伎樂，在日本大櫻井召集少年教習伎樂舞。

其二：從飛鳥時期至鐮倉時代留存大批伎樂面具，在日本法隆寺藏有含飛鳥時期的面具 31 面，正倉院中共有 171 面，在奈良的東大寺中也有 39 面。除此以外還有散藏於其它寺院多面。其中有相當一部份是來自中國江南地區佛教或世俗伎樂的重要實物。其伎樂種類有「治道」、「獅子」、「師子兒」、「吳公」、「金剛」、「迦樓羅」、「婆羅門」、「吳女」、「崑崙」、「力士」、「太孤」、「大孤兒」、「醉胡」、「醉胡從」等 14 種。

根據日本古樂書《信西古樂圖》實錄，「北青獅子」與「獅子兒」，在中國大陸實爲「獅子伎」係借道朝鮮半島的「新羅狛」。此種佛教天國化身之「北青獅子戲，有時讓雙獅出場獻技。中國和日本的民俗獅子舞，把獅子尊崇爲菩薩。鳳山假面舞也把獅子與文殊菩薩聯結在一起，又文殊菩薩派其使者下凡懲罰破戒僧。」〔註 32〕此類歷史演藝文化活動，自然將中、日、朝、韓地演藝文化交流天然地聯繫在一起，從而證實了唐代樂舞戲藝術在東北亞諸國永垂不朽的生命力。

除此之外，趙維平教授還著文對海外的唐代樂舞戲演藝文化高度評價：「唐『十部伎』的成立及其初演，預示著大唐音樂文化進入了一個嶄新的階段，唐朝音樂文化迎來了一個全盛時期。實際上，除唐代十部伎以外，還有許多因素系統不全、文化性格不鮮明等原因沒有被列入伎樂之內的多國來朝之樂。單是在隋、唐音樂志中出現的外來樂便可羅列如下：東夷：百濟、新羅、倭國（日本）；南蠻：林邑（越南中部）、扶南（柬埔寨）、驃國（緬甸）。這樣，從亞洲的版圖上來看，當時的中國受到東南西北各方諸國的朝聖，構成了一個大唐帝國的形象，具有鮮明、濃鬱的國際化色彩。」〔註 33〕綜上所述，較之中外東亞文化交流，其中當數諸國仿效唐代大明宮演藝文化之形成、發展、傳播歷史最富有代表性。

〔註 32〕（韓）李杜鉉著：《韓國演劇史》，中國戲劇出版社，2005 年版，第 175 頁。
〔註 33〕趙維平著：《中國古代音樂文化東流日本的研究》，上海音樂學院出版社，2004 年版，第 20 頁。